我们都是追梦人

庆祝中华人民共和国成立70周年征文

大学生作品选

华东师范大学党委宣传部等　组编

华东师范大学出版社

图书在版编目（CIP）数据

我们都是追梦人：庆祝中华人民共和国成立70周年征文
大学生作品选/华东师范大学党委宣传部等组编.—上海：
华东师范大学出版社,2019
ISBN 978-7-5675-9614-6

Ⅰ.①我… Ⅱ.①华… Ⅲ.①中国文学－当代文学－作
品综合集 Ⅳ.①I217.1

中国版本图书馆 CIP 数据核字（2019）第 193263 号

我们都是追梦人
——庆祝中华人民共和国成立70周年征文大学生作品选

组　　编　华东师范大学党委宣传部等
策划编辑　王　焰
责任编辑　刘祖希
审读编辑　沈　苏
责任校对　谭若诗
装帧设计　卢晓红

出版发行　华东师范大学出版社
社　　址　上海市中山北路 3663 号　邮编 200062
网　　址　www.ecnupress.com.cn
电　　话　021-60821666　行政传真 021-62572105
客服电话　021-62865537　门市（邮购）电话 021-62869887
地　　址　上海市中山北路 3663 号华东师范大学校内先锋路口
网　　店　http://hdsdcbs.tmall.com

印 刷 者　常熟市文化印刷有限公司
开　　本　787×1092　16 开
印　　张　12.5
字　　数　187 千字
版　　次　2019 年 9 月第 1 版
印　　次　2019 年 9 月第 1 次
书　　号　ISBN 978-7-5675-9614-6
定　　价　38.00 元

出 版 人　王　焰

我们都是追梦人——庆祝中华人民共和国成立 70 周年
华东师范大学学生征文活动组委会

目录 *

---

* 目录框架由获奖学生叶杨莉设计。

前言

我们都是追梦人

一曲《我和我的祖国》,可曾拨动过你的心弦?

一句"我们都在努力奔跑,我们都是追梦人",是否点燃了你的青春斗志?

2019 年是中华人民共和国成立 70 周年。70 年风雨岁月峥嵘,70 年奋斗谱写华章! 为迎接中华人民共和国成立 70 周年,引领广大青年学子深入学习贯彻习近平新时代中国特色社会主义思想,深切感受 70 年来祖国建设发展的巨大变化,全面展现新时代大学生的理想信念、青春风采和积极奋进的精神风貌,我们从 2019 年 1 月开始面向华东师范大学在校学生开展"我们都是追梦人——庆祝中华人民共和国成立 70 周年"主题征文活动。

征文活动由华东师范大学党委宣传部、学工部、出版社、中国创意写作研究院共同发起,征文主题是"我们都是追梦人——庆祝中华人民共和国成立 70 周年",征文对象包括华东师范大学在校全日制本科生、硕士研究生、博士研究生,同时也欢迎华东师范大学在校留学生参加征文活动,从留学生的视角谈中国的发展。

征文要求从个人的成长和求学经历出发,联系家人、家庭、家乡、学校和社会生活实际,以"亲历者"的视角和口吻,生动描述对 70 年来党和国家走过的辉煌历程和取得的伟大成就的真实感悟,用文字记录和展示党和国家事业新征程中涌现出来的新气象、新精神,书写属于新时代大学生的追梦历程与青春斗志、理想信念与家国情怀。征文须突出时代性、人民性和现实性。另外,征文的文体为非虚构文体,内容须原创,要有真情实感。

经过评审专家三轮评选,35篇作品从近400篇来稿中脱颖而出,分获一、二、三等奖。这些获奖作品反映了华东师范大学学生风貌,也反映了新时代大学生的心声。现在,获奖作品由华东师范大学出版社结集出版,为青春留下印记,为校园留下回忆。

感谢学校领导和全校师生对本次征文活动的大力支持。获奖作品及本书不足之处,敬请读者谅解。

华东师范大学党委宣传部

华东师范大学学生工作党委、学生工作部

华东师范大学出版社

华东师范大学中国创意写作研究院

2019年9月

第一章
追梦人自述

雪化了是春天

汗水、荣耀与炽热的青春——我的排球梦

追梦之路漫漫，吾将上下而求索

籼稻田边的监控探头会不会梦到时光机里的贝多芬

雪化了是春天

石欣怡/中国语言文学系 2018 级本科生（大夏书院）

"雪融化了是什么？"

"是春天呀！"

小朋友的回答总是奇妙得出人意料，又那么令人欢喜。想起许多个那样的周末，即使屋外的寒风不停，但是看到屋内小朋友们天使一般的笑容，总有一股股暖流从我心中缓缓流过。

2019 年，是新中国成立 70 周年。自出生以来，我与祖国相伴 19 年，我一直感受着祖国的变化，感受着国家和社会带给我的温暖。也正是在这 19 年里，我心中慢慢生出这样的愿望：我想用我自己的力量带给别人温暖，参加很多的志愿者活动，帮助很多的人，让那些身处黑暗的人，也能感受到这个社会还有温暖，还有阳光。只因为，这 19 年来，我所受到的帮助真的给了我很大的力量，而这种力量，值得传递下去。

2009 年春天，浙江正处于一个多雨的时节，那时候的我，跟着外出打工的父母，从安徽来到浙江的一所小学上学。农村出身的我，来到这样一个完全陌生的地方，却没有像一般小说情节中的那样，受到同学的排挤或者老师的歧视。相反，明明是个不善言辞的插班生，我却很快融入了班集体，并且获得了老师的喜爱，尤其是一位姓岑的、胖嘟嘟的可爱老师。当时的我还天真地以为，岑老师对我特别的喜爱只是因为我的成绩好，只是普通的所有老师都会有的对于好学生的特殊关照。长大后才反应过来，岑老师对我的关爱不仅仅是因为成绩，还有一份对于贫困家庭孩子的关爱，只是老师一直做得很好，从来没有让我因为这种"特别关心"而感到不舒服。岑老师有一个比我大两岁的女儿，因此岑老师给我送书包、文具盒之类的学习用品的时候，总是会说，这是她女儿想要送给我的,想交个朋友呢!现在想想,应该是老师为了保护我的自尊心特意这么说的吧。在那所小学度过的三年时光里,岑老师鼓励我竞选大队长,推荐我参加市级的演讲比赛和书法比赛,带着我到市中心逛图书馆,甚至帮我剪头发……所有这一切,现在回想起来,都觉得十分温暖。不知不觉中,岑老师培养了我的自信,带给我家人般的关爱,对我的影响真的很大。更加幸运的是,直到现在,我还一直和岑老师保持着联系,时不时地在电话里聊一些学习或者生活上的事情,老师一直在我身边支持着我、陪伴着我,给我温暖和信心。

如果说老师给我的如同家人般的关爱是绵绵细雨滋润着我慢慢长大,那么社会上的爱心人士就给了我灿烂的阳光,让我得以茁壮成长。从小学开始,学校里总是会有各种各样的助学金和奖学金,捐助者来自不同的社会群体,却有一个共同的目的——给孩子一点简单的帮助。

记得第一次收到的助学金来自一个亲切的老爷爷,他有着亲切的微笑,当我说"谢谢爷爷"的时候,他对我不停地点头,说"要好好学习呀!"多年以后,我还是会经常想起那个画面。那时候,很小很小的我,还不懂什么是资助,什么是志愿,还不懂这些帮助意味着什么,我只知道,那个老爷爷,那些老师,他们真的很亲切很温暖,他们给我撑起了一片蔚蓝的天空,每每想到他们,我的嘴角都会不自觉地上扬,温暖涌上心头。

为了不辜负这些虽不曾相识却一直在帮助我的人,我真的按照老爷爷说的那样一直努力地学习,积极参加各种竞赛和活动,甚至潜意识里有一种想法:这些帮助是爱心人士因为我努力积极的态度给我的,倘若我不努力,这些荣誉,这些资助,我都是没有资格享有的。虽然这样的想法十分幼稚,但正是以这样简单的心态,我一直加倍努力地学习着,社会上的资助,从某种程度上成了我努力的动力之一。

种子得以成长,仅仅依靠雨水和阳光是不够的,而国家的各种扶贫政策恰如肥沃的土壤,给了我充足的养料。国家的政策给了我的家庭最基础的保障,最坚强的后盾。以前,面对天气不好的时节,爷爷奶奶总是担心会因为收成不好而血本无归;现在,国家的补贴保障了身为农民的他们的最基本的利益,消除了他们的这份担心。以前,面对拆迁重建,外婆总是担忧自己会失去安定之所,但是重新修建的新农村更加美好,为她的生活增添更多的热闹和欢笑。面对新闻中报道的国外恐怖事件,我们的心中都是安定的,因为,我们的背后是中国,一个足够强大的国家,一个能够给予我们安全感的国家。中国,就是最坚强的后盾,正是因为有了如此肥沃的土壤,祖国之花才得以绽放。

这些感动，这些帮助，还有最有力量的支撑，像是梦一般美好的种子，在我心里悄悄生根发芽。我一直梦想着有一天，自己也能成为那个给像我这样的孩子带来温暖的人，给孩子一点学习的启迪和支持，将温暖与关爱传递下去。

2018年9月，我在火车上读鲁迅的散文，看到书中这样一段话："愿中国青年都摆脱冷气，只是向上走，不必听自暴自弃者流的话。能做事的做事，能发声的发声。有一分热，发一分光。就令萤火一般，也可以在黑暗里发一点光，不必等候炬火。"我的梦想就是做那萤火虫，有一分热，就发一分光。想着自己马上就能进入大学，有机会正式参加各种志愿者活动，我的梦想，终于能够开花！

进入大学后，我开始了选择志愿者社团和组织、填写报名材料、提交材料等一系列工作，一步一步地向着梦想前进。面试时，面试的老师问我为什么想要参加这样的一个组织，我的回答很真实，也很简单：以前，都是我接受别人的帮助，现在，我有一些能力帮助他人，特别是那些需要帮助的小朋友，我想把快乐带给他们。

2019年春天，也是这个学期开学的时节，在上海待了半年多的我，已经深切感受到当代生活各方面的便捷，手机支付方式解决了现金支付的麻烦，高铁的不断提速方便了我们的出行，各种各样的电子设备满足了我们娱乐、学习、生活等方方面面的需求。偶尔我会想爷爷奶奶辈的人，他们的生活又是一番怎样的图景呢？奶奶说过，那时候买什么东西都要票，买粮食要用粮票，买布要用布票，甚至买煤油都要用煤油票。交通更加不便，出门就是走，走的还是坑坑洼洼的土路。当时连电视机都是稀罕物……但是，70年来，中国的经济迅速发展，向世界展示了我们的"中国速度"，中国在追逐富国强国梦的路上一直奋斗着，从未停歇。

国有梦，国人亦有梦。我的梦，是与小朋友们一起成长，撒播爱的种子。

我加入这个志愿者组织以来，每周末都与小朋友们相伴，教他们写作业，和他们玩小游戏、聊天。我们清楚地知道，这些孩子需要的并不只是学业上的帮助，更多的是情感上的关怀。每周一次的陪伴，我们都想给他们留下最美好的记忆。或许，多年以后，我们的笑脸，我们某一次拍肩的鼓励，或者一段安心的对话，能被这些小朋友所记起，"哦，那时候有几个很可爱的小哥哥小姐姐带给我不少快乐呢！"就像现在的我，偶尔会回想起那个可爱的胖嘟嘟的老师，那个亲切的老爷爷，还有很多其他人……他们在我的生命中或许是短暂出现，或许会相伴很久，但都留给了我最美好的记忆。

在帮教活动中，我接触的小朋友们一开始都或多或少有一些害羞腼腆，但是相处久了之后会发现他们其实是一群活泼开朗的小天使，很容易就开怀大笑，没有许多的顾虑，喜欢什么不喜欢什么都会说出来，喜欢玩游戏，思维方式很有趣，你会经常感叹，哇，你怎么会有这么棒的想法！

记得那一次和小朋友谈到冰、水和水蒸气的转化问题，我问了他这样一个问题：

"雪融化了是什么？"

"是春天呀！"

看着他扑闪扑闪的大眼睛，天哪，我亲爱的小朋友，你知道吗？那一刻我的心是真的被你融化了呀！与孩子们相处，总是会有许多意想不到的惊喜，他们的思维方式，他们的想象力，甚至他们一个简单的微笑，都是上天馈赠的最大的礼物。

上周的帮教活动，是时隔一个月的见面，小朋友们都很兴奋，许久未见，我们相互都有一些想念呢。我负责的那个小朋友迫不及待地与我分享了很多寒假中有趣的事情，他家的猫咪又长胖了，他寒假看了一本很有趣的书《孤独的半人马》，上面有很多有趣的图……他很激动地向我一个个地讲述着，"老师，你看，神话中的朱雀和现实中的朱雀，差别好大啊！""是的呢，一个是凶猛的神兽，一个是什么呢？""是可爱的小鸟！""老师，老师，还有这个狼人……"

虽然我在严格意义上还不是一名教师，但是，小朋友每一次叫老师的模样都是那么纯真，他们真的把我当成了他们的老师，而且是可以分享快乐与烦恼，可以做好朋友的那种老师。每当想到这一点的时候，都觉得自己是如此幸运，在追梦过程中遇见的风景是如此美妙。

国有梦，我亦有梦。我是千千万万个志愿者中的一员，奉献的同时，也收获了很多的快乐，我将尽我所能，把爱传递下去。

习近平总书记说："我们都在努力奔跑，我们都是追梦人。"他说的是"我们"而不是"我"，这正意味着，中国梦是由每一个中国人的梦编织而成的，我们的梦想或大或小，或远或近，但无论如何，正是因为有了这些美好的梦想，我们的人生才有了目标，奋斗才有了意义，我们的祖国才有了希望。愿做那萤火虫，有一分热，就发一分光，虽然只是那一点光，我也要它骄傲地照出辉煌。

在追梦途中，我一直没有放弃，我的梦也不止于志愿者活动。在学习生活中，我一直以积极进取的态度奋斗着，追逐着更加美好的阳光。积极提交了入党申请书的我，作为团支书，在尽职尽责为同学们服务的同时，也努力学习，争取取得更加令人满意的成绩。我相信，每个梦之花绽放的日子，都是个花香四溢，阳光明媚，还有铃儿般笑声的日子。

　　雪融化了，雨也停歇了。2019的春天，伴随着阳光重现，伴随着花开灿烂，伴随着阵阵笑声，就这样走来了，是谁的梦之花又开始绽放了呢？

汗水、荣耀与炽热的青春——我的排球梦

张　媛/传播学院 2017 级本科生（大夏书院）

"妈，我回来啦，吃饭了吗?"我推开门，气喘吁吁地走进客厅。"你怎么又出去玩了，不是说好在家练琴吗?"妈妈的声音从厨房传来。"这么好的天气，不出去运动真是浪费了!"我嘟囔道。"你看看人家小姑娘都安安静静的，就你最'皮'，每天跑进跑出浑身是汗……"

T恤、运动裤、跑鞋，干净清爽的短发——从小我就是大家眼中的"假小子"。父母希望我能做个"淑女"，给我安排了小提琴、舞蹈课程，可我丝毫不动心。我更向往那宽广的操场，灿烂的阳光，还有和伙伴们一同逆风奔跑的快乐。

播种：迈出梦想的步伐

上学后，作业和课程使得我自由外出的时间减少了。但我仍然喜欢运动、喜欢体育，在空余时间里，我通过电视收看各种体育比赛，其中最吸引我的就是女排赛事——精彩的救球、默契的配合、激昂的呐喊，六个姑娘在长方形的场地挥洒汗水，为共同的目标拼搏奋斗，相互扶持，荣辱与共。那时，我常常想：如果有一天，能像她们一样走上赛场，为自己、为团队，甚至是像中国女排一样在奥运会的赛场上为国家争得荣耀，该有多好!

或许是冥冥之中自有注定，小学三年级，适逢区队组建女排，招募学生运动员。"老师，我要报名!"我按捺不住内心的雀跃，"噌"的一声从座位上站起。因为出众的身

高和较好的身体素质，我自然成了体育老师眼中的"好苗子"。

"妈，学校排球队招人！我想去打排球，当运动员！"

"不行，你每次都是三分钟热度。"妈妈坚定地一票否决。

"这次不一样！你知道我很喜欢排球，我天天都在看排球比赛！"我努力争取。

"当运动员和你看比赛不一样，要付出很多，而且加入后不能轻易放弃。"

我沉默了，妈妈的话像一盆冷水浇在我心头，所有的兴奋在刹那间变为质疑——是的，我还有很多事情没有想清楚：排球真的是我的梦想吗？我能坚持下去吗？

"妈妈希望你在为自己决定前能考虑清楚。如果这真的是你的梦想，我们可以支持你。"妈妈转过头，认真地对我说。

我站在原地，脑海中涌现出那些曾经看过的比赛，涌现出那个魂牵梦绕的排球梦，是的，它现在近在我眼前了！这是一种从来没有过的感觉，对强大的向往与对未知的慌张混杂在一起，相互角逐，此消彼长。最终，梦想之火在心头高高燃起，压倒了惧怕，我好像突然拥有了面对未知的勇气。

"妈妈，我有一种奇特的感觉，它告诉我：这是我想做的！虽然我不知道当运动员这条路有多难走，但我愿意尝试。我会努力坚持下去，不会再三分钟热度了。"

动摇：追梦路上的坎坷

从那以后，我就多了一个新的身份——学生运动员，体育馆自然成了我的"第二根据地"。在排球的陪伴下，我与那些同样怀揣排球梦的女孩一起，走过了一个又一个寒冬酷暑。

2014年，我如愿考入了心仪的中学，一所市重点高中。

高一，正值第一届全国青年运动会，作为校队成员，我开始了紧张的赛前集训。5点半下课后，体育馆五楼里暖黄色的灯光总是亮着，空旷的球馆因为击球声、呐喊声而充满生机。"要啊①，不要放弃任何一个球，每一分都要抓住，再来！"教练抱着球，眉头紧皱，眼神中混杂着焦急和期许，"你们这个水平，走出去就是给学校、给你们自己丢

———————————
① "要啊"是"要球"的口语化表达，意思是要救每一个球。

脸。留下来加练!"

我已经忘了有多少次,奋不顾身地扑出,在冰冷的地板上把球救起,汗水顺着我的后颈流下,浸湿了后背。"去换一件衣服吧!"队友说。"唉,今天第 3 件了。"我苦笑。当我挤上晚高峰地铁、拖着疲惫的身躯回到家后,等待我的还有成堆的作业。

"还能坚持下去吗?"我放下沉甸甸的书包,坐在写字台前,长叹一口气——进入高中后,学业压力更重了,备战训练也不能落下,疲惫感与日俱增,我好像有点开始厌倦了。

抬起头,我的目光不经意对上桌上的相框——12 个姑娘穿着整齐的红白短袖、黑色短裤,额头上的汗水在阳光下显得晶莹剔透,运动过后的疲惫和获胜的兴奋交织在一起,酝酿出最动人的笑容。我仿佛被拉回市运会决赛那天,教练的声音近在耳畔——"这是你们在初中的最后一场球,以后大家就要各奔东西。我希望你们记住那种就算跌到谷底,也要再次站起来的倔强,这是排球能教会你们的东西——一种受用终身的女排精神。""欲戴王冠,必承其重。"我拿起桌边的纸巾,拂去相框上的灰尘。"这可能是一种考验吧,记住你最初的承诺,不要辜负自己。"我对自己说。

在一天天的倒计时中,度日如年的集训结束了,我和队友一起启程前往福州。第一次参加全国比赛,我们忐忑地走进主场馆。头顶高挂着三排大灯,明亮但不晃眼,前后墙壁上各有一块巨型显示屏实时更新着比分,四周密密麻麻的蓝色座位叠了一层又一层,一切都使得正中间橙蓝的比赛场地显得狭小而集中,全场的视线都汇聚在那里。

"哇,好大的场馆,你看,场地周围全是赞助商的广告牌,和奥运会上女排比赛场地一模一样!"队友惊叹道。"哈哈,那你要像中国女排那样厉害才行!"我打趣道。赛前准备时,《怒放的生命》放了一遍又一遍,场馆里的空气似乎都在雀跃着,我好像又听到了教练的话,"来了就不要留有遗憾,要和对手拼到底!"我用力地握住了队友的手,她侧身坚定地朝我点了点头,那一刻,我们终于清楚地意识到了自己有多想为学校、为自己争得这份荣耀! 那是当时最真实的梦想。

一次次扣杀、滚翻、呐喊见证了这段热血青春。对手的进攻像咆哮的雄狮般来势凶猛,"我来接!"队友一个前扑,把球从地上救起。"救得好,发力打!"主攻手从三米线后加速助跑,如雄鹰展翅般一跃而起,手起球落,干脆果断。"打得好,后场防守交给我!"自由人和攻手相视一笑,默契地击掌。

每拿下一分,我们都会紧紧围在一起,"打得漂亮!"队员失误时,大家总是不约而同地伸出手,将她从地板上拉起,"没事,再来!"当我们为每一个球摸爬滚打,不落地不放弃时,当我们坚定地信任彼此,互相鼓励时,一切付出都被赋予了意义。最后一球落地,哨声响起,那一刻,我突然意识到了信念和梦想的重要性——有梦想才会有动力,才能找到前进的方向并且义无反顾!

回程的高铁上,我打开朋友圈,写下这样一段话:

> "那一年,阳光正好。一如年轻的我们般灿烂。
> 福州、青运、梦想、拼搏、我们。
> 何其幸运,平行线在某一处突然有了交点。
> 轻合笔盖,书页翻转。一章节画下句点。
> 但一切已在记忆中,落地生根,花香四溢。
> 加油,姑娘们!未来的我们,拼搏不停、脚步不止!"

坚守: 不忘最初的梦想

比赛告一段落,面临迫在眉睫的高考,一些队友开始选择退出排球队。看着昔日熟悉的战友一个个离开,我的内心充满了不舍和犹豫。

"我希望你留下,帮忙一起带新队员。"教练和我说。

"我再想想吧。"我无法给出确切答案。

那一年是2015,正值中国人民抗日战争暨世界反法西斯战争胜利70周年。暑假,我报名参加了上海市"走近边防线"活动,凭借良好的身体素质和充足的准备,我在选拔中脱颖而出。8月,我代表全市高中生前往内蒙古军区所属边防部队,走近祖国边防线。

在踏访活动的四天里,从海拉尔到额尔古纳再到满洲里,每天都要奔波数百公里。我无数次幻想着边防战士的模样:他们应该有着挺拔的身躯,黝黑的皮肤,肃穆的眼神。

当我真正看到他们时,心还是被什么东西牢牢地抓紧了。

二卡军营管辖的哨所周围是荒凉的,只有黄色的土地和遍野的杂草,还有边疆巡逻线上清晰的车胎和脚步印痕。军营里的氛围庄重而严肃,墙上有这样一句话:有灵魂,有本事,有血性,有品德。士兵们在岗位上站得笔直,一站就是数个钟头,每天透过望远镜望向那千篇一律的荒芜土地,日复一日。

从哨所出发,我体验了一次边防士兵的日常任务。接过士兵手中的枪,把它扛在肩上,巡逻在祖国的边防线附近。那段路,我们36个人谁都没有说话,但步子格外整齐。看着士兵们的背影,望着前方的路和身边伙伴们庄重的脸庞,我突然感受到了那份沉甸甸的责任,意识到了自己过去的认知范围是多么狭窄:原来我们和平幸福的背后,有着无数士兵日夜的坚守,他们用青春岁月,守护着我们的美好生活,在那些孤寂的日子里,是那份家国情怀支撑着他们矢志不渝,为国家和人民奋不顾身。这一段路,这每步的足迹,后来无数次出现在我的梦中,无数次让我心潮澎湃。

在内蒙古的那些日子,我第一次真正领略到了祖国疆域之辽阔,山河之壮美。战士们的军人气质、保家卫国的情怀和对梦想的坚守,给我带来了巨大的精神震撼——我何尝不是为了最初的排球梦坚持到现在!他们可以日复一日地坚守初心,我又有什么理由放弃!是的,怀揣梦想并不难,难的是如何坚守梦想,如何耐得住孤寂、经受得住考验。

"我留下。课余时间我会来球队训练的。我不会放弃。"

凭借着这份执念,我咬牙挺过了那段"学习—训练"两点一线的日子,当我看到小队员们技术日益提高,配合默契无间时,我似乎看到了曾经的我们——欣喜、感动掩盖了所有的疲惫和艰辛,原来一切的付出都是值得的。

前行: 永不停歇的脚步

2017年,我考上了大学,樱桃河畔摇曳的柳枝,图书馆里沉思的少女,课堂中自由翱翔的思维,无不让我为之陶醉……我开始在更大的舞台上追寻自己的梦想。

现在,排球依旧是我生活中不可缺少的一个部分,唯一不同的是,我对自己提出了更高的要求——作为一个大学生运动员,我要努力学好专业课,以丰富的知识、宽广的视野作为基石,加上实战的运动经验,成为一个文体兼顾的"复合型"运动员,充实自己的羽翼,更好地实现自我价值,为社会的发展作出贡献。

12 年的运动生涯让我比同龄人更早体会到追梦路上的心酸和荣耀，我庆幸能够拥有这一段充斥着汗水、呐喊、奔跑的炽热青春。未来，我会把在球场上学到的"女排精神"继续用于学习和工作——坚守自己的初心，不怕苦、不放弃、不退缩，朝着目标奋勇向前。

我们这一代的青年人常常被称作"新时代的生力军"，生于一个安全强大并不断发展的国家，我们是幸运的。在享受时代红利的同时，我们也要肩负起时代给予我们的责任和使命，勇于追求自己的梦想，勇于坚守自己的梦想。每一个人都不是孤立的，每一个人生来都有自己的责任，实现自我价值的同时不能忘了国家，有担当才有成长，有成长才有价值。

"生在蜜糖里的一代人"终究要努力磨炼自己，使自己能真正成为"新时代的生力军"。中国梦的实现，还看我们这一代青年"追梦人"！

追梦之路漫漫，吾将上下而求索

张文斌/精密光谱科学与技术国家重点实验室 2016 级博士生

如果说成长是一段艰难而又漫长的路途，那我们都是那跌跌撞撞、不停赶路的旅客。成长的道路充满坎坷，但因为有梦想的陪伴，我们总能在这段旅途中收获意外的惊喜。追梦之路漫漫，穿过荆棘，走过风雪，作为新时代的追梦人，我们坚信，在最美的年华里，我们定能与梦想翩然邂逅。

从小生长在偏远小山村的我，也是一个追梦人。1994 年，我出生在一个普通农民家庭里。母亲是一个勤恳踏实的农家妇女，由于小时候兄弟姐妹众多，小学没毕业就辍学了，虽然没什么文化，但她吃苦耐劳的坚毅品质在家族里是出了名的。父亲是高中毕业，写得一手好字，有点文化，但高考离分数线差一分，爷爷告诉我，由于当时家里穷，不能再供父亲复读，所以父亲从此便与大学失之交臂。父亲时常和我说，没有上大学一直是他人生中的一大遗憾，他希望我能考上大学，完成他的梦想。爷爷年轻时在村里担任书记，虽然文化程度不算高，但总能讲出许多大道理。记得小时候，爷爷对我说得最多的一句话就是"万般皆下品，唯有读书高"。早些年，父母亲为了生计，必须外出打工挣钱。于是，和村里其他留守儿童一样，小时候我的成长道路上更多的是爷爷的陪伴。爷爷经常和我开玩笑："不好好读书，就跟着我在家种地吧！"在家庭环境的不断熏陶下，我从小就被灌输了"知识改变命运"的思想。我一直怀揣努力改变命运，实现人生价值的梦想，在漫漫的追梦之路上不断求索。

在漫漫追梦路上，求学之路总是最漫长、最难忘，也是最艰辛的。从 6 岁开始上小学到现在，我在漫漫求学道路上已走过将近 20 个年头。那些年求学路上的追梦历程一直激励着我砥砺奋进。

还记得 10 岁那年，我来到乡里面的中心小学读五年级。因为学校离家将近 10 公里，所以只能选择住校，每周周一至周五的食宿都在学校。那时候，学校还没有食堂，学生只能从家里带米到学校，自己洗好米后，由学校提供的公共大锅炉统一煮熟。那时候，学校的宿舍还是从政府那儿租来的厂房，我们班的将近 30 个男生都住在这一个大宿舍里。那时的我们无话不谈，大家都有着相同的爱好和相似的家境，都对未来充满了向往。那时候，也许是因为母亲的影响，潜移默化下，我很快就适应了艰苦的学习生活。在这一年的求学过程中，我开始学会自己照顾自己，开始学会独立生活。前两年，满怀思念之情的我再次回到母校，发现那时的厂房宿舍早已不见踪影，映入眼帘的是由政府出资兴建的学生食堂和学生新宿舍。同时，在它们的对面也多了两栋 5 层的教学楼。看到这些，我不胜感慨当年的求学之艰辛。

因为生长在小山村，从小我便羡慕天上飞翔的鸟儿，憧憬着有一天可以像鸟儿一样飞出大山看看外面的世界。2008 年，我被县里唯一的一所重点高中录取。那一年，我第一次离开了那个我生活了 14 年的小山村，前往离家 60 公里的县城上高中。爷爷本打算送我到县城高中报到，但因腿脚不便没能如愿。其实我觉得，爷爷在小山村里活了一辈子，也没有去过县城，想着能借此机会去看看城市的模样。我和爷爷说以后一定带他去大城市看看，可是这个愿望直到爷爷去世也没能实现。在我临行之际，爷爷没有更多的嘱咐，他看起来很放心我独自一人前往。

第一次到县城，面对一个陌生的环境，一种崭新的生活方式，我对即将到来的学习生活充满期待。作为一个从小在山村长大的娃，第一次走出乡村到了一个崭新的城市，面对纷繁复杂的一切，我看到了城乡之间的那种无形的差距：县城里水泥路上车水马龙，热闹街区高楼耸立，形形色色的商品琳琅满目；乡村里石子路尘土满天飞，土砖瓦房林立。这些差距更加坚定了我努力学习，立志为建设家乡作贡献的决心。在高中三年的学习生活中，我积极主动地和老师同学交流，既保持乡村孩子的那份淳朴，又乐于接受新鲜的事物，这让我在生活中重新找回了那份自信。特别是进入高三以来，面对高考的压力，我深深感到自己身上来自父母和老师的期望，以及自己多年来努力的艰辛。所以，在追梦道路上，我一直全力以赴。

虽然家境并不富裕，但父母一直把我当作他们的骄傲。2011 年的夏天，我收到了中国海洋大学的录取通知书。收到通知书时，父亲和母亲还在外地打工。当我把这个好消息告诉他们时，父亲迫不及待地让我一字一句地把录取通知书念给他听。念完后，我能感觉到电话那头的他们已经开心得合不拢嘴了。在我们村里，考上大学的人屈指可数，考上名牌大学更是从未有过，父母亲决定回家办一个毕业酒席，庆祝一下他们认为的这光宗耀祖的时刻。

学校远在山东青岛，与之前第一次去县城相比，这一次才是真正意义上的出远门了。很快到了开学报到的日子，父亲决定送我去学校报到。但由于处在开学之际，也没有提前买票，购票时我们才发现去往青岛的火车票只剩下几张半夜的站票。为了不让父亲受累，我和父亲商量后，决定让他只送我到南昌，然后我自己从南昌前往青岛。父亲一开始很不情愿，但在我的再三劝说下，他最终还是答应了。父亲拉着行李一直把我送到火车上，临别之际，父亲再三嘱咐我："没钱了就打电话。"火车渐行渐远，父亲的身影也渐渐消失在茫茫的人群中。虽说父亲曾因打工出过远门，但确实还从未领略过大学的风光，那时我就下定决心，在大学要好好念书，争取让父亲参加我的毕业典礼。

就这样，我孤身一人来到中国海洋大学报到，成了信息科学与工程学院的一名新生，翻开了我人生征程崭新的一页。我对着新的目标开始了新的奋斗和跋涉。对于大学生活，我充满激情。来到大学的第一堂课是为期两周的军训，教官们的严厉教导和艰苦的军事训练项目教会了我怎样去直面困难，克服困难。谈到专业，在中学时代我对物理不怎么感兴趣，物理是我的弱项。但现在，作为物理系的一员，我却要与物理朝夕相处四年时光，起初想想都后怕。性格使然，再加上通过军训学到的正视困难的那股劲，我婉拒了同学们劝我转专业的忠告，开始啃这块"硬骨头"。通过大一上学期的学习，我发现物理学起来虽然不简单，但一旦你学会它，就会看到它非常有意思的一面。一学期的学习慢慢转变了我对物理讨厌的态度，甚至开始对它感兴趣。我入校时的成绩并不是很优秀，但是我有着良好的学习态度、坚韧的意志，一步一个脚印。在老师和同学的帮助与见证下，我的学习成绩稳步提升，从大一时的班级第8名，提升到大二时的班级第5名。在接下来的第三年里，我越发努力，一鼓作气，升到了班级第一。在这三年里，我获得了较多的奖、助学金以及荣誉称号，其中包括国家奖学金。每当获得这些奖励时，我都会第一时间和父母汇报，让他们一起分享这份喜悦。这些荣誉的获得极大地增强了我的自信心，因为我的努力没有白费，虽然我没有别人聪明，但是我可以比别人更刻苦、更努力，我一定不能让父母失望。在大学这几年的进步中，我深刻地体会到，只要努力付出，总会有回报的。

在漫漫追梦路上，面临坎坷的同时也面临着很多的选择。在本科毕业之际，面临就业还是读研的人生重大抉择，我和父母商量后，毅然地选择了继续深造。在父母看来，读研究生是家族里几辈子人都做不到的事，他们希望我能飞得更高，走得更远。学习是无止境的，而科研可以让我对学到的知识有更深刻的理解。因为本科期间学习成绩优异，各方面表现突出，我获得了研究生推荐免试资格。参加2014年华东师范大学精密光谱科学与技术国家重点实验室夏令营时，实验室国际化的交流学习平台、开放自由的学习环境深深地吸引了我。在听取了吴健教授生动而又深刻的研究工作介绍后，我对吴健教授从事的超快光学方面的研究工作产生了极大的兴趣。在进入研究生阶段之前，我申请提前进入实验室学习。在吴健教授的指导下，我完成了我的本科毕业设计《氢气分子多光子阈上电离实验研究》。

本科毕业后，经研究生推荐免试，我顺利进入吴健教授的课题组，成为一名博士研究生（硕博连读）。凭借着提前进入实验室学习期间打下的良好基础，加上导师吴健教授的细心指导，我在入学后很快进入科研状态，开始进行强激光场作用下多电子体系分子内电子-核关联效应的研究。但科研从来不是一蹴而就的事情，从做实验到成文再到文章发表都需要攻克艰难险阻。实验之初，导师建议用氩二聚体分子为例研究具有范德瓦尔斯键的分子单电离解离过程中的电子与原子核能量关联共享效应。实验过程中，必须定时监控激光器运行的稳定性，从而保证数据采集效率以及数据有效性。凭借着一股拼劲，我在实验数据采集过程中，每天半夜三点醒来通过实验室电脑远程监控实验进展。可是历时两周的数据采集，实验结果却和预想的不一样。本以为实验就此失败，但一次偶然的机会，借着师兄做实验时激光器留出的一个晚上的空档时间，我尝试着把目标气体更换成一氧化碳分子，再次研究之前那个实验。数据采集完的第二天，我立即着手分析实验数据，惊喜地发现了很明显的预想中的实验现象。在和导师多次讨论交流后，我便开始整理思路，撰写论文。经过长达四个月的审稿周期，论文顺利发表在国际物理学顶级期刊《物理评论快报》（*Physical Review Letters*）上。在研究生第一年发表论文后，我的科研状态渐入佳境。之后，在导师的建议下，我又开展了几项突破性的工作，目前已有多篇文章发表在《自然通讯》（*Nature Communications*）、《物理评论快报》、《物理评论 A》（*Physical Review A*）等国际著名期刊。因为这些突出的科研成果，我两次获得"博士研究生国家奖学金"，获得华东师范大学"校长奖学金"，并入选华东师范大学"未来科学家培育计划"和"优秀博士论文培育项目"。

从研究生入学到现在,将近四年的博士求学生涯(硕博连读)让我更加体会到了成功贵在坚持的道理。科研是条漫漫长路,唯有创新助人脱颖而出,唯有坚持让人不断前行。作为一名科研新人,我一直坚持通过不断吸取新知识来提升自己对所研究领域前沿科学的认识。科研追梦的路上充满艰辛,文章发表的背后更是少不了实验过程中的辛劳的汗水和不懈的坚持。做科研确实很累,但每当想到儿时的梦想,我都会干劲十足。几年的博士求学生涯中,我还不断拓展自己的视野。在导师的支持下,我充分利用课题组国际化的学术交流平台,积极参与和相同领域方向的国际研究小组之间的交流合作,积极参与国内外相关领域的学术会议。2019 年,我很幸运地获得了参加在德国林岛举办的诺贝尔奖获得者大会,我相信这样一次难得的机会定会在我的追梦路上添上精彩的一笔。

从第一次走出大山前往县城,到现在有机会出国领略他国风光,我在追梦之路上不断奔跑前行。虽然一路跌跌撞撞,遇到无数的艰难险阻,但我收获了很多,学会了很多。那句"知识改变命运"一直激励着我砥砺前行。我一直在努力奔跑,我是那个追梦人,我相信,我与梦想越来越近。

籼稻田边的监控探头会不会梦到时光机里的贝多芬

我来自山与大海。事实上，往上数三代，我们大多都来自诗和远方，农村和乡下基本上就是我们梦开始的地方。

在祖辈的梦里，我曾听过九月秋风吹过籼稻田的喧嚷，见过浸泡在肥水中等待冬眠的虾塘，那时梯田上的茶花开放，但仍遮掩不住木瓜砸落在鸡圈里迸发的扑鼻清香。在近些年才彻底荒废的田埂上，祖辈昔年"双抢"时劳作的号子声声，回声如晨雾逐渐消散在时光中，我望着他们，却径直离开，走向人海茫茫。

我认为人和历史的关系不是旅人和故乡的关系，而是考生与习题的关系。

教室书声琅琅，幸甚至哉，这所公立高中在我毕业前普及了空调，这让室内的高中生们比林间夏蝉还热情地歌颂夏天。我看着书页在指尖跃起又滑落，犹如浪花，纸张在读书声中雀跃，数理化幽深，文史哲旷远，翻书声清脆有如人言，似乎在见证着一个伟大时代，我凝视着它，壮怀激烈，于是融入了读书声。

人以负熵为食，大学生饱餐梦想，呼一口气，就是半个共和国。

此刻的我，漫步在如传说中那般美丽优雅的大学校园，兜里揣着饭卡，挂在耳畔的蓝牙耳机高歌着交响乐与赞美诗，这是我最近的兴趣。手中记事本里的文章寸句未就，却布满异想天开的速写，草稿中一个带着礼帽的矮个子少年叉着手蹲坐在路边，眼神飘忽，像是在犹豫着是去图书馆先把神往已久的《人间词话》借出来，还是折道回宿舍赶稿。未来的生活像是被绘画课讲师横飞的唾沫开过光的色彩画稿，满是令人羞愧的破绽与不成熟，却又在等待崭新的颜料落笔。行走在十字街头，春日阳光洒下，我从未如此迷茫，也从未如此充实。

面对空白的纸页,我其实很想几笔带过我的故乡。

在我看来,她和任意一座城市别无二致,有着马路和行道树,有着商业街和奶茶店,以及熙攘的人流和十字路口的监控探头。然而在这些俯拾皆是的事物中,我对故乡那种沉默的治安工具感情尤为深厚。这四方形的隐于路灯侧畔的机械造物,默默地注视着城市街道上的一切,诚实地记录真相和可能的罪行,常能给我带来一种别样的安全感,就像黑夜里的阳光和紫外线。有时寒巷凄寂,阴风阵阵,但举头一看前方路口有个广角探头,便能感受到公权力的注视洒满整条小巷,昭示着治安法的威严。

监控所及,代表公义。我会有如此观念与家庭教育脱不开干系,而我那当警察的父亲似乎也潜伏在这个探头电路所连接的庞大系统中。面对漆黑的镜头,城市荒芜就如父亲般沉默,也如父亲般公正。

父亲作为一名人民警察在家乡工作了二十余年,见证着家乡城市治安系统的逐渐完善,也目睹了法律原则的深入贯彻。我曾问父亲在这一过程中单位有什么风波吗,一向严肃的父亲竟兴起了几分诗意:"就像花开一样,一切都准备好了。"

教育含苞,法则暗育,花开瞬间,人权绽放。

我也曾想象父亲是这座南方小城的健康躯体中,穿行城市如流淌过血管的白细胞,惩奸除恶,驱除病毒,那男人却摆手:"养家糊口,都是工作。"

大概我体内的白细胞亦是这种心情吧。正在赶回宿舍的我挥舞了下手臂,像是天真地想摇出几只白细胞出来观察观察。"细胞们的梦想是履行职责,但他们一同构建出了一个伟大的整体。"我挥笔草就,记事本里又长出一句话。

来上海上大学以后,我发现这里的路灯更亮,探头也更加高级,镜头里似乎都有聪慧的反光——这是过去刚从北京学习归来的父亲的说法,但不知为何,远不如故乡的机器亲切。尽管如此,私以为这种东西还是越先进越好,越亮越好,巴不得中国每个十字路口都有双公正的眼睛,照亮黑夜的路灯能给每一个中国人照出安全放心的回家路。

这样至少"不必等待炬火"的中国人,再不必忌惮于黑暗缝隙里的暴力与不公,能更毫无顾忌地"摆脱冷气,只是向上走"了吧。我想鲁迅先生到了今天大抵也是满意的,新中国成立七十年,这片土地扫除了多少黑恶,照亮了多少灯火,全世界人民共睹。

我也喜欢辉煌的灯火,这也许又是一种家族遗传。

在我的家乡,也或许同样在所有人的家乡,从小区里的楼台眺望,待到视线穿过另一片小区的围追堵截，就能看到主干道上的车水马龙。我的爷爷坚信这是我们家乡城市里独有的风景，在他仍能自由行走的美好岁月中，他无数次地在饭后登高凭栏，把栏杆拍遍，望那片此岸照彼岸的灯火人间，看那条铁兽奔驰瞬息千里的柏油公路，任凭冰冷的风拂过他苍老的面颊，最后才蓦然转身，慢悠悠踱回洗手间惆怅良久。

我一直觉得这样的画面能够作为科幻作品中的一幕场景，或许能被人称作"夕阳朋克"，晚饭后的斜阳和老人脸上的沟壑好像存在某种雕塑美学上的对应关系，静止的画面仿佛自带蒙太奇一般，交叠了时空，发展、富强、复兴，这些老人背影中的交响的主旋律，在那个时间点能够和谐嘹亮地响彻云霄，其中有解放开国的恢弘开篇，有轰轰烈烈工业化运动的昂扬旋律，有改革春风柳暗花明的峰回路转，以及老人浑浊目光中中华人民共和国新时代到来的影子。

当然，我也曾极度地好奇老人沧桑的面孔下，究竟在思索些什么？这个种过地，下过乡，进过城的老工人，他八十年岁月见证下的中国到底是什么样子？还有，这个虚长共和国十岁的工农阶级一员追逐到他的梦想了吗？我原以为这是一个永远无法得到答案的问题。

"那个，阿仔。"一天，爷爷磕磕绊绊的家乡话在餐桌上响起，这是在叫我。正在扒饭的我惊奇地看向老人，他似乎在纠结是否要把口中的话吐出。

像许多老人一样，爷爷常有不明所以的呓语，但这次似乎特别严肃，特意找家里文化程度比较高的我来问询，似乎是想解决一个心结，因此我们都很认真地听着。"那个……台湾的……"老人特地用了别扭的普通话，这是在照顾我可怜的方言水平，在困惑老人与海峡对岸的联系的同时，我有些感动，于是更加认真地聆听接下来的话语。

"蒋介石死了没有？"如惊雷一般，老人终于把话憋了出来，家人都有些哑然，我一时间也不知如何作答。老人有些着急，又补充了一句："那个国民党的蒋介石。"我只好如实告知："早就死了。"爷爷便很高兴地笑。

原来他还在路上，时光丢下了爷爷，而这个老人还未曾丢弃梦想。就像我们有时会很渴望得知一部被遗忘的小说的结尾，历尽沧桑的老人有时会猛地记挂起他的革命事业和敌对分子。而就像我们终于千方百计得知了小说的结局，"就知道会这样！"老人家终于释然地享受这个尘埃落定的美好结局。

每一个老人都是一台活着的时光机。岁月有时会把他们抛回过去，他们便挣扎着归来，身披旧日的理想。

"单纯质朴的梦想是一个时代永恒的钻石。"怀着对如今仍在病榻上的老人的思念,已经来到宿舍门口的我在本子里写下如上文字。

而我们都是大雄,那个不断接受机器猫馈赠的孩子。我不禁想。

"你们赶上了好时候。"我都记不清曾有多少大人语重心长地跟我说过这句话。在国营百货工作到退休的二姑父?差一点考上大学的大舅?一辈子没念过书的外姨婆?他们语重心长的神情像翻模铸造的工业制品般分毫不差,就好像热爱土地的老农在称赞着自家欣欣向荣的庄稼地,喜悦地慨叹着今年如愿迎来的绝好收成。

若是这时我不识趣地倒起自己生活中的小苦水,诸如应试教育"减负"难行、大学文凭含金量缩水、本科生就业难云云,不免有得了便宜还卖乖之嫌,免不了挨上一记"身在福中不知福"的盖棺定论,因此我总是不得不诚恳地附和着长辈的话语。其实仔细想来,事实确实如此。

1999 年,我出生那年,澳门回归,从此共和国的土地上再无殖民地。

2001 年,我开始学说话。这年中国申奥成功,中国加入 WTO,登上世界经济舞台。我开始学会用蜡笔涂鸦,最喜欢画的东西是汉堡包,但真的把这种稀罕的洋快餐塞进嘴里,我会不假思索地将之吐在衣服上。而对我的家庭来说,当年最大的事件是购置了一台摩托车,这似乎是中国作为自行车王国向汽车王国转变的一个缩影。

2003 年,我上幼儿园小班,中国首次载人航天飞行成功。我们这些小朋友们开始知道有一个航天英雄叫杨利伟,这个叔叔飞到了很高很高的天上。童稚的眼睛里乌亮亮的,闪烁起关于天空和太空的梦想。但大多数时候这双眼睛渴望着电视,那个亮晶晶的大方盒子似乎承载着整个世界的精彩。那时的春晚很好看,我是家里的遥控器司令。

2008 年,小学二年级,这一年的北京奥运举世瞩目,全世界的目光聚焦到了中国。那时我跟着爷爷奶奶在屋里看电视台直播,那年的国产电视还时不时会飘起雪花,而那刻的窗户外到处是烟花,炫目如黎明,幼小的我不知道这个国家的喜悦,只是觉得鞭炮隆隆如春节。还有,这年的大地震救灾时我捐了 220 块,其中 20 块是我的压岁钱。

2010 年,小学四年级,中国 GDP 超越日本,成为世界第二经济大国,这个体量庞大的经济巨人开始伸展自己的拳脚。市面上开始流行有关中国威胁论的书籍,我其实看了不少,感觉挺奇妙的,就像在童稚年纪说过的大话与做过的幻想,也像被珍藏入记忆角落的那盒蜡笔,转眼不见踪影,却冥冥中预示着某些未来。

2013 年，初中一年级，辽宁舰靠港停泊，中国高科技武装日益强大。这时的我看了很多高深的书，像是憋着劲儿要给自己的头脑也装备些坚船利炮。与此同时我开始自诩"文青"，指天划地发表高论，仿佛坐在妈妈电动车后座上能看出多少社会问题一样。那时的人生理想是当一个知识分子，还写过几首足以当作笑柄的诗，梦想着"变成天上半明半灭的云彩"。

2015 年，初中三年级，亚投行成立，中国经济地位提升。终于开始自己支配零花钱的我觉得做一个普普通通的有钱人也挺好。

2016 年，高中一年级，G20 峰会在中国举办，中国智慧给出中国方案。就在中国撸起袖子履行大国职能的同时，我也开始试图让自己往成年人的思想上靠拢。

我以为一个现代青年的人生理想不应只是有文化或者是有金钱那么简单，我理想中的自己应该具有独立的思考能力，应该客观理性地看待社会现实，我想将自己梦想的未来世界与这个社会的发展蓝图比对，然后树立正确并且真正属于我自己的价值观，然后凭此价值观行走天下，但求问心无愧。

我想追逐世俗意义上的成功，也想为自己的精神修炼留下一方净土，我相信在国家昌盛、经济腾飞、教育升级的今天，理想和现实之间的距离早已并非遥不可及。我梦想着怀有祖辈那般永不褪色的理想与信念，我生长于此家此国，也同样有一股让中国再次强大的豪气充斥胸腔。我同样梦想着投身中国的新时代建设，像我的父辈一样带给这个国度更多的秩序与正义，带给我的同胞更多的公平与尊严。我的梦想像蒲公英的花苞，等待时代的大风带走花开的声音，让希望的种子扎根在这片热土。

此后两年中，一个文科生开始一遍又一遍地分析着这些国内新闻。目睹着我们的共和国聚焦三农，精准扶贫，供给侧改革，开两会……祖国的强大与进步，历史的教训与趋势，写在书上，做在题里，铭刻在我的三观中。

2018 年，高考作文题：与中国新时代同行的你，何以告诫下一代？

阴差阳错，此时的我已然投身艺术，全国大考的压力相对较轻，于是我半开玩笑半认真地劝谏——"切莫忘却你们上一代的筚路蓝缕，莫要对这些带领国家走向全面小康的前辈们求全责备，我们正追逐着自己的梦想，奉献着自己的青春，切莫开启全知全能的上帝视角对曾经年少爱追梦的我们来场纯粹理性批判。"

宿舍门口的我腰酸腿麻，记事本上已经铺满了密密麻麻的文字。速写小人的身边堆满了"梦想""未来""发展""希望"等名词，看起来精神了许多。

"打球吗?"室友抱着篮球的身影从宿舍门后冲了出来。门内另外两个室友停下争执,扭头望向呆立的我,开始询问我对于米开朗琪罗和贝尼尼的看法。

　　"都给我等等。"我头也不回地走向座位,像是这样就能奔向梦想。"本人现在有大好文章要作!"我大吼,摘下耳机甩在桌上,隐约能听到激昂的乐声,我知道,那是《贝多芬第七交响曲》的第四个乐章,节奏低沉激昂,像是巨人的心跳,正好衬一介书生意气。

　　打球的室友跑出去了,贝尼尼竟隐约占了上风。阳台外春风桃李,我书写着几代人的梦想和追求,献给七十华诞的新中国,也像是走过一条朝圣之路,让我追溯本心,去拜见那个追梦的自己。

第二章
春风一夜吹乡梦

路

林丹丹/教育学部 2018 级硕士生

我喜欢爬山,喜欢站到山峰之巅,在那儿体会"会当凌绝顶,一览众山小"的豪情壮志,瞭望大好河山,感受山风拂面,俯瞰一簇簇村落。山脚下集聚了一些房屋,房屋旁边是大片的田野,田野里开满了油菜花,黄色的一大片,有的田野里开始长出嫩草,一头老牛在惬意地吃着草,为这幅美丽的画卷增添了生气。一条长带映入眼帘,它从远方来,又绵延到远处去,它将这个村落和外界连接了起来,马路两旁遍布着房屋,一条河流起初紧挨着马路流淌,之后流到了田野中,将田地分成了两大块。

那是一条平坦的水泥大道,我曾走过无数次,从小走到大,它承载着我无数的记忆。但它以前并不是像现在这个样子的,村里一位老爷爷告诉我:我们这本来是没有路的。"啊!那怎么去县城?怎么与外面的世界联系呢?"我顿时表示了惊诧与疑问,我潜意识里以为村里的路是一直都有的。于是年迈的老爷爷用他那沙哑、低沉却又十分亲切的嗓音,微笑着给我讲起了我们村"路的故事"。原来,在新中国成立之前,村里是没有公路的,要去县城的话得清晨起来走山路,而正像歌里唱的那样,"这里的山路十八弯",山路弯弯绕绕的,祖辈们得爬过一座又一座山,翻过一个又一个岭,而他们往往肩上还挑着重担,山路很崎岖,踩在泥土上,很容易就摔跤。"走山路"的年代在新中国成立后就逐渐结束了,大伙一起修起了路,众志成城,每个人都很有干劲,每个人都热血沸腾,只因有路在延伸,只为能走在康庄大道上。感谢前人,感谢祖辈,感谢祖国,使得我从小就有家门口这条大道的陪伴。不过我小时候走的大道和现在的还不一样,那时我脚下踩的是黄泥土,坑坑洼洼的,一下雨路就特别泥泞,人们的鞋子上满是泥巴,有车经过时,我们得离马路远远的,因为怕泥水溅到衣服上来。还记得那时坐在爸爸的拖拉机上,颠簸得十分厉害，左摇右晃的，不过我那时并不在乎这些，只是愉快地享受着坐车的乐趣。

上小学时，我家门前那条存在了几十年的泥土路，开始接受改造，最终变成了一条水泥路。水泥路十分平坦，我们坐在车上时以往那种颠簸的感觉没有了，车轮滚过的是宽阔平坦的路面，脚下走过的是舒坦的大道，我们一出家门就能乘汽车到县城，大家心里都乐开了花。当在外奔波的乡亲们春节返乡时，他们开着小车，驶在开阔的道路上，会发现在马路上方几米处，拉着一条红色的横幅，映入眼帘的一行文字是：欢迎兄弟姐妹们回家过年。当回到故乡的人们抬头看到这一行字时，无一不内心触动不已，温暖涌上心头，因为家乡的路永远为你保持畅通，这条路是通往幸福之路，你沿着这条路向外走时，它使得你能够去外面的世界闯荡、拼搏，去开阔眼界，去体验百态人生；你沿着这条路往回走时，它使得你能够回到出发的地方，发现自己的初心，赞叹家乡的变化。

家乡的这条水泥路让无数个和我一样的寒门学子，走出了大山。曾经，年少的我们站在山顶，瞭望远处，我们看到的只是一座又一座山，它们紧紧地挨着，我们想知道山的外边是什么模样。幸而，有了路就有了希望，那条时而笔直、时而弯曲的浅色的带子，那条承载着我们祖祖辈辈汗水与希望的长龙，那条祖国给予我们的致富、前进的幸福大道使我明白，前人已经给我们铺好了路，我们这一代人应不负众望，砥砺前行。依稀记得那年，父亲送我上大学，那是我第一次走出大山。我在家门口上了车，汽车奔驰在公路上，随着车行驶得越来越远，那条公路由水泥路变成了柏油路，渐渐地，车开到了高速公路上，高速公路上设置分隔带，用沥青混凝土制成的路面，车在上面行驶速度很快，道路两旁的防护林像一道呼啸而过的绿色的风，没有行人，没有红绿灯，车开在朴实的高速公路上，让人觉得很安心，让人有一种不顾一切向前的激情，不用担心前面有任何东西阻止你前进。

汽车最终将我们送到了火车站，我明白，那笔直的铁轨正为我铺就梦想的征途，助力我去开启我青年时代的奋斗之旅。在旅途中，我们与素未谋面的友人谈笑风生，互诉彼此的人生故事，那沿途开满的笑脸，表露了我们的心声：憧憬前程似锦的明天，希冀日新月异的祖国。一张张铁路大网散布在幅员辽阔的祖国大地上，四通八达、相互交织，它是铁路，更是国家、民族、人民的大路，它使全国各地紧密相连，让中华儿女息息相通，能够践行古人"行万里路"的哲理，有了越来越多的说走就走的旅行，去体验祖国各地的风土人情。

那时的我就已坚信，我们已经搭上了时代飞速发展的快车，祖国给我们营造了一片肥沃的土壤，在这片充满无限可能的土壤上，你只要肯播种、耕耘，你只要敢于作为，那么等待你的必将是一片繁茂的森林。带着这样一种坚定的信念与对未来的憧憬,我开始了我的在外求学之路。

求学的路上有收获的喜悦,也有陷入困境的迷茫,求学之路是一条漫长的路,从村里的初小,到乡里的高小,再到县城里的中学,大学时第一次出远门,去了省外一个地级市的高校,最后来到直辖市读研,回首过去,慨叹自己不经意间已走过了那么长的路,去过了那么多地方,见过了那么多不一样的风景。我想,我是十分幸运的,我们这辈人接受了良好的教育,能够通过自己的勤奋与毅力去过自己想要的生活。我们这代人拥有着良好的受教育环境,家庭、学校以及整个社会对教育都十分重视,从新中国刚成立时的扫盲教育,到改革开放后的义务教育,再到新世纪的高等教育大众化,新中国的教育发展之路是伟大的,它使得中华儿女能够跟上时代的步伐,汲取丰厚的精神营养,不断地与时俱进,不断地开拓进取,不断地推陈出新。正是因为祖国对教育事业的大力发展与高度重视,我们的求学之路上少了外界的坎坷与阻碍,我们能够安心地去求知与创知。因为我们处在太阳的照耀下,只需苗壮成长就好,没有多少风,也没有多少雨,求学路上的我们,感受到的是温暖,触摸到的是和风,一路向前。

然而对于个体而言,求知之路并不是笔直的,也不是畅通无阻的,每一个阶段的末尾节点处,往往会有一个大转弯,而后又变成一个新的起点,俨然成了焕然一新的、充满未知与可能性的领域。有时候会发出感慨“路漫漫其修远兮,吾将上下而求索”,不管前路多么漫长,不管它是平坦大道,还是崎岖小路,只要方向是正确的,为了追寻真理与梦想,我都会义无反顾地走下去。但有时候并没有现成的路,面对的是一片无人涉猎过的新领域,这时我们就需要自己去开辟、去尝试,敢于做时代的引领者与开路人,闯出一条属于自己的路。

每当我看不清前路,感到困惑时,我就会想到祖国的发展之路。新中国成立七十年来,一直在摸索着前进的道路,其中有过前进与坚定,也有过曲折与踌躇,可贵的是,我们能够永远一往无前,党集聚全国人民的力量,带领人们用自己的双手开创伟大事业,实现伟大梦想。七十年来,“两弹一星”试验成功,恢复联合国合法席位,港澳回归,载人航天,成功举办 2008 年奥运会,成为世界第二大经济体……这一切的一切,都让中华儿女热血沸腾,我们感到自豪,因为我们是黄皮肤、黑头发,写着方块字、说着中国话的龙的传人,也因为我们的祖国正在奏响时代的最强音,带领人民奔向幸福安康。这一切的成就归功于祖国找到了一条适合自己发展的道路,那就是中国特色社会主义道路。我恍然大悟,脚下要有路,心中也要有路。道路上有指引方向的路标,它使人们不至迷失方向;心路上也须有指路明灯,它是茫茫大海中的灯塔,也是神秘星系中的恒星。不管走了多远,我们都不要忘了来时的路,不要忘了出发时的模样,不忘初心,牢记使命,找到一条适合自己的路,并以坚定的心态昂首阔步地向前迈进。

多年后的一次春节,我踏上了返乡之路。窗外的景色一晃而过,平原、田野、房屋、树木、河流,不断地从我们眼前掠过,一路上,我们驶过平原、经过丘陵、穿过山地,我们追赶着太阳,我们追逐着梦想。祖国的大好河山令人如痴如醉,故乡的云、山、水让人魂牵梦萦。我感受着自己那颗激烈跳动的心,我激动于自己在不断地靠近家乡,坐在舒适、温馨的高铁上,从东方明珠所在地,奔赴那永远作为我心中明珠的家乡。

夜幕降临时,我听到了熟悉又亲切的故乡人民的声音,我看到了质朴又友善的面孔,我感受到了亲人们急切又温暖的问候。我到家了,我告诉家人,我的旅途并不颠簸,而是轻松愉悦的。在短短的几个小时之内,我跨越了上千公里,克服了地理距离上的障碍,得以拥抱亲人,互诉衷肠。从曾经的哐当哐当的绿皮火车,时速六十公里,现场排队买票,到如今平稳行驶的纯白复兴号,时速三百五十公里,网络智能抢票,国强路兴,中国铁路的变迁史,是交通的发展史,更是祖国的进步史。我相信,无数的中国人和我一样,为中国高铁的速度惊叹不已,为乘务人员无私的付出点赞,为祖国载着我们飞速驶向美好生活而兴奋与自豪。

我走过、看过很多路,从孩童时代的田间小路、山路、泥土路,到少年时期的水泥路、柏油路,再到青年时代的高速公路、普通铁路、高速铁路,这些是我切实经过的路,是我视野开阔、心路变化及成长之旅,更是我们祖国不断繁荣昌盛的见证。个体成长的脚步不会停止,祖国发展与民族复兴的前景熠熠生辉,大国崛起之路与个人奋斗之路是共通的,祖国的强大与崛起为我们这一代人铺好了道路,我们是这个时代的幸运儿,我们只需奋力奔跑,尽管有时候前路会有迷雾,有时候会有不测风云,但只要心路上一直有那盏明灯的照耀,坚定信念,那么迷雾终会消散,天空终会放晴。古人常云:修身、治国、平天下。"修身"是为先的,修炼自己的内心,让我们的心路更加通透,脚下的路更加坚定,那么祖国的富强之路也将会因为我们而更加绚丽辉煌。

我们想要到达远方,并不惧怕沿途的坎坷,勇往直前的力量与坚定的信仰,让意气风发的我们为祖国的日益强大喝彩,为祖国的持续繁荣助力,为祖国的美好未来鼓掌。远方的路等着我们去开辟,未知的精彩等着我们去发现,祖国在强大的路上,我们在成长的路上。

现实和理想的桥

严云霞/外语学院 2018 级博士生

子弹把黑夜穿了个洞；

铁轨把黎明悄悄输送。

如今我踏上新的征程；

百味皆尝才不负人生。

抔起生活的这份沉重；

不丢掉这过往的热情。

要么读书，要么旅行；

身心在繁华闹市走走停停。

生命中的过客，用心数着

生活带来的些许如花的梦。

——严云霞

时间：1986 年

地点：中国河北省石家庄市行唐县南桥村

我出生在 20 世纪 80 年代的一个名不见经传的农村，那里留下了我童年美好的回忆。静谧的农村，天空是蓝色的，云是白色的。六岁的时候，我就能干帮妈妈做饭、扫院子之类的活儿了。那时候我们家院子很大，院子里种了好多树，夏天最难熬了，知了拼了命地在树上叫着"热死了，热死了"。春天是最舒服的季节。对于我们孩子来说，又有好多野味可以解馋，叫上几个小伙伴儿一起到村边的树林里去寻找叫不上名字的野果,还有酸枣,常常为了摘几个酸枣把手背划出几个鲜红的口子来。然后再到河里摸几条虾,回来后撸一把树上的槐花,洗都不洗直接送到嘴里,那叫一个甜啊。

夏天的晚上,村里的人家家户户都到房子上去晾热,房顶经过了太阳一天的炙烤,到了晚上还是那么热。小时候的我们最快乐了,妈妈就像一台永远不嫌累的机器一样用蒲扇驱走蚊虫,从这满是闷热潮湿的空气中为我们带来一丝凉意,我们望着满是星星的夜空,听着牛郎织女的神话故事进入梦乡。早上天刚蒙蒙亮,就听见街上有人喊着:"冰棍,冰棍,五分一个。"树上的知了也开始了一天的工作。

一到秋天树叶就像赛跑似的纷纷落下来,厚厚的一层,我用比我还高大的扫帚使劲全身力气把它们扫到一起。哥哥去外地当兵了,几乎每两周会给家里寄一封信,将思乡之情寄托在这封小小的信里面,全家人最盼望的就是能收到哥哥寄回来的信。奶奶吃完晚饭就坐在村口的石头上,望着远方,紧锁着眉头,若有所思地望着远方,她的脑海里闪现的是一种纷乱后的宁静。听奶奶讲,爷爷是第一批入党的战士,在解放行唐城的时候,为了不被敌人发现,光着身子揣着炸药包炸掉了敌人的碉堡,后来行唐城解放了,爷爷就奔赴湖南,最后将28岁的青春永远留在了那里的战场上,那块金黄色的"光荣烈属之家"的牌匾至今还挂在屋里。宝贵的生命成了战争的代价,从那时起我知道了战争的残酷性,时刻珍惜我们的和平时代。"党员"这个光荣的称号从那个时候为我所知,并渐渐地激励着我要成为一个对祖国有用的人。

路遥曾经说过,其实我们每个人的生活都是一个世界,即使最平凡的人也要为他生活的那个世界而奋斗。刚上小学一年级的时候,妈妈就经常向我提起全村人引以为傲的唯一的大学生,我发誓要向那位姐姐学习,长大了考大学,要有出息。五年级的时候,开始上晚自习了,妈妈总是做一锅简单而又美味的挂面,我吃完就拿着蜡烛上晚自习去了。那个时候村里没有电灯,街上也是漆黑一片,道路坑坑洼洼,遇上下雨天稍不小心就会跌个大跟头。尤其是冬天,下雪后道路湿滑,更是难走。但我们最盼望的就是冬天上晚自习的时候,虽然冷,但是下雪后,大雪会把晚上漆黑的路映得很亮。从那个时候开始,小小的梦想在我心里生根发芽,我想用自己的努力去换来父母的美好期望和自己的一个未来。

时间：2001 年

地点：中国河北省石家庄市

童年无忧无虑的日子总是过得很快，转眼 21 世纪已经来临。2001 年是令人鼓舞的一年，是我们国人扬眉吐气的一年。我国申奥成功以及加入 WTO，承办 APEC 会议等都让国人感到骄傲和自豪。作为一名即将迈入大学生活的高中生，我的心情是无比激动和兴奋。

这一年，我结束了自己三年私立高中的住宿生活，早五晚十一的日子在紧张的复习中结束了。身高一米七的我体重跌到了 100 斤，瘦弱的胳膊就像地里螳螂挥舞的那两只大钳子一样，不过功夫不负有心人，我考上了我们省比较好的一所一本院校。大学是过去懵懂单调生活的终结，是未来经济与人格自立的开端。记得大学报到的第一天，我怀揣着父母靠种地攒下的厚重的一万元钱，带着家人对我的那份沉甸甸的希望独自一人坐上了去往石家庄的客车。以前从没来过市里的我用陌生而又好奇的眼睛观察着周围的一切，高楼大厦，车水马龙，灯火辉煌，第一次目睹了山村以外的城市生活，第一次接触并知道了如何使用电脑，第一次有了自己的邮箱。我徜徉在知识的海洋里，大学多彩的课外生活大大丰富了我对大学的渴求，开阔了眼界。大学里的我没有忘掉自己的梦想，在追梦的路上我努力着，拼搏着。在大学里，我通过自己的努力和优异表现，顺利通过了入党申请及党组织的各项考核，光荣地成为了一名共产党员。在大四期间，我拥有了自己的第一部手机，拿着自己的 Motorola 手机，听着大街小巷传来的《两只蝴蝶》，追着《流星花园》，我们开始探索新的旅程。

时间：2014 年

地点：中国河北省石家庄市

这是一个大时代，一个中国人回归世界舞台中心的大时代。移动支付、高铁、共享单车、网购的普及，大大改变了我们的生活面貌，提升了我们的生活质量。世界体会到了什么是中国速度、中国模式、中国奇迹以及中国智慧，国人在这个新的世纪开始浓墨重彩大笔挥毫。

我也紧跟时代步伐，硕士毕业后通过自己的打拼拥有了人生中的第一辆车，找到了适合自己的工作，并在工作中多次获得"优秀共产党员"称号。物质上实现了妈妈曾经说过的"楼上楼下，电灯电话"的生活，结束了曾经颠颠顿顿的生活，告别了曾经靠蒲扇度过漫漫炎热夏日的生活。然而自己心中的那份梦想也在渐渐增长,我明白,现实和理想的桥就是要用知识不断地充实自己的头脑,处在以信息经济、网络经济、数字化经济为特征的知识经济时代的我,深知只有赢得知识,才能赢得未来。于是,我为自己的未来重新做了规划——考博。

时间:2018 年

地点:中国上海市

2018 年,是我国改革开放 40 周年。这一年的 7 月 10 日,我国成功发射第 32 颗北斗导航卫星。我们国家取得的每一个成绩我都感到心潮澎湃,兴奋不已。

我按照自己制订的学习计划,利用三年的时间,边工作边学习,这一年终于考上了梦寐以求的华东师范大学。我来到了上海,来到了中国共产党的诞生地,见识了长江的真面目,领略了国家大都市的风貌,同时也被师大浓浓的学习氛围所吸引,被知识渊博的老师们所折服,在这座有着近七十年历史的学府里,在浓浓的学术氛围里,我离自己的梦又进了一步,我要把讲好中国故事的重任担起,在追梦的路上奋进,用自己的所学为祖国的繁荣增砖添瓦,贡献自己的力量。

时间:2018 年

地点:中国河北省石家庄市行唐县南桥村

生我养我的那个静谧的小山村一切都变样了,一排排崭新的瓦房在茂盛的树荫下显得非常气派,有的人家还盖起了二层小楼,原先一下雨就泥泞的土路现在变成了一条条宽敞的柏油路,马路的两边还安上了路灯。小时候就读的南桥小学由破旧的平房变成了拥有四排三层教学楼的校舍,曾经在街巷玩耍的我们的身影消失得无影无踪了,取而代之的是脸上洋溢着灿烂笑容,手上拿着各种玩具零食,穿戴整齐漂亮的新生代。唯一不变的是院里那几棵老槐树,还是那么挺拔高大,槐花依旧甜美,但是再也寻不回小时候的那个味道了。品尝它的人也长高了,不再是那个幼稚的望着满天星许愿的小女孩了。

未来的道路还很长,在追梦的道路上你我同行,在实现祖国繁荣昌盛的道路上我们同舟共济,因为我们都在努力奔跑,我们都是追梦人!追梦的路上我们并不孤独,青春不言败!

碧溪之路，中国之梦

周　佳/教师教育学院 2017 级硕士生

唐有包橤，南有九潭，明澈清洌，汇成一溪，名曰碧溪。碧溪潺潺，横贯小镇，是苏州东部的一隅，与长江之水相接。我的家乡以之为名，男耕女织，已逾千年。悠悠岁月的静好，曾被战火硝烟打破，直至支离破碎……"他们在碧溪上岸，从门缝、窗缝里钻进来抓小孩……"幼时不听话，外婆给我讲她曾听过的故事。战争的创伤印刻在前人的记忆和今人的童年中，它像笼罩小镇的一层暗纱，几代人才将之奋力挣破。

光阴流转。如今，我只能从长江边上那座锈迹斑斑、枯草掩盖的瞭望塔，觅得民族隐痛的一丝痕迹。新中国成立后，碧溪镇以何振兴？以何强盛？以何圆梦？是那"源头活水"般的信念，是那"穷则变，变则通，通则久"的方式方法，是那"碧溪之路"的坚实脚印。我看到的、听到的，或许只是其中的一两步，但仅这一两步便让这代人生长在美好时代了。

我记事的时候，家里是有地的，地上种的最多的作物就是油菜和棉花。我喜欢和伙伴们在油菜花田里捉迷藏，更喜欢帮爷爷捡起一颗颗滚落在地上的油菜籽。棉花开的时候也很好看，大朵大朵的白色花朵，装饰了我的童年。但是不敢多采，大人会骂。到了夏天，就可以"正大光明"去采了。因为这时候棉花已经吐絮，正是收获的好时候。奶奶曾给我缝了一个藏蓝色的布袋子，系在我腰间。那天我特别有耐心，一朵一朵地采，一棵一棵地采，一排一排地采，直到我的布袋子里装满了云朵一样柔软、洁白的棉絮。忙碌的农活让小孩子吃上了冰棍和酸奶，让大人们有了盖房子的储蓄。

但生活不能止步于此，改革的春风吹到了碧溪镇。爷爷的地被国家征收了，外公的地也被国家征收了。原先孩子们捉迷藏的土地上建起了一座座厂房。爷爷去了电厂，外公去了公交公司。大多数的人不仅种地，还去务工。后来我从历史课上知道，这是农村工业化道路，被称为"碧溪之路"。20世纪80年代，党和国家领导人来到碧溪镇考察，肯定了这种"离土不离乡，进厂不进城，亦工又亦农，集体共富裕"的政策。原先的碧溪，仅是货物在小镇流通的渠道；现在的碧溪，成为商品从小镇流向世界各地的端口。

而今，碧溪百姓在这条路上走了快40年了。我从两个人那里真切地知道，人们的步伐越来越快、脚印越来越远。我的外婆和妈妈都是"织女"，但她们织衣的方式不尽相同。

我小学放学后常跟着外婆去厂里。外婆用脚间隔地蹬着踩踏板，用手不断调试纺锤，让线从铜管上剥离，编织出经纬。一天，一台机器，一个人。每到晚上，外婆就会安慰我："这块布下来，我们就回家。"但是那块布往往下来得很慢，我盯着一条条纬线，常常睡着……

妈妈创业的时候，市面上的机械纺织机已经被电脑横机代替。这种新型的机器由电脑主机控制，根据模板程序自动编织毛衣，帮妈妈挑起了曾经压在外婆肩上的重担。小时候去找外婆的时候，在她那台机器前就能找到她；长大了去找妈妈的时候，在整个生产车间都难以觅得她的身影。妈妈不需要操心如何生产，她考虑的更多的是如何接单、如何脱销。高三毕业的暑假，我去妈妈那"打工"，作为一个新手，我可以同时看管六台机器。这些机器安坐在车间内，不慌不忙地喷吐智慧之线，其制衣速度却是熟练工的数十倍。我的工作是每过半小时整理和检查它们的成品。有时外婆想来搭把手，转了一圈，也就笑着走了。到每年"双十一"，妈妈带着人一起赶制"畅销款"。今年冬天，我在巴黎街头看到有个人穿着其中一件"畅销款"，我觉得这很可能是从我的家乡越洋而来。

碧溪缓缓流淌，见证这个小镇几十年来的诸多变革：从依河而居到沿海开发，从荒芜战地到生态小镇，从个体手工到毛衫基地，从乡镇企业到外资合营……如今的家乡，仍践行着"碧溪之路"的精神，但也加快了"体制创新，角色转型"，试图以"服务沿江发展，加快城乡一体，创新社会管理，提高民生质量"的政策理念再创新高。

变革，甚是不易；不变，更是难得。小学时，我在语文课本上读到"增之一分则嫌长，减之一分则嫌短，素之一忽则嫌白，黛之一忽则嫌黑"时，才真正认识了碧溪东北部绿地上的鸟——原来它们就是课本上的白鹭。童年跟着爸爸去钓鱼时，河对岸的白鹭安然觅食;高中军训时,操场外的白鹭惬意盘旋;大学放暑假去体育公园玩时,公园里的白鹭悠然信步。不论滨江开发区如何发展建设,这块绿地永远为真正的主人保留着。年复一年,它们与我们的距离也越来越近。高楼迭起,这块平坦的土地,成为碧溪镇的心脏,碧溪河则是它的血管,脉搏张弛间,小镇以"初学者心态",走在时代前沿。

乡土童谣依旧在耳畔流传,浒浦花鼓依旧在广场演奏,花样土布依旧在坊间浸染,五彩上鹞灯依旧在天空飞翔……世界永远在变化,唯一不变的就是变化本身。但这个小镇在变化中,坚守了一些东西。小镇的成长如此,人的个体发展和国家的整体发展,也是如此。正是革新与传承并重,方能开创,方能圆梦。否则,离了绿水青山,没了百鸟啁啾,失了千年民俗,这中国之梦也怕是异梦了。

个人、家庭、单位、行业都有梦,这些大大小小的梦想的实现,意味着中国梦的实现。圆梦,先要有一颗初心,再要有一份热忱,最后是一身硬核的本领。明年的我即将踏入教师行业,尽管未来茫茫,但我清晰地知道我的方向。践行"有教无类"的孔夫子,推崇"生活教育"的陶行知,他们已经为教育梦想开辟了一条路。而今,像我一样的人,沿着他们的足迹前行,或许能够走得更远,或许能够再开辟一条新路。各行各业,凡要圆梦者,就不能怕这条路上的千难万险。"譬如为山,未成一篑,止,吾止也。譬如平地,虽覆一篑,进,吾往也。"如果每个人都因遇到困厄而止步,那梦想的彼岸即便就在眼前,也始终无法登岸;如果每个人都能够继续前行,即便是一小步,那也是离梦想更近了。家国之梦,有如浩瀚星空,如果每个人都仰望与追求自己的那颗星,那梦想便会闪闪发光。

唐有包粟,南有九潭,明澈清冽,汇成一溪,名曰碧溪。碧溪潺潺,横贯小镇,是苏州东部的一隅,与长江之水相接。我的家乡以之为名,革新与传承中圆梦,又逾数十年。碧溪之路,是中国之梦的一小段。过去、现在与未来,还有深圳之路、上海之路等等。这些路,有重合,有交叉。一代代人奋进前行,终会实现中国之梦。悠悠岁月的静好,随着溪水流淌,终年不息……

五角路口

朱逸菲/中国语言文学系 2018 级本科生(大夏书院)

我几乎要忘了,小时候外祖父母讲的事。

我几乎要忘了,正漂浮远去的岁月路口。

(一)摇到外婆桥

"中华人民共和国"这个词和"1949"年的含义比我们脚下的 960 万平方公里大多了。比起新闻里看到的航空航天、国企民营,我对这几个字背后的认知是在和"外婆桥"一起的童年故事里逐渐构建起来的。从"大上海计划"开始,还有那个 1978 年开始的篇章,上海开始一点点靠近今天的模样,五角场从母亲幼时的回忆里荒凉的样子变成今天金色的地块。中华人民共和国成立以来,包括改革开放在内的各项举措推动中国经济开始了飞速的发展。说发展,科学的做法是以经济指标来衡量,但我更愿意通过外祖父母口中的故事与眼下的社会真实图景之对比窥探一番。改革开放的时候,我的父亲五岁,母亲三岁,外祖父外祖母正值壮年。外祖母每日面朝黄土背朝天的生活不再,她从田亩走向了灶台,成为了长海医院食堂的一员,现在仍有一把好手艺。每一年特定时候,外祖母去体检仍享受着三甲医院老员工的福利。从田亩走向灶台,田边的屋舍自然也被另做规划了。后来,当我看到五角场地区历史回顾的展览图片时,感受到了外祖母常说的矮平房与"下只角"今朝别样的风采。20 世纪 80 年代的五角场路很宽,很空旷,或者也可以说是荒凉,还能在路边看到一大片农田,"味道可大了,直冲江湾体育场跟前"。复旦老教授谭其骧笔下、镜头下的淞沪路集市上还有"五角场综合贸易市场"的牌子,母亲口中周末去集市玩的热闹场面说的大概就是这人满为患的样子。曾经,五角场街心的绿地花园是一大亮点,中间的这个圆可能也是与今唯一的相似之处了。在绿地上方建起了高架,亦城亦乡的上海边缘地区逐渐变成了上海市四大副中心之一,改革开放可以说是一大见证者、推动者了。

苏州河以北的这块地区,在新世纪又开始打造"创智天地"以迎接创新人才,一批世界百强企业入驻这里时,记忆里的小女孩才刚刚接触英语不久,"爸,这是什么牌子呀?"到今天路过时再仰视摩天大楼一角的字母仍能想起当时我和父亲的对话。转眼间,十几载春秋远远地走过了,而与此相关的科教兴市、科教兴国的战略之长远未来又远远地难以望及。我深信,未来这一领域以及各大领域都会有上海从小渔村至大都市、五角场从鱼龙混杂之地至繁华之地的蜕变。

(二) 外祖父这样说

改革开放前,外祖父曾生过一场大病。本是技术工的他,不得已选择去一所业余师范学校学习,而后到民办学校当老师。"更是被人看不起,也没有劳保。"外公边拿起茶壶边说,他打开了盖子,旋即又放下,腾起的热气没有立即断开,绵绵升入空中,犹如结束了那段痛楚,在远处,回忆当时的苦难,"但至少有 20 元每月的工资。"四十余年后的今天,这位老人倒是成天乐不思蜀。附近的社区学校有各类老年兴趣班,家附近还有社区食堂,外祖父也常去各地走走。

聊天的时候,他会先掀开陶制茶杯的盖子,他的白眉常常融化在腾起的雾气里。几十年前他便开始摆弄书画古董,创作的诗词在有些苍白的现代也似有光芒辐射着这位七旬老人。外祖父曾被分配到供电公司做高压线的技工,工人在那个时代地位不高,劳动保障也不完善,常被派到郊区高塔工作。寒暑不论、风雨无阻,工作地点便是家,终日与电为依。由此生的肺病,久久不能根治,这才有了后来去业余师范学校上学的故事。工人,技术工人,或者我们这些年来常常提及的"蓝领",在几十载内走过了千百座高山峻岭,才有了今日的地位。

子夏曰:"虽小道,必有可观者焉。致远恐泥,是以君子不为也。"千年前子夏认为小的技能、技艺纵然有一定可取之处，但对于君子的大业有一定妨碍。某年某月一个午后，上海市杨浦区的初三的孩子们视线一齐落在了试卷上的那行字——"当代社会提倡'工匠精神'"，这是一场模拟考的作文题。那段时间，围绕"工匠"的一段段故事以纪录片的形式呈现在人们眼前，技术工人因着国家的一系列政策指导和规划部署有了崭新的社会形象，其中很多人终于得到了应有的尊重。

八分有奇的核舟上以石青涂抹而成的"清风徐来，水波不兴"逐渐地幻化成改革开放以来这些大国工匠俯首的背影，这些都是"工匠精神"的优秀继承。我有些印象的，包括：怀旧影片里主角口中的大飞机梦，父母口中承载着远方故事的绿皮火车；天海一边"辽宁舰"、C919的感动和身边弄堂里、大世界、外白渡桥的翻修又重建的温馨与传承……

下一个路口，又将有无限的可能。

中国人的口中又会多出无数个为"中国智造"、"中国创新"自豪的理由。"工匠精神"最后的落脚点便是，即使一件小的物件都同样追求细致、精益求精以达到一种精神境界。从外祖父年轻时为包分配而成为工人，到现在年轻人们十几年勤恳求学为一朝蓝色的衣领和几十年树立国家形象的科研创新前线坚守的理想。一天天的日出日落，见证的不仅是一座座高楼的拔地而起，还有包括中国工业在内的各产业大厦的相继崛起，以及一种观念的建筑。求学、就业观念，用人观念都由此产生转变，这是教育观念转化的生动体现。

幼时熟读成诵的"庖丁解牛"与明奇巧人王叔远穿越时空的长河，与当今的一些画面构建起神奇而又自然的联系。将以前的商业、工业与当今的比对一番，会发现不少惊人的转变。那些日子，在电视、网络上看到《大国工匠》、《工匠精神》，镜头下的老师傅从焊接等平凡岗位上走出来，很多人都不敢相信他们当下的成就、所处的位置。脚下这片土地在经济、产业战略等各方面作出了不懈努力，正是在这样的基石之上，才会有"工匠精神"，才会有社会观念的转变。

他们始终在路上，因为中国始终在路上。下一个路口，又当有无数令人欣喜的可能。

（三）下一个路口

后来，还是五角场的翔殷路。我走到路口，还是记忆里的那条街。只是昔日路边的一排小店已逐渐停业了。七八岁的光景里，最喜欢在文具店挑选纸笔和伙伴的生日礼物。在最喜欢的那家挂着红色帆布的小店，我欣喜地拿着母亲给的零花钱挑选午后阳光里散发着七彩的光的包装纸，挥霍着时光的记忆。当我的目光向商店高高的柜台后张望，努力盯着柜台里的人包装，接过礼物时，心里充满庄严。那家挂着红色条纹帆布的遮阳棚的店铺还在这儿，只是我再也进不去了。新闻里说着"军队全面停止有偿服务"，公交车在街上来回穿梭，黑山路附近的街道逐渐沉寂……哦，这一片街道要迎来另一境界。不久的将来，它仍会有活力生机，有人间烟火气。"有一个孩子逐日向前走去；他看见最初的东西，他就倾向那东西；于是那东西就变成了他的一部分，在那一天，或在那一天的某一部分，或继续了好几年，或好几年结成的伸展着的好几个时代。"

惠特曼说"好几年"，往回看才发现我也走过了好几个岁月的路口。成排的店铺接连关了，就像一首筝曲，余音未落却戛然而止，有些突然又竟然显得蔚为壮观。这背后，我们可以想见政策的制定听取了多少方面的声音，又粉碎了多少人心中可能的黑色欲望，壮观的背后是国家的激烈跳动的心与信念。这收回的土地与金钱，会从腐朽化作神奇，成就千百人，也许是千万人的梦。

中国始终在路上，我也期待着我们的下一个路口。

前些日子，奇怪地梦见有一颗门牙掉了。舌头舔上去，便是牙龈了，又联想起种种拔牙事宜，直到室友的声音把我从梦中惊醒。一位朋友说，梦见掉牙齿是说明长大了。即使如今的我看待事物的眼光仍属青涩，也知道中国在这些年的成长。我总是认为自己是同五角场一起成长的。改革开放四十年，五角场又被重新打造了一番。翔殷路上陆续搬迁、停业的琳琅小店背后又是一粒种子在冲破泥土、努力生长。"军队全面停止有偿服务"的旗帜高高飘扬，我开始慢慢意识到，这些新闻里的词汇其实真的就在每个人的身边。

五角场之于上海，很小；上海之于中国，更是小极了。我是土生土长的上海姑娘，外婆也是在上海出生的。只是,我仍没办法将这上海一一道来。我所知道的那点只是"我的上海五角场",而我的上海大抵是等于朝菌蟪蛄之于冥灵大椿,中国之成就当然更是难以细数。

五角场数次经历大型整修,自然离不开技术工人们一次次的挥汗如雨。刚刚走过改革开放的四十周年生日,"工匠精神"成为一种普遍追求,社会的普适价值观悄悄转变,不仅是"匠士",今后还会有更多产业、领域的"士"脱颖而出。年轻人被鼓励去学习技术、自力更生,社会欢迎技术人才,人们羡慕又尊重拥有一手好技术的年轻人。新中国成立首先开垦了一片广袤的土地,当改革开放的春风吹拂大地,无数人的梦开始萌芽。"中国选择了改革开放,改革开放多了人生选择的机会。"一部纪录片里曾有这样一句台词。于是人们将积蓄多年的能量尽情释放,推动着这个国家飞速向前。中国,又站在一个高处,给予后来的一代代又一境界的养育。

这一年,走在现在的五角场……生日,作为一种对成长的纪念和出生的感恩,应当是一个新的起点,新的篇章,新的乐曲。对于出生的感恩也应当是一种回忆。无论我们是否自觉,总是在借助过往的经验理解今天并展望明天。然而,我们手中紧紧攥住的这些历史或者说经验并不会百分百完好地保存下来,我们所能看到的不过是历史的影子。于是我们努力地一点点靠近历史的真实,然后慢慢发现其实这就是我们时时刻刻呼吸的空气,正如卡尔贝克所言:"人人都是他自己的历史学家。"中国很大,政策制定者离我们的生活也很远,但每一个普通人都会在中华人民共和国成立的这七十年来感受到其带给我们生命的涓涓细流,我们也会铭记几个诸如"杨利伟"、"刘洋"的名字以及背后一条条政策或者是一个个名词,它们代表了中国当时的模样。

也许中国梦里无数个这样的人会慢慢淡出历史的视野,成为大历史的失踪者。所以,我们在庆祝生日的同时,应当铭记未来仍旧有无数个路口要走,梦还在高处未圆。通过各项经济指标和行业专家的分析,普通人也能领会几分经济的飞速发展,但曾经去外省市偏远地区社会实践的经验仍旧在面前托起了冰冷的现实。指标本身也存在缺陷,农村曾经哺育了城市,而城市对农村的反哺还很不够。书籍、网络上宏大的信息数据,偏远地区的孩子们很难获取,更不用提上海市引以为豪的素质教育、新高考改革了。随着科学技术的发展,"知识鸿沟"似乎被日益扩大……我们从"科教兴国"、"工匠精神"背后的理念中自然能感受到一番热忱,至于教育这片花园,我还有更多的梦。新中国始终在路上,走过的五十年我不曾参与。将满二十岁的我将迎来您的七十岁生日。我,会与您一起追梦,在那童话般的热气球上。

也许在每一个生日他们都会被重新提起,唤起我们之中某个人心里沉睡的梦。

只是,梦的血脉和精神不断流淌,前赴后继的来者又在这河边铺上鹅卵石、种下繁花。于是又有了茂密的林,梦的热气球便在这花园里一点点升起。

风起云涌,卷几十载烟云。

朝云暮霭,梦在这花园里孕育。

你听,深浅不一的现实回声正歌唱着它的绽放。

追梦今朝——贵州究竟有多贵

陈黄震檀/历史学系 2018 级本科生（大夏书院）

> 2019 年适逢中华人民共和国成立 70 周年，数十年的艰辛与坚守风雨共述，正如习总书记所说："伟大的事业之所以伟大，不仅因为这种事业是正义的、宏大的，而且因为这种事业不是一帆风顺的。"披荆斩棘，历尽沧桑，中华土地上一派欣欣向荣的景象。贵州作为全国范围内相对落后的地区，我想以亲历者的角度，述说贵州的追梦历程，勉励更多的人以"时不我待、只争朝夕"的精神担负起中国特色社会主义时代赋予的使命。
>
> ——题记

2008 年初，仓皇的巨风裹挟山峦林海间萦绕的水气如同一阵狂飙，席卷了平均海拔超过 2 000 米的云贵高原。霎时间，这片沉寂的土地成了雪海冰原，伴随而来的，是数以万计人民的受灾，高山、苍岭、僻远的村庄，树上的冰凌像遏制春天降临的刀刃，直插入山原的腹地……

8 岁的我，蜷缩在烫手的火炉旁边，呼出的白气立马化为冰水落到铁炉上，嗞嗞声起，水汽蒸腾。而在高耸入云的群山深处，在水道和山川的汇合地带，居住着数以万计的人家，在某个寂静的瞬间，抬头仰望冻雨从天而降，大山年幼的儿女眼里结满了冰花。

2008 年特大凝冻灾害，使本就薄弱的贵州经济雪上加霜，如同遍布整个高原的冻雨一般，经济的发展也凝结停滞，城市的境况已不容乐观，更不必言说依附着山峦生长的数万民众。

（一）溶洞王国的哭喊与叹息

自 1949 年新中国成立以来,特别是 1978 年改革开放后,全国各地呈现出一派欣欣向荣的景象,东部沿海广开商路,南海之滨知来藏往,中原复兴,成渝崛起。只有这座"山之国"仍在继续沉睡着,被民众忘却,被经济与政策束之高阁,被视为穷山恶水、蛮荒之地。自明朝才初成规制的贵州黯然躲在角落,任由旁人奚落。

20 世纪 80 年代初期,贵州的最主要人群是"干人",意思是"干巴巴一贫如洗的穷人"。据一位中共中央统战部离休干部回忆,1983 年,时任全国人大民委研究室主任的史筠去贵州调研,发现贵州有些地方的少数民族家庭只有一条裤子,出门的人才穿。后来史筠将贵州的情况写成书面汇报附上照片报送中央。20 世纪 80 年代,时任中共中央总书记的胡耀邦同志去了贵州三次,视察了贵州诸多贫困县。1984 年 1 月 7 日,胡耀邦在贵州省干部大会上说:"贵州省人均(收入)倒数第一,是全国最末一位。所以,贵州还没有最后摆脱干人的地位。"

然而这么多年过去了,贵州经济依旧处于吊车尾的位置。1978 年,贵州人均 GDP 只有 175 元人民币,为全国平均水平的 46.2%。2001 年,贵州人均 GDP 在全国垫底,只有 2 895 元人民币,名列第一的上海人均 GDP 是贵州人均 GDP 的 12.9 倍。2013 年,贵州省人均 GDP 为 22 981.60 元,位列全国所有省份最末位。

贫困,随之而来的是沉默和落伍,高原山岭间横亘着阻碍当地与外界交流的天堑,也一手铸造了贵州不屈和保守的心理症结。

2005 年,联合国开发计划署在《人类发展报告》中写道:"如果贵州是一个国家,那么它的人类发展指数仅刚超过非洲的纳米比亚,但是如果把上海比作一个国家,其人类发展指数则与发达国家葡萄牙相当。"

命运弄了巧,使我最终成为一名在上海华东师范大学就读的贵州学生,我想,没有谁会比我对于初出茅庐便身处世界十大繁华都市的领悟更加有发言权了。东部与西部的实力悬殊,高原与平原的地理差异,沿海和山区的经济鸿沟,文化与视野的大不相同,真就如纳米比亚和葡萄牙般的天壤之别。

我的故乡,我的老家,生我养我的山的土地,你什么时候才能富强起来呢?

（二）生命如同山刺梨般倔强生长

2018 年，在黔东南苗族侗族自治州黎平县的肇兴侗寨，贵州作为春晚的分会场，为全国人民带来了一场酣畅淋漓、美轮美奂的侗族大歌表演。

20 多年前的 1994 年是潘一平、吴永英、吴运美和另外四个侗族姑娘生命中最难忘的一年。那一年春节前夕，她们从湖南靖州买火车站票，日夜兼程地赶往北京。

她们的任务是代表贵州在当年的春晚舞台上演唱侗族大歌《蝉之歌》。对于常年生活在大山中的她们，这样的表演机会珍贵又令人分外激动。"节目表演很顺利，我们回到后台，再次激动地哭了。"

时隔 24 年，她们再一次登上了春晚，而这一次她们的身份是新的侗族大歌表演团队的指导老师。终于，她们不用登上赶往北京的火车了，在自己最熟悉的这片土地上，她们欢快地、含着泪地唱起了她们最熟悉的歌。

1994 年到 2018 年，贵州再次现身春晚的 24 年间隔，成为贵州经济、社会和文化发展的漫长进化期。

2013 年，习近平同志当选为中华人民共和国主席。随后，"始终坚持以人民为中心"等重要思想的提出更是带给了贵州热切的希望。

眼看着其他省份的迅速发展，贵州人在自嘲时，时常流传着这样一句话："经济看沿海，贫穷看贵州。"可是在每一个贵州人的心中，又何尝没有富起来的梦呢？

2013 年 11 月，习近平提出"精准扶贫"的重要指示，并在 2015 年 6 月，亲自来到贵州省，强调要科学谋划好"十三五"时期扶贫开发工作，确保贫困人口到 2020 年如期脱贫，"精准扶贫"一时间成为各界热议的关键词。

作为一名贵州人，我的心时刻为家乡的变化而牵动着，因为我明白，几十个春夏的沉寂停滞，几十个秋冬的步履蹒跚，想要重新点燃和启动这台已经笨重得忘记如何运行的机器，少不了几代人的筚路蓝缕，砥砺前行。

(三) 千里追寻，万里坚守

我的母亲，作为政府机关的工作人员，很快便接到了关于"精准扶贫——打响脱贫攻坚战"的安排指示,并要求落实到定点定村定户的一对一帮扶计划,而我也有幸多次随她一同前往帮扶地点考察实地情况。对长期生活在省会贵阳的我来说,尽管时常听家人提起山里的情况,但在真正目睹了乡村的景象后,我才明白,为什么贵州会成为全国最落后的地区……

大山的阻隔导致交通不便,信息滞后,医疗条件极端落后,九年义务教育的普及只能靠老师满山遍野地去"抓"孩子到学校读书,普遍存在的破败木质板房,没有干净卫生的自来水,仅能饱腹但无法提供足够营养的玉米番薯散落一地,想要"养儿防老"到最后却不能养活、满地乱跑的七八个孩子……

在看到一位当地的老人坐在自家的门槛上时,母亲上前问道:"老太,你的娃娃些嘞?"老人含混地回答:"娃娃? 走咯走咯……""走哪儿去了?""进城头去咯,打工去咯……"老人的话里夹杂着少数民族的方言,我听不太懂,事后问母亲才知道,老人的三个儿子远赴广东和浙江打工了,几年才能回来一次,一个女儿嫁出去以后便再也没有回来过。对于从来没有走出过大山的农村女性来说,她并不明白广东和浙江是怎样的地方,离自己的家到底有多远,为什么自己的孩子几年都不能回来一趟。她有没有担忧过,有没有暗自伤心过,有没有埋怨过痛苦过,我不知道这些年来老人经历了什么,但从老人半白的枯发和已经不太能睁开的双眼中,我捕捉到的不仅是思念,还有无限的悲凉。长达数年的外出打工到底给这个家庭带来了什么? 为什么这么多年来家里没有多大的改变? 我将问题藏在心中,想要寻找到最后的答案。

我看到一个又一个村子里坐在门槛上的孤寡老人们浑浊的眼睛;童稚未褪,父母便背井离乡外出打工的孩童迷茫僵硬的神情;勤恳的农夫和朴实的妇女春夏秋冬勤勤恳恳到头来的收入也不够贴补家用时无声的叹息;由于近亲结婚造成的智力低下的"傻大个儿",畏畏缩缩不敢与人交谈的侏儒症患者;以及长期生活水平低下和卫生条件缺失造成的老人患病无人陪护的惨状。

世人只谓"穷山恶水出刁民",又岂知"何不食肉糜"的心态背后是多少农夫的勤恳和妇人的坚守,多少孤寡老人的泪水和留守儿童的哭声。

这里是中国腾飞,光芒四射背后的阴影,是万千中国梦绚烂璀璨时漫天的纤尘。

老李是贵州省惠水县雅水镇西牛村的一名普通村民。2017 年初,当我随母亲的团队第一次来到他家时,心里不由为之一颤。由于木炭烟熏而变得漆黑的墙壁,散落的用于钉补房屋缺口的木板,摇摇欲坠的房瓦,由于下地劳作而已经泛黄无法完全洗净的衣裤,眨巴着大眼睛的一对儿女。

经过了解,老李的家庭本不至于如此贫寒,但早年因为妻子生病,他们到全国各地去寻医,不仅荒废了农事,还负债累累。正当他们因无任何收入来源而走投无路的时候,盼来了精准扶贫的团队。

县政府拨给困难群众一批麻鸭幼苗和辣椒等几种经济作物的种子,母亲和同事们的任务便是对老李进行"养"、"植"技能的培训和销路的规划。当2018年初我们再次来到老李家时,他欢喜地用养肥了的大麻鸭招待了我们一行人。由于从村子里走到镇上路途遥远,老李的麻鸭无处可卖,扶贫小组的每一个成员都以市场价格购买了老李的麻鸭。随后,工作组的其他同事联系了收购辣椒的零售商,并与老李沟通,打开了新的销路。老李的生活仅一年便焕然一新,扶贫工作的开展真正地"活"起来了。

像老李这样走在脱贫道路上的例子不胜枚举,这也仅仅是万千工作小组中的其中一个成功案例,放眼整个贵州省,有数万名来自不同工作单位的小组成员,举众人之力帮助一户人家乃至一个村子实现脱贫。这其中当然有很多不可控的因素或者不理想的情况发生,但不可否认的是,整个贵州一直在坚定而执着地前进着。

"有志者,事竟成,破釜沉舟,百二秦关终属楚;苦心人,天不负,卧薪尝胆,三千越甲可吞吴。"

在海拔2 900多米的贵州省六盘水市海嘎村,一位驻村干部发下"海嘎一天不脱贫,我就一天不下山"的重誓。根据贵州"一村五人"和"一人驻村、单位全员帮扶"的扶贫要求,贵州每年选派5.6万余人、1.1万余个驻村工作组,赴全省11 590个村(含9 000个贫困村)开展驻村帮扶的全覆盖工作。我的母亲就是这5.6万余人中的一员。

在2020年全面建设小康社会的总目标下,2016年6月16日,在第二次大扶贫战略行动推进大会上,时任贵州省委书记的陈敏尔强调:"距离2020年倒计时还有1 659天、39 825小时、2 389 530分钟。"

我俯下身去触摸贵州山原形成的独特的土壤和岩石,仿佛听见,这个由喀斯特地貌形成的"溶洞王国"在万千溶洞里回响着,"谢谢你们"。

这个落后的西南省份越来越可能成为中国梦和新时代的某种体现,被各方力量所推动。

2015年9月,国务院印发《促进大数据发展行动纲要》,系统部署大数据发展工作。当月18日,贵州省即成为我国首个大数据综合试验区,对于国家来说,大数据是一种资源、一种技术、一种产业,而对于贵州来说,大数据是贵州经济弯道超车最重要的机会。

2016年5月,"数博会"隆重举行,国家领导人出席开幕式,英、美等大数据产业的重要国家也派出代表参加,国家部委领导、国内外企业家、专家学者以及具有重要影响力和行业代表性的协会组织、机构、媒体聚集贵阳。

这意味着贵州这个穷困多年的地方,正在成为某些新产业的桥头堡。因为政策优惠和新地区的弹性,部分新产业可以在贵州获得更大的空间和回旋余地。

(四) 筑城新就、杜鹃重生①

2018年,是贵州"大丰收"的一年。美国苹果公司在官方通告中宣布,将把 iCloud 的中国服务交给云上贵州打理,并将在这里投资建设一座数据中心。同年年初,贵州茅台在1月份第三个星期一开盘,股价创下799.06元新高,成为国内首个市值突破万亿的酒类公司。在2018年中国品牌价值评价信息中,贵阳本土企业老干妈以121.48亿元排名食品加工企业第2位。出生于贵州安顺镇宁县的企业家任正非带领华为在2018年一度超越苹果成为世界第二大智能手机品牌,打造属于中国的世界品牌……

随着贵州的飞速发展,越来越多的青年人开始回首观望这片熟悉的故土,在蓦然回首的那一刹那,如同我一般,热泪盈眶。

贵州本土导演毕赣记录着家乡凯里的故事,带给观众《路边野餐》、《地球最后的夜晚》等作品;2018年广受好评的电影《我不是药神》中黄毛攥着的车票开往贵州凯里;《无名之辈》中的各色演员操着奇奇怪怪的口音佯装贵州话,拍摄地位于贵州都匀;2019年初,贵州导演陆庆屹拍摄的纪录片《四个春天》记录了在贵州三都县父母的生活轨迹,上映后豆瓣评分高达8.9;《声入人心》的常驻嘉宾周深、在民谣界经久不衰的民谣女神陈粒都是土生土长的贵阳人,最早通过神曲《忐忑》一鸣惊人后来凭借扎实的唱功俘获观众的龚琳娜,还有在2018年由于标准的贵州毕节方言而蹿红并一举成为抖音最火的网红毛毛姐也同样生长于贵州……

---

① 筑城是贵阳市的别称,杜鹃花是贵州省的省花。

古往今来，我的家乡都只是一个名不见经传的偏远地区，然而近年来，无论是世界最大的射电望远镜"天眼"的成功运行，还是贵州铜仁梵净山入选世界自然遗产名录，都如同一幅幅壮丽的影像在我的脑海中闪烁。

时至今日，我早已因我来自贵州而自豪，如果有人想要问我所有关于贵州的一切，我会滔滔不绝地向他说上三天三夜。我的自豪来自贵州的飞速发展，而贵州的自豪源于国家的扶持和深入贯彻落实的新时代精神。1979年的春天，邓小平老人在南海画了一个圈，深圳便如一个奇迹般崛起，如今的贵州也像这样的一个圈，在新时代成就一个新的奇迹。

很长一段时间内，贵州的生存环境被形容为"天无三日晴，地无三尺平，人无三分银"。然而，如今的这片神奇的土地上，一些花苞开始悄然生长，如同贵州毕节花开万山的百里杜鹃一样，不鸣则已，一鸣惊人。

我来自贵州，一个穷山恶水生活不易的西南省份，一个民族杂居的偏远地区；我来自贵州，一个多彩旖旎风光无限的宝地，一个千疮百孔却又万象更新的地方。

梦开始的地方是家乡。中国梦在70年的编织中愈发绚烂，在那片斑斓的梦境中，真希望贵州也能破土而出，占据一席之地。我相信，70年的韬光养晦，贵州终将成为后起之秀，伴着绿意与清风，在中国的大地上闪耀希望的光芒。

正如2011年1月16日，在北京人民大会堂宴会厅举行的"百花迎春——中国文学艺术界2011春节大联欢"活动中，导演娄乃鸣问道："贵州有多贵？"

娄乃鸣身旁的冯巩接过话："想多贵就有多贵。"

新疆，别停下你的脚步

张韶雪/中国语言文学系 2018 级本科生（大夏书院）

> 站在广袤土地上的我们都在呼唤着：新疆，别停下你的脚步。
>
> ——题记

我来自新疆，祖国最西北的地方。如今，我在上海，祖国东部沿海的地方，这里离我的家乡有 4 000 公里。

同样，梦想也是一个很遥远的词语，听上去似乎是个长着翅膀，又轻似云彩的在空中漂泊的东西，而它往往又存在于那些沉重的，背负着躯壳的生活之中，与夜晚的旅人的疲惫的叹息声，痛苦的呻吟声，抑或奔波途中的沉默与诉说交织在一起，难舍难分。这是梦想之于许多人的事实，也是梦想之于许多人的意义。

那么梦想之于一个民族，之于一个国家的意义呢？

偏安在西北一角的我，十八年来从来不曾认真思索过这些宏大的命题。因为透过无数屏幕，透过无数陌生又熟悉的声音，透过一辈又一辈出去闯荡的人的眼睛，我看到那翅膀已经在祖国的东方、南方留下了它的轨迹，在盘旋，在扎根。是一栋栋高楼在破落的土地上崛起，是面向国际的都市的建立，是一代代西部人跨越一个祖国的距离的追梦旅程。

头也不回，义无反顾。

"唉，你去了内地，还会回来吗？"

"过年的时候会回来看看吧，你也抓紧，考出来，别回去了。"

就这样，我身边的人，慢慢地走向远方了，家里的姐姐们早已在外定居，我的前十八年的后半程就是在不断地送人离开,送他们去追求自己的人生。

可是我不懂,为什么要离开呢?为什么离开了就再也不回来呢?在幼小的我的眼中,那时的西部人的梦想就是离开不发达的家乡,追逐着远方的模模糊糊的改革开放投射下来的影子往东南迁移。我只是很落寞,失落着,疑惑着,那个"中国梦"的青鸟为何不能稍微地停留在这片沉默却广阔的土地上?

就这样,天山的积雪每年仍在四月消融,伴着新疆只出现一缕的、穿越草原的春风,化作清冽的雪水,注入伊犁河,跨越河谷的无数城镇,追逐着离去的背影,最后与沙漠戈壁缠绵悱恻,消逝在漫长出疆线的一缘,再不能前行。只有漫卷黄沙的风代替它疲倦的脚步,走完了这 15 个小时的路。

雪山,草原,绿洲,沙漠,就这样默不作声地送别这些追梦的人,高楼上的叮嘱,临行前的耳语,城镇里的呢喃,早就化作山洞中巨大空灵的回声,呼啸而过,不留痕迹。

只有沉默,沉默。

西部就是这样的默不作声的存在。也有过轰轰烈烈吧,在我的祖辈还未曾踏上这片土地的时刻,新中国刚刚成立,是一批批雄心壮志的人来建设西部的壮志豪言,千里迢迢地跨越高山草原沙漠戈壁,在光秃秃的野草滩上挖出黑色的黄金;是一代代兵团人的辛勤劳作,将原本荒芜贫瘠的土地,划成一个个规整的"田字块",绿色重新蔓延上黑黄的大地边缘。我的祖辈正是在那样一个年代来到新疆,定居在了伊犁河畔。

轰轰烈烈之后,是安静的平稳,当初一腔热血建设祖国的热情依然在老一辈人的血液中流淌,却在后辈这里渐渐断层了。

一代又一代的人来了之后,是一代又一代的离开。西部偌大的土地太沉重,或许追赶不上东部的步伐,它只是疲惫地走着走着,缓缓地看着云彩的远航。这或许,是那些追梦人离开的原因吧。

小时候的我很不解,偷偷地想,如果我们都离开了,谁能托得起这 160 万平方公里的重量呢?是那些定居在这里的祖辈们吗,是垂垂老矣的在这片土地一直生活奋斗的少数民族同胞吗?年轻一辈沉默着,我的同伴沉默着,伊犁河的水沉默着。

在我 9 岁的那一年,在 2009 年,在我 18 年人生中的中间段,我终于听到了来自内地的回声。然而却是以尖啸着,凄厉着,哀嚎着的方式响彻祖国大地。

很多远方的朋友或许已经记忆模糊了,或许不了解其中的原委,或许因此对新疆有了不好的印象。2009 年 7 月 5 日那一天,夜幕笼罩的不仅仅是乌鲁木齐那一条繁华的街道,更是整个新疆的天空,大漠上的星和月,被云彩遮了眼,躲在乌漆的夜幕后,隐隐地透出光芒来。

从那一刻起,从那之后的许多年,我们用了比以往更大的努力,去修复一切,抹平伤痕,治愈我们的疮疤。可这片土地太沉重,我们的距离也太遥远,寻梦更加遥远了,青鸟在躲着我们,带着云彩飞走了。甚至,连云彩的尾翼我们都无法紧握。

许多许多声音在骚动着,像利刃一刀一刀地刻在我们的身体上。

"少数民族有很多暴恐分子吗?"

"新疆是不是很危险啊,以后别去了。"

"那是一个什么地方啊,你们怎么不搬到别的地方去?"

是一个单独为我们开辟的安检窗口,是一个听到籍贯时警惕的眼神,呼吸的一滞后是脚步的疏远。那几年的我们,被深深挫败着,打馕的维吾尔巴郎子一挑一挑快熄灭的炉火,靠在冷清的街道的藤椅上休憩着;做冬不拉的哈萨克兄弟,锯木头的声音渐渐低微下去;回族大叔的餐馆门口排队的队伍不见了,只有几个跑长途的货车司机还在一顿大盘鸡一顿拉条子地吃着;漂亮的有着长长睫毛的少数民族女孩子好久好久没和我们一起跳舞了,手鼓落了灰,放在柜子顶上了。

他们说,这就是挫折,我只觉得好难过。没有人再听这片古老西域土地上的驼铃声了,大家都紧紧地捂上了耳朵。

2009年的冬天,好冷。

2009年,是新疆离梦想最远的一年。

我不是少数民族,我的祖辈是从东边和中原地区一路迁徙定居在此的,但我是土生土长的新疆人,这里是我唯一的归属地。在伊犁河畔降生,和少数民族的伙伴一起长大,见证这辽阔的土地一步一步前行,赶集的巴扎儿(市场)渐渐多了内地同胞乃至外国友人的身影,昭苏的马场上观看天马飞驰的目光从世界各地汇聚,克拉玛依的"磕头机"年复一年地工作着,"血液"通过西气东输的管道流向遥远的东部。

走出新疆的我日益清楚,它走得不快,不像东边的兄弟们那么轻盈,那么迅速,地理的阻隔,环境的限制使它背负着雪山沙漠一步一步踏实地走着。我们在即使缓慢却幸福的行进中,没能留神身后的暗流汹涌。我曾说新疆是沉默的,我却错以为新疆是没有追逐的。在那后来许多许多寒冷的冬季里,我才真正见识到自己视野的渺小。

新疆多山,群山寡言;新疆多沙,沙漠不语;新疆多雪,雪落无声。可新疆人却不多,所以我们要让高山大河、沙漠戈壁倾听属于我们的声音。

人们总是说患难见真情,因为平稳时,人们像是天上的星星,追随着夜空的轨迹,一夜一夜地运作,相隔不远,每个人的微光却又不若太阳那样耀眼,因为一点微光就能够使夜星河璀璨,流光溢彩;患难时不同,除了光,它还需要一点热,所以那时的人们不是星星的微光,而是火焰的热度,一点一点的火星汇聚起来,就是能够燃烧黑夜的热烈。

从什么时候开始,我清晰地看到了新疆人民所追求的东西。

在这样的挫折中,人们似乎多了一点坚持,我知道,我们想要抓住那只远去的青鸟。

是从身边的同学开始的吧,他告诉我:"我要考出去,然后回到乌鲁木齐做老师,让我们的孩子有一个好一点的教育基础。"

身边的警察小哥日夜不息地奋斗在大街小巷,他们说:"保障人民安全就是我们的幸福。"

天马节的工作人员在客流量稀少的六月依然坚守岗位:"只要还有人,就要让他们看到最好状态的天马。"

兵团的瓜农们仍然在辛勤耕作:"吃到瓜,别忘了咱们新疆朋友。"

每个人都像以往一样工作生活着,眼中却多了一些闪闪发亮的光芒,我们还在沉默着,我们的脚步却更快地赶上前方的,已经被人走过的路。

可以落后,但绝不认输。

离开伊犁,去乌鲁木齐求学的三年,我见证了无数的手从四面八方伸来,好像在说:别放弃。

江苏来的高材生老师在无数求知的眼神的簇拥下笑得格外开心,深圳投产的工厂在喀什安家落户,我的身边充斥的各种口音,他们是一个城,一个省,乃至一个国家的基建。

在无数把柴的助力下,再回来时,2018 年的冬天已经没那么冷了。

我也走出了原来的小城,来到了上海这个中国最前沿的城市。我以前总是憋着一口气,想要去看看那些被众人仰望的大城市,看看超高速发展的内地,看看已经实现惊人成就的沿海。直到真正踏上这片土地,我才发现,也许我们没有那么大的不同。不是说经济水平抑或其他方面,而是一种态度。

这种对于生活和生命的态度,大家没有什么不同。一样地努力工作,日复一日地积累,疲惫与感动掺杂,快乐和烦躁相伴,艰难而充实地度过每一个未知的白天,然后在万家灯火中许下一个又一个关于夜晚的美好愿望,沉沉入睡。或许每一个人心中对于梦想的定义都是不一样的,甚至有一些模糊。但一点点汇聚起来,就足以承载一个国家的重量。

而我也理解了那些离开家乡,去其他城市安居的前辈们的心情。只要怀揣梦想,哪里都是适合播种的土壤。新疆与祖国的其他地方又有什么分别呢?只要力量足够强大,在遥远的地方也能感受震荡,这不仅仅是某个国家、某个地区的腾飞的翅膀,只要有愿意努力的人,就有繁荣的希望。

还是有人听到"新疆"两个字的时候会皱眉,还是有人不了解其中的情况任意揣测,但更多的来自全国各地的目光是亲切而友爱的,或许不了解原委,但是仍然保持善意。这或许就是一家人的真正含义吧。即使民族、地域、观念不同,我们仍然肩并肩,背靠背,一起用我们的双眼追随梦的尾翼,用我们的双脚一前一后地追逐奔跑,可能有一些距离,然而手却是牵着的,谁也不曾停下谁的脚步。

我想,这才是国家和人民都真正想要追逐的梦想。

到现在为止,我依然不能够清楚地阐释梦想这个宏大的命题,我相信也没有人能够用语言描绘出完整的属于一个国家的梦,但是在过去的 18 年里,我看到了追逐梦想的人,我们沉默寡言,但活力四射。

梦是什么?我说不清楚,但有些东西已经不再是遥远的梦了,我站在中国,乃至世界上最安全的土地上,我的家乡,如此说。

追梦的人是什么?我说不清楚,可是我们这些生活在这片热土之上的追梦者却用行动表示得很清楚了:我们在做的,就是将遥远的梦变得不只是梦,而是真正能够实现的现实。

油田里的新时代

谷乾鹏／中国语言文学系 2016 级本科生

（一）老人的叙述里，藏着历史的真实

我一直觉得，中原人有着一股劲儿，这种东西很难被条分缕析地阐明，似乎只能归结于某种模糊的文化范畴，却是真实可见的。

一直到我 18 岁来上海上大学，除了短暂的旅行，我从未离开过河南，从未离开过那个"五线"小城市。

过了冀豫省界，再走上那么几十公里，就到了我的家乡——濮阳。这里曾经因为发现油田而登上过《人民日报》，但我最自豪的，还是它悠久的文化。我身在外地，常常对人说起我的家乡："'送子涉淇，至于顿丘。'顿丘就是我老家，三皇五帝的时代，那也是帝都啊……你知道城濮之战吗？你知道退避三舍退到哪里去了吗？那就是我的老家……我们那里发现了'中华第一龙'，江主席也去过我们那里……"是的，或许你已经发现，提起我的家乡，总是会涌起一种"寻根"的冲动，这是五千年中华文明的源头，这适于农耕的平原，孕育着中华民族的性格与行为方式。但不可否认的是，似乎这种辉煌一直停留在数千年之前，后来的历史，尤其是近百年的历史中，这片土地始终默默无闻，人们在一种没有历史的尴尬中活着。直到近代侵略与饥荒频繁地发生，平原的百姓再次被卷入历史的进程，苦难的记忆替代了辉煌的骄傲，历史书与档案被刻上了苦难的烙印：

> "咸同之际，匪乱四起，民苦不堪言……
>
> 宣统三年，河南兵祸不断；

民国三十一年,全省大饥荒……"

苦难成了几代人共同的记忆,一直到现在,我姥爷每顿饭一定要吃一块地瓜,不管大小,他觉得不吃点地瓜,总感觉跟没有吃饭一样。

如果说历史的暴力可以被解释为一种偶然,那么这片"绵羊地"所孕育出的人的性格,就能造就一种超脱苦难的必然。

我姥爷生在新中国成立的那一年,和新中国同岁。兄弟姐妹总共有七个,他是老大。他很早就去当兵了,这在他说起来常常是一份骄傲:"我 16 岁就去当了兵,20 岁就当上排长了……"

那是 1984 年,他转业到地方,我们那个小城市刚刚建市,现在的"八纵八横"只有京开大道那么一条。这个历史文化底蕴如此深厚的城市,却是因为石油——这种现代化的资源才从安阳的管辖下脱离,成为一个地级市的。我姥爷,就是从那个时候起,成为石油系统的一员的。

"1984 年的时候,京开道往西,全部都是庄稼地。"

最艰苦的是,没有指挥部,连办公的地方都没有。

"那能咋办呢,就一砖一瓦地盖呗!"

他们就在这种情况之下,开始了中石化在濮阳的征途。最开始是清理土地,一层层的庄稼、淤泥、水洼被他们清除,然后就在工地上搭上简易的棚子,吃住都在这里。

"盖房子的时候那该不很累很累啊,那时候咱家还在台前(下面的一个县),我一个月都不回家一回,冬天的时候,就在屋里边烧个煤球,手指头冻得呀。"

"那你没想过不干?"

"咦,这咋能不干呢? 这才多大点苦,原来跟着我一块干的一个工人,他家里边只有四个小马扎,一个临时钉起来的小四方桌,别的啥都没有,就这人家还拼死拼活地干嘞。我这当领导嘞,能说啥。"

我姥爷没有太高的学历,甚至可以说是没怎么上过学——在进炮校学习之前,最高只念到小学四年级。但他有着一套简单的哲学:"你想干事儿,那肯定得有困难,没困难那还叫干事儿? 想干事儿就不能怕苦,也不能怕累,非得这样,才能成。"我感受到他们对于肯定性力量的坚持和信任,对于建设的巨大热忱和真情。在这种精神的鼓舞之下,他们用一年的时间,建起了指挥部,又用两年,建起了油库,又用三年,在这片小小的土地上建起了数十个加油站……而我的家乡，也在众多建设者的合力作用下，从只有一条路发展成今天的"八纵八横"。我们的祖国，正是在千千万万个如我姥爷这般的建设者手中，才从一穷二白发展为今天这个样子，才有了一处又一处的繁华与盛景。这盛世的华章离不开苦难的记忆，无边的光景离不开建设者忘我的付出。每每想到这些事情，想到这些曾经为了一个信念、一个梦想而奉献全部精力的人们，我总不由得感叹："这是激情燃烧的岁月啊。"

我时常会想，这种精神性的力量到底有着怎样的实质？每当我去分析的时候，它总是变得模糊，似乎很难厘清这种精神的内部逻辑以及发生原理，似乎这是一种激情，一种集体性的激情，在这种文化记忆中，一种来自故土的浑厚生机和现代化的建设热情融合在一起，使得他们得以在一次又一次的征程中取得胜利，从废墟之中塑造新的辉煌。

（二）人总在不同的时代中发挥着各自的作用

在我的记忆里，这座小城是一个"混合体"，它是两种文化的混合——东城是油田，西城是在原有村落基础上长成的城市。我一直有这样一种印象：东城带着一种现代工业文明的气质，来自五湖四海的人——河北人、四川人、山东人、湖北人等等，和本地的工人们，一起组成了一支进行现代化建设的队伍，从石油大会战一直到今天，他们来到这里，他们的孩子长在这里，他们变成了本地人。

我后来常常采访一些已经变成本地人的"外地人"。例如一位姓刘的老人，老家在河北，他已经 70 岁了，早些年的时候，当过劳模，1996 年左右就退休了。但这位老人有个算不得手艺的手艺，他喜欢磨菜刀。于是就在采油一公司家属院门口摆上一个摊子，从 1999 年春节以后开始，风雨无阻，每天必出摊儿，磨一把刀 5 毛钱，二十年一直都是这个价儿。不光是价格低，活也做得精细，常常会划破手。

老人的儿媳妇是个本地人，最开始那几年，她常常会为了这个事情和刘老爷子吵架：

"你缺那几个钱呐，爹？"

"这跟缺不缺钱没关系。"

"那你图啥呢，爹？"

"我就想着老了以后发挥余热。"

我听他说起这件事情的时候,也感到诧异,但诧异的并不是他做这件事的动因。事实上,我清楚他做事的动因,这是一种形成善的伦理关系的自觉。当工业文明取代了农业文明之后,人们并不是只凭借熟悉和共同生活连接在一起,相反,人类的生活被高度职业化之后,需要一种善的伦理,一种人与人之间相互敞开的道德关系。但我还是惊诧,老人竟能够如此坚持,如此自觉地践行着一个信念。

"最开始来濮阳的时候,那肯定的呀,谁跟谁都不认识,我们邻居之间都不认识,我就去串门儿。"

"我真心去交朋友,人家自然也是来者不拒,慢慢地就熟络起来了。"

"那邻里之间当然还是得融融洽洽的了,都搞得跟陌生人一样哪行呢!"

这或许构成了我们国家的基层伦理。从我的家乡来看,在这些老人的努力之下,慢慢形成了一种积极的伦理。邻里之间的互帮互助取代了之前的宗法社会中的长老政治和差序格局。人们在一种平等的氛围中展开与他者的关系,这种关系一直持续到今日。物质的繁荣与丰富,伴随着的是新的伦理观念的形成。这正是像刘老爷子这样的人自觉践行的结果,正是他们身体力行,才将传统的伦理资源转化成一种现代的模式。

上次见老爷子的时候,他正在跟邻居下象棋,而他那儿媳妇也围坐在树底下和邻居们一起聊天,好一派祥和安宁的景象!

(三)结束语

不知不觉,姥爷已和中华人民共和国共同走过了七十个春秋,姥爷老了,胡子都白了。采油一公司的刘老爷子也老了,但他还是坚持磨菜刀。而我,正年轻。我见证了我的家乡从我出生时的一路三街七十二网点扩展为现在的"八纵八横",以及林立的小商店和大卖场。

物质的繁荣伴随着伦理的更迭,从我出生时的以家属院为单位的邻里逐渐演变为不同职业、不同身份的人住在同一个小区里,但不变的是邻里间的互帮互助和宁静祥和的氛围。我作为新时代的见证者也即将参与到新的物质创造和新的伦理塑造中去。

在新时代的光辉里,我也抱着极大的热情和憧憬,相信自己能在前人的精神鼓舞以及他们所创造的辉煌的照耀下,创造新的辉煌。

生命的飞扬

张志鹏/中国语言文学系 2016 级本科生

沿着兰新铁路向西北驶去,透过高耸的防风墙的间隙,能看见一望无际的灰黄的戈壁。狂风揭去黄沙,露出了地表的骨骼——被风蚀得坚硬且锋利的石头。疾驰的火车,吹着嘹亮的号角,和着嘹亮的荒原之风的号角,飞驰着,亲吻着那地表的骨骼,飞驰着……

过了乌鲁木齐,迎来了绿色,可不久便又是无尽的荒原,过了头屯河,又有了绿色,然而不久又不见,过了呼图壁河,出现,又消失……来到玛纳斯河,才迎来更苍翠的绿。新疆是这样一块神奇的土地,它深居内陆却又拥有丰富的自然景观,然而这依偎着乱石河滩的一丛一丛的绿,让我情不自禁地把坚韧赋予这片土地。

这时,我想到了绿洲——初中地理课识得的名词,指的就是这间有间无的、被间或融化的冰山泉水所滋润的荒原的绿。如果说,沙洲,是沧海中的一方干涂,而绿洲,则是沙海中的一滴浓缩的水,绿色的星。风从灰黄的荒原上,卷起一切能卷走的、能揭开的粉尘、细沙、粗沙、碎石,黄的、黑的、褐的、白的,垒起一堵灰黄的沙石风墙,借着强劲的西北风,翻滚着,咆哮着,又吞噬着,席卷而来,仿佛要把一切吞并为沙海、荒原。而那星星点点的绿,阻拦了风的侵袭,压抑了沙的翻涌,终于在越过一条又一条绿洲的屏障后,停歇了。被沙漠包围或者半包围的绿洲,抖一抖身上的尘埃,跺一跺松散的沙石,叶片欣欣然在晴丽的阳光的照耀下熠熠闪光——那是星星点点的绿光,沙海中的明珠。

你是否惊异于这绿色的奇迹?这距海最远处的绿色的降临?

不知多少年前,炙热的岩浆在地下翻涌激荡,伸出一条条火舌,贪婪地舔舐着冰冷的地表,凝结成一块块、一幢幢岩石。大地被一种无形的、不可名状又不可抗拒的力量撕裂、聚合、挤压、碰撞,坚不可摧的大地的铮铮铁骨,是那样的不堪一击,被扭曲,被抻拉,舒张着,又挣扎着,软弱如发酵的面团,在狂烈的震颤和巨大的轰响中,终于隆起了一座天山。幸得这巍巍天山,阻截了来自遥远大西洋和北冰洋的含有些微水汽的西风,让它像温顺的绵羊,缓缓爬升,染白了黝黑突兀的熔岩,于上千米的天山之巅,铸造了亘古的冰川。

冰川融成了雪水,雪水又削尖了脑袋,钻进岩石的孔隙里,聚成了地下的暗流,以至于不被干燥的西北风和炙烤的烈日蒸发,变成天空的白云四散而去。而那些来不及渗入地下的冰冷浑浊的雪水,势不可挡地夹杂着山地的泥沙——那岩浆的凝结物、大地震颤后留下的资源,浩浩荡荡地冲泻下来,冲积成了山前的扇形平原,滋润了干裂的沙地,最终耗尽余生,消失于茫茫大漠。地下水竟也有难以安分的时候,居然在沙漠边缘的低洼处奔涌而出,从此便有了大泉沟、千泉湖、泉水地……

不知从哪里来的种子,扎根在这片被河流滋润、被地下水养育的土地上,生根,发芽,拔节,吐叶。或许是某一株榆树,于暮春四散了满树干瘪且灿烂的榆钱——少长些叶子,把绿色的精力花费在养育种子上,让风卷起,吹乱,升腾,飞扬,落定,埋葬,新生。或许是某一棵白杨,同样于暮春,杨花漫天,纷纷扬扬,黏着于半干不干的土地上。它们不愧是能成材于旱区的生命,生来便极其顽强。种子成片、成堆地播撒在残留些微水分的沙土地上,千军万马似的赤裸着全身,与炙热的日、狂暴的风、干裂的地,打着年年一场的白刃仗,体无完肤地肉搏于龟裂的旷野,若非生,即成尘,与风沙一同风干,一俱猖狂和肆虐。然而它们不愿同干燥的沙地一同沉沦,便以惊人的数量释放出无限生命的可能,前仆后继地铺满近乎绝望的土地,就不信长不出,哪怕是一株生命。

我就出生在这片与希望搏斗的荒野上,我是戈壁滩的儿子,是兵团人的后代,是共和国军垦第一城的子孙。我一出生,便已置身在这绿的摇篮中。当我仰望绿荫蔽天的树木,未尝以为居住于距古尔班通古特沙漠仅两百公里的城市。

石河子,便坐落于玛纳斯河西岸的新疆最大的绿洲垦区。它从西域边陲的小驿站,发展成了今日的半城绿树半城楼的戈壁明珠。我并未亲历那段屯垦戍边的峥嵘岁月,然而我从这座戈壁荒滩上崛起的国家森林城市的苍翠欲滴的绿意中,隐见了一抹朦胧的红色;我从五湖四海的地方口音的传说中,聆听了关于人之生命搏击震颤的不绝余音……

河南人，陕西人，山东人，甘肃人，湖南人，四川人，上海人……在新中国屯垦戍边建设事业的号召下，他们坐了几天几夜的火车，来到这片荒原。他们扎根在荒蛮的绿洲上，为了生存，为了戍边，为了日后的生活，为了军人的使命，将荒滩变成好比东北大平原的万顷良田。这些人有一个共同的名号：解放军第二十二兵团。他们放下武器就地转业，以坎土曼、木犁为武器，在这片荒原上，继之以战斗精神，拓荒。石河子的广场上，有这样两尊相对而立的雕塑——"戈壁母亲"和"军垦第一犁"。母亲怀抱着军垦下一代儿女，慈爱地注视着怀里的婴儿，深情地望着对面拉犁的男人。也许你会奇怪，拉犁为何不用牛？——连人都吃不饱穿不暖，何来的东西喂牛呢？因为没有衣服穿，索性光着膀子，用暴露着的凹凸的筋骨和健硕的肌肉，撕扯着，翻涌着野蛮的绿洲土地的筋骨和肌肤。开垦出来第一口田，就有了吃食，可以活下去，可以继续开拓，于是一直在拓荒，一直在前进，于烈日的狂躁暴晒和风沙的怒吼中开拓。而这永远奋斗的拓荒精神，就凝练成了十六字的兵团精神："热爱祖国、无私奉献、艰苦奋斗、开拓进取。"如今，这一小小的场景，被铜铁定格在坚实的基座上，如同鲁迅笔下的死火——那已逝去的印迹在生命坚实的黑色中焕发着新的生机，于时间的磨洗和岁月的沉淀中凝结，感召着时代的激越和生命的飞扬。

石河子的人，有着大地一般的韧性，我仿佛从他们开拓的筋骨中看到了巍巍天山盘曲错节的脊梁，这是军垦人独有的。

我从小在石河子第二小学就读，这是一所具有军垦文化特色的学校。我们有军垦文化少年研究院，里面陈列着千层补丁的棉袄、锈迹斑斑的坎土曼等朴实平凡的文物；办了自己的军垦少年报，经常去采访尚且健在的军垦老前辈。我从四年级起就是研究院的小解说员，每当有来宾到访我校，总是不厌其烦地重复着过去的故事，却总也咀嚼不够。要说的太多，要写的太多。我时常感慨，如果没有王震将军响应毛主席的号召到新疆拓荒，如果没有千千万万的劳动者的拼搏奋斗，我将不知在哪里生存，我将无法品尝前人栽树后人乘凉的果实。于是，我们这些军垦第三代，在"吃水不忘挖井人"的教导和感染下，感到历史的崇高与自身的渺小。

在石河子，有一位被人尊称为"树妈妈"的人，她叫王效英。在为数不多的资料里，记录着她从一位娇小女子成长为"树妈妈"的经历。1950 年，抗美援朝热潮在全国兴起，正在读高三的王效英想报名上前线，招兵人一看她 1.48 米的小个子，就说："你还没枪高呢，甭想了，你有文化，干脆去新疆兵团吧。"就这样，王效英找到了机会。尽管家人坚决反对,但一腔热血的效英去意已决。她却怎么也没想到,这个在她看来是一条"出路"的决定,却无意中开启了她一生的绿色事业。大戈壁的干旱与荒凉让来自天府之国——成都的王效英深感震惊。高中文化在那时算是大知识分子了,但王效英坚决拒绝留在机关,再三要求去上大学读园艺,用知识改变恶劣的生态环境。1952年,经组织推荐,王效英如愿考上八一农学院(现新疆农业大学),主修林学。毕业后,她作为"学习模范生",被学校推荐来到石河子管理处造林养路队,成为一名园林技术员。

报到上班的第二天,王效英就从造林养路队队长张留那里得到了一张《石河子新城规划图》,并得到任务:在不到两个月的时间里,勘察水源和林木资源,在图纸上标记出来。这是王效英第一次正式接触林业工作,然而这"第一次"一点也不轻松。尽管有万千的不容易,王效英还是在徒步一个月后独自完成了这份记录。在交上记录本的那一刻,王效英更加坚定了绿化石河子的信念和方向。"石河子的树种非常少,我们必须得想办法找树种。"为了选择适合的树种,她从大西北跑到大东北,踏遍大、小兴安岭。由于当时我国尚未建立完善的树木检疫制度,树种无法通过铁路托运,王效英只能将采集的树种背回新疆。

大叶柏、小叶柏和樟子松树苗……王效英将比她个头高、比她身子重的大捆树苗一路背回了新疆。八千里路云和月,王效英就这样上火车,下汽车地一路前行,行人们听说她要将树苗背到新疆都纷纷出手相助。

就这样,1957年至1960年,王效英带着造林养路队的同事们一起,从东北三省背回了花灌木、乔灌木等100多个树木品种;就这样,王效英和同事们每次回去都顾不上休息就连日挖坑栽树,进行技术指导,一排排树苗在汗水中迎着春风吐绿芽……因为种树,王效英老人获得了很多荣誉,比如两次全国绿化劳动模范,全国三八红旗手,兵团三八红旗手,全国绿化奖章。

关于绿的故事中还有那些奋战于沙漠边缘的无名英雄。石河子150团人进沙退的奇迹,便是这样创造的。20世纪70年代末,美国一颗卫星在中国古尔班通古特沙漠南缘发现了一些异乎寻常的颜色,以为是中国的秘密军事基地,然而没想到的是,这竟然是150团人铸造的绵延数公里的沙漠防风林带,它们延伸进沙漠长达两公里之多。这些屹立于古尔班通古特沙漠的白杨,像一个个战士,坚守住各自一米见方的沙土阵地,用顽固且坚韧的根系牢牢抓住随时被卷起的沙石。它们笔直而洁白,并不张牙舞爪似的向周围扩张,而是集中一切力量依附于笔挺的主干,向上伸长,如一把闪光的剑,直插云霄,搏击漫天灰暗的黄沙的乱舞和侵袭。人创造了绿,绿守卫了人,人因拼搏而出绿,绿又搏击着荒芜。

"文革"时期旅居石河子的艾青曾为石河子写下这样的诗篇,名叫《年轻的城》,我摘录如下:

> 我到过许多地方,数这个城市最年轻。
> 它是这样漂亮,令人一见倾心。
> 不是瀚海蜃楼,不是蓬莱仙境。
> 它的一草一木,都由血汗凝成。
> ……
> 它像一个拓荒者,全身都浴着阳光,
> 面对着千里戈壁,两眼闪耀着希望。
> 更像一个战士,革命的热情汹涌;
> 只要一声号令,就向前猛打猛冲。
> ……
> 因为它永远在前进,时时刻刻改变模样。
> 因为我透过这个城市,看见了新中国的成长。

石河子被称为"共和国军垦第一城",它比新中国年轻四岁。它的诞生与发展,是新中国七十年来丰功伟绩的一页。纵使历史的洪流不断冲刷着鲜活的事件,然而我们这些年轻的后代,在勾陈史实的波澜壮阔中,依然能够感同身受地体会到豪迈的精神。这是一种青年人的气质,它无关年龄与性别、地域与文化,而是扎根一方热土,传承一种精神和意志,树立一个拓荒者的光辉形象。历史的接力棒即将交到我们的手中,或许我们不应该一味地沉浸在对历史的感慨之中,而是走出被仰慕所荫蔽的情感世界,以历史的真精神面对现实,去铸造梦想、开拓新的生活。

第三章
旧物载史新梦来

两代人的自述：我与我记忆微光中的手拖①

刘　恬/中国语言文学系 2017 级本科生（大夏书院）

　　晴天里折射着玻璃幕墙光芒的高层商住混合楼昂首矗立，包围着一小片寂寥的三四层灰砖小楼——那是原江西手扶拖拉机厂的职工生活区，建于 20 世纪 70 年代，如今掩映在高楼阴影中，恍若时空错层。宽阔的四车道柏油马路边种着高价从别处移栽来的树高叶大的棕榈，临街的新加坡公司门前立着两个颇显壮硕的鱼尾狮雕塑。高楼背面的生活区内，老樟树见缝插针地生长在灰砖小楼间，它们粗糙的树皮间残存着去年入冬时刷上的用以御寒御虫的白石灰，盘虬的枝子挂着将要凋落的黄叶，它们用尽全身力气抓住树枝，不愿离开。

（一）

　　1991 年，我 18 岁。我从职业高中毕业，通过了手拖的招工考试。"手拖"就是江西省手扶拖拉机厂，是当时名扬江西乃至全国的生产农业机械的大型国有企业，是我爸妈工作了一辈子的地方。沾手拖厂的光，我们家一直过得还算滋润：厂里发的布票多，爸妈拿出一些和厂里的外地人换浙江布票，我和大兄都能穿上沪杭买来的时新衣裤；六七年前，他们凭着二十几年的工龄，分得了厂生活区里一套房子，七十来平方，三

---

① 本文两位叙述人分别为笔者与笔者父亲。父亲是 20 世纪 70 年代生人，90 年代为江西手扶拖拉机厂工人，现为公司职员。他怀念过去时代的平静、新千年即将到来时的跌宕，更感激当下的充实与幸福。笔者则见证了这片土地近几年的变迁，愿借此次征文记录与手拖的故事。

室一厅。这会儿,我又通过了招工。妈笑得合不拢嘴,招工名单张贴出来的第二天,她就搭上顺风车,去好几公里远的大市场批发了十来斤糖果,又是分给亲戚,又是分给邻居,好似家里添了件结婚样的大喜事。

那段时间,车队的老张每次遇见我,都拍拍我的肩膀,鼓励我在厂里好好干。我挺幸运,但也不是顶幸运。爸妈在这国营单位干了二十来年,铁饭碗端得牢牢的,以前有顶替制——手拖的职工从厂里退休后,儿女可以接替工作。谁知道,20世纪90年代初,厂里搞改革,顶替一说居然取消了!无论如何,我总归是手拖的新职工了。1991年7月26日,我兴奋地一脚踏进了车间的大门。

起初,车间里的一切对我来说都既新奇又陌生。吊在微微泛黄的天花板上的行车,不时发出一顿一顿的嗡嗡声,循着声向上看去,钢缆拉着重件平稳地从车间中穿梭。刚进厂的新职工得跟着熟练师傅学徒,带我的师傅姓何,个子不高,却一脸精明样儿。起先我每天挂着一面灰一面白的口罩,跟在师傅后头满车间跑,看看打磨零件,又瞧瞧新装上的机床;后来我的新鲜劲儿慢慢消退,何师傅似乎来厂里也少了。我以为他是调去别的车间带学徒了,后来才听西区菜市场卖水果的说,他自己另谋生路,入股了一家私人小厂。这何老头子,长得精明,道理却想不明白:私人厂子能挣几个钱,倒不如在国营单位安安分分的呢。

发第一个月工资那天,我摘下手套口罩就往财务科跑。管发工资的干部招呼着排队的职工签名,好不容易轮到我;走进那间亮堂的办公室,正对门口的是一幅农用机械的宣传画,上面写着"热烈祝贺江西手扶拖拉机厂全国首家年产农用运输车超万台"。我一笔一画地在表格上签好名字,小心翼翼地将工资插进口袋深处——一共四百,封在一个米色牛皮纸袋里;以后每月十五号领工资,整个月都不会缺钱花。

1992年,过年前中学同学聚会,去广东打工的陈青也回来了,他在那边一家手套厂做工。他说,广州时髦的年轻人真多哟,跟我们这样大的人穿牛仔衣走在街上,神气;我穿工作衣的,只好缩着头赶路,太难为情了。可手拖就不一样,穿工作衣的哪里会难为情,我们在厂里穿,在家里穿,去街上也穿,因为工作衣舒服,也因为衣服前胸位置绣着"江西手扶拖拉机厂"几个字。

我家阳台面向门球场和职工电影院。家里没有VCD机之前,电影院一度对我吸引力很大。还在学校读书时,我总从影院侧门偷溜进去,或在检票时揉一团纸片,趁着检票大爷层层打开纸片的间隙混入人群进场。入职后,我可以拿着厂里发给职工的电影票正大光明地从俱乐部那扇气派的玻璃墙后的大门进去。这座俱乐部可了不得，逢年过节各车间科室都来这儿文艺汇演，著名歌唱家张正富、耿连风也曾莅临献艺。厂里文娱建设也搞得好，我们各车间科室经常在职工医院对面的灯光球场打篮球赛。

我自在的生活与手拖有撇不开的关系。我出生后就住在厂生活区，1997年结婚也是在厂里。我和妻子有间宽敞的单身公寓，把它布置了一番就住了进去，门口贴着新婚的对联"凤落梧桐梧落凤，珠联璧合璧连珠"。单身公寓大都是一人住一间房，结了婚的一般住"鸳鸯楼"；但我们俩工龄不够，分不着房子，而且打那以后厂里分配房子的福利也渐渐取消了。我们也不在意，生活已经很好了呀：她从附近小镇来南昌打拼，已有了比较稳定的工作；我也不再是混车间的钳工，而是面试当上了宣传干事，到厂里的宣传科继续工作，工资高了一些，也是坐办公桌的了。

我的生活在婚后变得有条有理。床头柜抽屉里的账本从前都是大事记，诸如买缝纫机、办酒席之类，后来记得更零碎了，买条新裤子一五一十地记上，理了发也添一笔。于是花钱再不大手大脚了，买东西总以经济实惠为上。国家经济越来越好，物价自然也上去了；但厂里的效益近年来有所滑落，工资比起几年前几无变化，工人们的积极性没从前那么高，难免出现加班的情况。手拖可是老牌的国企，产出哪能掉下去呢？

早已不在车间干活的我对这些了解得不甚真切，我妈却总絮絮叨叨：南区胖子埋怨手拖没有原来好了，工资赶不上物价。我不相信，因为我是宣传部的，负责编辑厂报——那上面对外宣传的广告光鲜极了。直到有天我去车间接妻子，看见一群人都停下手中的工作围着一位矮胖的妇女。我挤进去，听身边人议论便知道了个七八分。她带着哭腔，大声质问："你说这十多年，我哪一天迟到了？我做错了哪件事情？谁不是为了铁饭碗来的，为什么到头来下岗的是我？"那个下午之后，我才相信披着光鲜亮丽外衣的手拖将要面临的是危机，外面轰轰烈烈搞市场经济，国有企业也在改革转型，手拖还守着老一套，效益自然大不如前。少数不满现状的工人自愿下岗另谋生路，大多数仍甘于如旧的生活，我们亦如此。

1998年，女儿出生，我遵循七年的生活轨迹被打乱。住处不够大，三个人挤一张床，晚上总也睡不香，燥热的夜晚，隔壁青年们弹琴唱歌的声音声声扰人睡梦。于是我们想了个办法：女儿在妈家里住，我们俩还是住在单身宿舍里。可接踵而来的问题还是使我们不得不面对现实，家里多了一口人，光是吃奶钱就花去小半个月的工资——厂里效益不好后，我们宣传科的待遇大不如前，每个月总要扣去一些杂七杂八的钱，有时甚至勉强够到我刚进厂时的水平，可一袋英雄奶粉就要十多元。没办法，只好托人找了一份计件的零工，每天晚上去工农兵饭店对面一家私人开的厂里干起老本行。小车间里光线昏暗，让人犯困，手边却不敢停下来，多一件成品就多点工钱。下班一身铁灰，累得不愿动，晚上凉风吹在身上，冷哟！那是第一次尝到生活的艰辛，月末另加上厂里的工资赚了九百多元，却也挺开心。

全国企业体制改制转制，农机市场竞争残酷无序，手拖苟延残喘几年后最终还是没逃过破产倒闭的厄运，我最终下岗了。本以为可以像爸妈一样在手拖一直干下去，不巧赶上国营单位改制，效益不好就关停并转，下岗分流，如今厂房都搬空了。世道变了，哪还有铁饭碗端？

我在2000年普通的一天，来到科健手机公司上班。比起手拖，这里是我此前从未见识过的另一番世界：我在手拖学会了手工编排报纸版面，企业报都是我排版设计的，但在这里已经用不上了；我不习惯穿西装、说普通话，不会用电脑，只得慢慢适应。在科健公司上班，我用上了第一部手机——科健3800，挂在腰上，又神气又高档。那是手机行业开始走入人们视野的时候，我的妻子从厂里出来，就去做了手机店的销售员，凭着她在车间时练就的大嗓门，每月能拿到提成。以前的空闲再也没有了，我们每天赶七点的早班车去市区上班，晚上才回家。打拼几年，我从打杂的小干事成为部门经理，我的妻子卖起了智能机。我们终于在附近新建的高档小区里有了自己的家，一家三口不用蜗居在又小又喧闹的单身宿舍了。

（二）

2004年，我6岁。在手拖幼儿园度过三年童年时光后，我顺理成章地进入子弟学校上小学，这也是爸爸曾经读书的地方。子弟学校一年级二班的语文老师来自山东，操一口标准的普通话；年轻的英语老师常请我们吃冰激凌，带领我们唱歌；操场没有塑胶跑道，一到大风日子就扬起尘土，却仍是我们玩闹的乐园。三年级时，学校门口砖红色石壁上的錾铜大字"手拖子弟学校"悄悄换下，取而代之的是"莲塘实验学校"；从那以后妈妈给我报了奥数、英语等各类补习班，告诫我一定要努力考入县中——子弟学校从前初中部教学质量过硬，现在早就不行了。

每天下午,爷爷都会骑着他高大锃亮的永久牌自行车,把我从学校送回新居。他总爱披着那件背后印着"手拖"拼音缩写的灰色工作衣,一面奋力蹬车,一面督促我把当天学习的英语课文大声背诵给他听。坐在爷爷的车后座上,耳际是吱呀吱呀的蹬车声、充满速度感的风声和路边厂区传来的机床轰鸣声;不知曾经学习俄语的爷爷是否能听懂我稚嫩的英文发音,但那一定是我一天中最骄傲的时刻。当爷爷再也载不动我的时候,我已坐在县一中宽敞明亮的教室里面对浩瀚题海挥洒汗水;我来到上海求学,爷爷却永远离开了我。

奶奶一直住在"手拖"生活区的老房子里。房子大约 2005 年装修过一次,屋顶不渗水了,太阳能热水器、座便器等一应俱全。生活区的房子一家家开始搞装修,厂区却逐渐废弃——厂房空空荡荡,铁窗框生出红棕色的铁锈,窗玻璃早就泛黄,灰色的外墙上的裂缝格外刺眼,甚至钻出葱茏的杂草,可是已经不会有人来打理了。厂区门口的保卫科以前有人住,还养了一只凶猛的黑狗,每当有人走近它就发出响亮的叫声。某天我发现这叫声也没有了,整个厂区静悄悄,我的心里也空落落。后来听说后门的铁栅栏倒了,闹出了人命;厂门被封,我只好走生活区通道。从此,一栋栋厂房开始拆除——施工队在厂里放上爆破用的炸药,瞬间,一栋庞然大物就在飞扬的灰尘中化作废墟,埋葬了一代"手拖"人的光荣与梦想。某天下午我与爸爸同行至生活区通道拐角处,被戴安全帽的工人拦下;几分钟后,一声巨响,茫茫的烟尘遮蔽了烈日与远处的高楼,世界仿佛变成了白色,浓烈的烟尘味直往鼻腔里冲。我紧紧捂住口鼻,全然忘了去瞥一眼爸爸脸上的神情,只听见一声叹息。傍晚时候,有人拿着简易的金属探测器来废墟顶上挖钢筋卖钱,看见他们拖着装满一根根粗钢筋的蛇皮袋从砖土堆上有说有笑地下来,我的心里不是滋味。这片地光秃秃的,据说卖给房地产公司了。

"手拖"生活区的小树林、礼堂台阶、透过单人宿舍的百叶窗投射进房间的丝丝阳光里,都有我童年的影子;它们现在还存在于这方小小的土地上吗?曾经的灯光球场和门球场一到晴朗天气就成了棉被和干菜的晒场;上午九十点钟,老太太们会在车队门前的空地跳舞唱红歌;职工食堂、浴室、舞厅都被私人承包,变成了一家家早点摊和小饭馆,一到饭点,学生蜂拥而来,生意还不错;小魏家的牛奶店、二妹家的杂货店还在,煤气站门口的银行变成了简陋的面包房;职工医院还在,药房阿姨还是熟悉面孔;小树林里面也增添了健身设施。手扶拖拉机厂成为历史了,可生活区还在,已经退休的老职工们还在享受这留存着 20 世纪 90 年代味道的生活。

这是昌南商圈仅存的一个国有企业旧址,外围的高楼一天天竖立起来,手拖被包围在其中,仿若孤岛。2008年,南昌县进入百强县市,城区也慢慢规划起来,生活区边缘拆拆建建,不远处的高档楼盘忙不迭地买地扩张小区面积。拿了拆迁款的老人们,拎着大包小包离开他们居住了几十年的地方。

奶奶常唠叨,她又一个舞伴搬走了,来唱红歌的同好越来越少。去年刚开春,听闻政府要新修马路,连接莲塘中大道和澄湖东路,正巧从东区十三栋穿过去。奶奶还挺看得开,说:"前几天有人来做思想工作。楼上有人嫌拆迁款少不肯搬走,我是无所谓,得了钱就买个二手房,免得麻烦你们。"搬家的时候,我们把老房子里的家具一件件搬进单身公寓暂时放着。单身公寓早已人去楼空,长廊里的灯不亮了,白天进去也黑黢黢的;空气里氤氲着说不出感觉的霉味。我们的门上,爸爸妈妈结婚时贴的对联和"喜"字还在,不过已褪掉颜色了。最后一次回到老房子楼下时,奶奶拉住我说:"用你的手机给我照张相吧,就和这棵松树照。"她颤巍巍走到树下站定,露出笑容,叮嘱我千万别把照片删掉,絮絮叨叨好几遍。对面的车队早就改造成了天一酒店的停车场,这棵树却把拆迁工程耽搁了好长时间,像是在替手拖人命运的抗争。

生活区里,拆迁的风言风语从来没有停止过,整个厂区几乎都被星洲国际楼盘覆盖。或许,二十号楼是原来精工车间的位置,十八号楼应该是原来的办公楼,但谁也无法确知。周边都是现代化的高楼,抬头望去感到一阵眩晕,分不出方向,我甚至怀疑脚下踩着的是否与十几年前是同一片土地。从小区的侧门出来,正对着我和爸妈曾蜗居的单身宿舍——四面被风吹雨打的红砖墙,顶上盖着残破不堪的碎瓦片,房子里外是不一样的世界。

城市的扩张蚕食着这片小小的上个世纪的余存,这是爸爸妈妈曾奋斗过的地方,也是我的生活与梦想开始的地方。一座座代表曾经荣光的厂舍轰然倒塌,新时代的繁华覆盖烟尘余烬,手拖被奔腾向前的时代洪流裹挟着更改旧制;它虽在日新月异的城市变迁中湮没无迹,却也在曾奋斗、生活于斯的小人物的记忆微光中站成一座丰碑。而他们,仍走在追梦路上。

民谣声中四十年

季资朝/中国语言文学系 2018 级本科生（大夏书院）

我们想念家乡，或者记住一座城市，往往只源自那些细碎的事物，它们不经意地散落，点缀着我们平淡无奇的生活。我的家乡改革开放的辉煌成就和巨大变化便藏在近几十年来温州口口相传的民谣中。不同年代有不同的民谣，一个时期民谣的出现，是一种高度概括的民心民意，是一种风趣和幽默，是一种社会现实的反映。

> "天光露水白洋洋，
> 宁可日昼晒太阳，
> 日昼太阳上晒落，
> 宁可黄昏夹暗摸，
> 黄昏蚊虫叫啊啊，
> 宁愿明朝天光起五更。"

想起孩提时每次赖床，耳畔就会响起奶奶的吟唱，原以为这是奶奶应情而作的顺口溜，后来才知这首民谣走过的岁月已与奶奶相差无几。对于未曾感受过饥贫的我，奶奶从未吝啬过她的故事。

"那时候的我们条件不好啊，农村在弄大集体，你干我也干，干多干少一样钱。谁愿意多出力气呢？队长哨子吹了半天社员还不到地边。到了年底，哪有什么结果？干活一年没有闲，算账分红倒找钱。饭也不够吃，长辈还得去队里预支。'日里思，夜里想，没有粮食找队长，队长说要找出纳，出纳算盘扒几扒，超支一百八十八。'那时候大家都过得不好，我和你的两个阿婆能有个豆腐泡一起分就欢天喜地喽！"

"现在的你们有吃有穿，过得已经太好了。"奶奶的幸福很少显露在回忆里，那时候的食物不是用来挑拣的，而是用来应对未来生活的，这是教训所孕育的感激。而她在那个年代所梦想过的幸福，或许就是现在了……

我上小学的时候少不更事，顽劣乖张，以致总有班主任请家长喝茶的情景。母亲希望我珍惜学习的机会，一次又一次讲述她的往事："小的时候家里没有钱，读不起书，我们一家子承包地来干，那时候每家每户大人小孩都是拼命下农田干活，干活了才能吃饱……"

> "姆，姆，你真早，半夜割晚稻；
>
> 晚稻未开花，我要吃黄瓜；
>
> 黄瓜忒能淡，我要吃橄榄；
>
> 橄榄忒清味，我要吃糖蔗；
>
> 甘蔗密密铮，我要吃金罂；
>
> 金罂满肚子，我要吃糯柿；
>
> 糯柿密密核，我要吃大蒜；
>
> 大蒜密密瓣，我要吃江蟹，
>
> 江蟹十只脚，拿把棒儿赶喜鹊；
>
> 喜鹊尾巴长长，打只船儿叫亲娘。"

这首民谣，从前我一直厌烦得很，这"我要吃""我要吃"的，不知所云。但母亲无数次口头重复的过往却让我对这首民谣有了些许感触，那是饥肠辘辘中，由远眺自带的生命气息，也是我在衣食无忧的当下对她们的时代未曾有过的理解与感同身受。只是想再听到，想再被我厌烦，也鲜有机会了。

家庭联产承包责任制的实施使温州人民的生活仿佛被涂抹上新的色彩。人的改变，并不在于某种特定的生活方式，而是一种辽阔无比的心情，不受时间和空间的限制；这心情一经唤起，就是改变发生的显现。下面这首《十二月令》让我们得以窥见农耕生活之余的"清欢"。

"正月灯,二月鹞。

三月麦秆作吹箫。

四月四,做做戏。

五月五,过重五。

六月六,晒霉毒。

七月七,巧食喜鹊咄。

八月八,月饼馅芝麻。

九月九,登高送娘舅。

十月末,水冰骨。

十一月,喫汤圆。

十二月,糖糕印状元。

春有百草乱萋萋,

夏有荷花伴藕池,

秋有黄菊香芬酒,

冬有腊梅伴雪飞。

正月里来踢毽子,

二月里来放鹞子,

三月里向荠菜子,

四月里向落花籽,

五月端午裹粽子,

六月里向拍蚊子,

七月棉花结铃子,

八月里向吐瓜子,

九月里收葵花籽,

十月里向造房子,

十一月里咄栗子,

十二月里掼雪子。

春有百草乱萋萋,

夏有荷花伴藕池,

秋有黄菊香芬酒，

冬有腊梅伴雪飞。

人面不知何处去，

桃花依旧笑春风。"

"联产搞承包，队长不用再吹号"，"全家一起干，不到黑天不吃饭"，"农业实行大包干，粮食年年都酬番"，"国家富，盖粮库"，"农民富，盖砖屋"。随着农村改革的深入发展，温州发生了翻天覆地的变化，被誉为"东方犹太人"的温州人怀揣着致富的梦想在外出打工之时发现了巨大的商机，温州商人因而名传天下。

时光和时光是不一样的，有些片段美好又不真实，却是真正有用的，它扩张了生命的边界，让人活得辽阔些，它也是一种犒赏，其他连绵不断乏善可陈的时日，也由此显得不那么难以忍受了。活着，不过是为了在无数时光片段里寻觅某个片刻，某个让此生显得饱满丰盛的片刻，签上自己的名字。

而这样一份追求新生活的孤勇和对自我的不断挑战孕育了温州人"敢为天下先"的特质。早有一首民谣在温州人心中铭刻。

"解放军，思想通，

走前线，打冲锋。

思想通，学雷锋；

勿怕痛，学习邱少云；

勿怕脏，学习黄继光；

勿怕吓，学习刘文学；

勿怕黑，学习张思德；

勿怕难，学习刘胡兰；

勿怕死，学习董存瑞。"

"十个温州人九个商，还有一个会算账。"正是不怕痛、不怕脏、不怕吓、不怕黑、不怕难、不怕死的温州人，才敢对那位海军军人放言"一般人不会去，我们去，就会有生意做"，才敢在不识文不识字的情况下仅凭一本地质书就成功开采出了石油，才能在遥远的美洲大陆,在眼红的美商面前强行开辟了打火机市场。

温州人对人情世故的每一分通透,对名利财富的每一分豁达,都是用努力和胆识换来的。身边便有鲜活的例子让我有幸亲眼见证并深入理解"温商"在"走出去"战略影响下的成长。

家里的鞋厂开始时不过是普通的小作坊,前往城里采集样品、制作鞋模、生产、出销,这些都靠父母二人以及寥寥几位临时工完成,眼光独到使得如此简单的生产模式也带来了可观的收益。但好景不长,流水线作业逐渐普及,小作坊因成本上的巨大差距失去竞争力,逐渐成为历史。家中鞋厂的关闭令父母有种说不出的苦涩,但没有仰天长问"敢问路在何方",没有"泪湿阑干",父母和有着同样际遇的伯伯、姑父多次协商,最后决定前往俄罗斯开辟市场。

初涉远东,走的是"国内生产,国外销售"的被认为是理所当然的路子。而后,在一起物流损失理赔事件处理过程中,俄方的物流公司老板希尔盖伊盖力邀姑父参观海参崴。在几天的交谈和了解中,凭借温州人特有的睿智和精明,姑父嗅到了这块广阔黑土地上的商机——与其出口成品鞋,不如出口半成品,在俄罗斯加工后再销售。把"made in china"改为"made in russia",就是一块极大的市场蛋糕。

"简单说,在国内做好成品运到俄罗斯卖,是论件数收关税。而同样数量产品的半成品运到俄罗斯,则是论重量收关税,粗略算下来一双鞋的成本就相差2美元。"姑父感慨道。

姑父回国后,家里众人马上购入2台PU注塑鞋流水线设备,运往中俄边境的黑龙江东宁口岸。从协助俄方建立制鞋设备和半成品的海关代码,到办理制鞋工人的劳务签证,经过3个月的磨合,投资俄罗斯的第一步就这样在艰难的摸索中迈出了。谁又想得到,这不仅是属于温州人的第一步,更是中国人的第一步!

俄罗斯是一个"饥饿"的市场,也是一个阴晴不定的市场,"灰色清关"、大市场关闭、封仓、卢布贬值,一场场风暴接踵而至,兵来将挡,水来土掩。将厂房迁入乌苏里斯克经济贸易合作区,由姑父牵头成立俄罗斯远东地区温州商会以抱团取暖……风云过境,心有余悸。

随着"一带一路"倡议的深入推进,家里的鞋业集团近年来也重新调整了产业布局,将工厂延伸至莫斯科、叶卡捷琳堡等销售腹地,还在叶卡捷琳堡设立了自己的工业园区。位于康吉境外经贸合作区内的包装企业申请入驻海参崴自由港,以获取税收、劳务邀请等方面的诸多便利。投资额在1.5亿元以上的造纸厂项目也已经进入筹备阶段。建成后，将成为俄罗斯当地最大的造纸厂，主要面向俄罗斯市场之余，产品还会出口至中国。

除了"走出去"继续深耕俄罗斯市场外，温商也不忘"引回来"，支持家乡建设。作为温商回归项目，家中众人目前正积极筹备在温州设立俄罗斯公司的海外仓。

俄罗斯鑫尔泰集团公司董事长、开创俄罗斯鞋业市场第一人、俄罗斯"一带一路"商务法律服务中心副理事长……无数头衔背后的创业之路，艰辛苦涩但充满勇气，犹如一杯香醇干烈的俄罗斯伏特加。唯叹曰："八千里路云和月！"

时光淌过，民谣不息。"沉舟侧畔千帆过，病树前头万木春。"温州音乐人吴涤清、蒋晓东继承传统，推陈出新。从赵雷的《成都》中撷取灵感：

> "我们慢慢细数，
> 流年里的光阴和那些爱的回忆，
> 我们爱的故事里，
> 总是离不开温州这座城，
> 离不开，这座温暖之城。"

这首《写给温州的歌》不知荡起多少光阴的故事。不仅散发着浓浓的情怀，也向世界唱出了改革开放40年特有的温州印象。乡情比忘却厚，比回忆薄，比潮湿的波浪少，比历经的失败多。

就算文字的记录终止了，生活的感受也会继续，像海岸夜以继日伴随公路，遇狂风骤雨时，公路会终止、会修缮、会消亡，但海岸永远是海岸，与彼岸相隔着无垠的凝望。而只要生活的感受还在继续，温州人的梦便不会消逝。

这些口口相传的民谣，其实是改革开放40年来温州巨大变化的一个佐证，见证了温州的飞速发展，记录着家乡的变迁、社会的发展和时代的进步。它们是中国梦的见证者，长辈们往昔的中国梦就在当下，而我的中国梦，不是黄粱一梦，不是南柯一梦，是远方。

旧物情怀永流传—— 一次触碰历史的家庭座谈会

杨　璐/教育学部 2017 级本科生

回首间,中国人民站起来的岁月已经有 70 年了。过往的岁月,在脑海里如同一帧帧动画般熟悉起来。但这一份熟悉,源自学生时代书本上的记忆,出自老一辈人的口头叙述。中国共产党是如何带领广大群众走向文明、科学、富强的道路,中国共产党与广大群众是如何共同渡过千万险阻,共建光明……这些事迹我们已经熟读许多遍,但它们始终是冰冷的,没有呼吸,没有温度。所以,在某个周末的清晨,我举办了一场"家庭座谈会",和老一辈的家人品茶言事,试图真正了解新中国成立 70 年以来人民群众身边发生的一点一滴的变化。我会从亲人从前的旧物着手,看透它们在岁月长河中经历的变迁,触碰它们的温度。

年迈的亲人是见证者

为了可以深刻了解这些旧物背后的故事,感受祖国的变化,我邀请亲人参加了自己举办的"家庭座谈会",在座有我的父母,爷爷奶奶,姥姥姥爷。由于父母一辈年龄不大,在四十年前,他们还是只有几岁的幼童,脑海中只有零星的碎片记忆,所以今天的主角,是在座的四位老人。他们的平均年龄已有 78 岁,在七十年前,正处于天真烂漫的好年华,那一段岁月是他们心中最珍贵的青春记忆。

从前与现在

　　"从前哪像现在这样时时有电,时时方便,从前天冷的时候,六点多钟天就有点儿黑,我和你姥爷就要哄你妈妈和你小姨睡觉了。"姥姥一边笑着一边对我说。这并非是我第一次听姥姥提及旧事,却是我最用心记录的一次。听完姥姥的一席话,我下意识地看向家中陈设,厨房中的冰箱,微波炉,烤箱,抽油烟机。客厅墙边的液晶电视,音响,天花板上的水晶灯,以及在富贵竹花瓶边的鱼缸。鱼缸清澈的水中游着许多尾颜色绮丽的金鱼,彩色的石子与绿油油的水草,都在氧气泵下昭示着蓬勃的生命力。姥姥见我看着鱼缸,对我说:"以前哪有人养金鱼,就是有,也就是一个小铝罐装点水,哪像现在还能用氧气泵。"那样的年代听起来是不可思议的,对于现在出生的婴儿来说,那个不是全天有电,到了夜晚要点蜡烛、点煤油灯的时代,与"石器时代"无异。

线板与雪花膏

　　思及此处,我询问姥爷,家里是否有从前的旧物。姥爷告诉我,他们老两口儿都是很念旧的人,所以即使现在的生活条件已经变好太多,他们也有许多没有舍得扔掉的旧物,因为知道今天家庭座谈会的目的,所以许多东西都给我带来了。我兴冲冲地走向爸爸所指的箱子处,小心翼翼地将它打开。

　　这里面的物品我是有印象的,在七八岁的时候,姥姥还总是照顾我,所以这里面的"线板"我是认识的。这似乎是我第一次写出这个词,现在的家庭一般都会有针线盒,更有的家庭,针线盒已经很少用了。现在这个年代,衣服坏了,就会想到去商场专柜调换货品,或者在缝纫店修理。许多人已经不会做针线活。手中的这个"线板",是扁长方体木制品。上下两边各有一处向内凹陷,便于缠线。大约长五六厘米,宽一厘米。上面缠绕着黑白两种颜色的线。银白色的针穿于线上。我轻轻地抚摸这块木板,上面雕刻着简易的花纹,似是花藤,又似是动物图腾,上面刷着一层似是绿色,又似是蓝色的漆。由于年头久了,线板边缘已经被磨得圆润。漆层也有许多处掉落。我看着它,似乎能看到姥姥在煤油灯下用它,给妈妈与小姨缝制新的衣物,又或者是在缝补姥爷的衬衫、外套。

箱子中还有许多奇怪的小东西,例如用猪骨头染红色染料做成的"玩具",这是妈妈那一辈人小时候的玩具。还有与线板搭配使用的"顶针"。看着看着,我突然发现了一件从未见过的物品。比手心还要小的扁圆柱体铝盒,上有由黑、黄、红、绿构成的无意义花纹。我拿起它望着姥姥。姥姥对我说:"打开。"我好奇地打开这个盒子,发现里面空空如也,只能看到光亮的银色铝内胆,刚要出声询问,却闻到了若有似无的香气。许是妈妈性子急,只见她用手做出了擦护肤品的动作。我陡然反应过来。这应该是姥姥从前用的护肤品!家人笑着对我说,这个东西从前被叫作:雪花膏。我细细嗅着这香气,的确是记忆中姥姥身上的香气。

奶奶与缝纫机

这些对于我来说很是新奇的小东西,却是前一辈人,乃至前两辈人一生的回忆。奶奶突然对我说有一件东西,她和爷爷费了许多功夫从储物间为我找来,但是由于它笨重又有些脏污,现在还在汽车的后备厢里。我连忙穿上鞋子下楼,关上房门之后似是听到爷爷说:"像猴子一样蹿出去了。"打开汽车的后备厢,记忆似泉涌袭来。这是一架老式缝纫机。由于小时候性子欢脱,妈妈总会对我说:"你这样子,放在以前,别说是坐在那儿一针一针绣花了,就是把你绑在缝纫机上面,你那小腿儿也得把缝纫板蹬坏了。"她口中一系列没听过的词让我晕头转向,追问之下也没有得到准确的回应,只好在一次去奶奶家玩的时候,缠着奶奶告诉我什么叫"缝纫机",什么叫"缝纫板"。奶奶带我走进家里的小屋。打开灯,角落里有一处被布遮盖着,看不清是什么物件,但是对于年幼的我来说,这是一件比我高的东西。掀开布,果然是我没见过的东西。奶奶看着我,对我说这是做衣服用的机器。只见奶奶两腿蹬在机器下面的板子上,左手滑动着机器上的轮子,右手开始拿起一块布料缝纫,年幼的我没有那么多耐心,没来得及看这个机器怎么把许多块碎布缝纫成一大片完整的布料,便找其他好玩的去了。

我与旗袍的初次相遇

我对缝纫机有着深刻的印象,是因为,奶奶用它给我做了我人生中的第一件旗袍。

长辈们常说,东方女性身着旗袍便有着独特的风韵,只有东方女性细软的黑色发丝才能将旗袍的美诠释得淋漓尽致。但是对于那时只有八九岁的我来说,对它爱不释手却是因为它精致绵密的针脚,银丝盘扣与利落的领子。每一处似乎都在激发着我作为女性的天性,年幼却爱美的我,很是喜爱这件衣服。我用手掌小心地触碰柔软的布料,询问奶奶是怎么做得这样好的。奶奶却是笑着指向那台黑色的缝纫机。

记忆中它黝黑光滑的机身上有着金黄色的图案,那是我对缝纫机最后的印象。思及此处,我已经回到了屋子中。看着满屋子笑意盈盈的长辈,又看到箱子中的旧物,莫名的滋味盘旋在心头。

曾祖父的"季度票"

爷爷见我回来,又从口袋拿出了许多物件,我放在手心仔细看着,许是年代久远的缘故,上面许多印刷字迹已经模糊,某处的印章也已经褪去了红色,扑面而来的年代感让我的动作更加小心翼翼。在我手中的这些东西,有证件,有粮票,有邮票。每一张都比我的年龄大。甚至,比我父母的年纪还要大。翻来覆去看过几次,却有一张怎么都看不懂。上面模糊写着"季度票"三个字,还有我曾祖父的姓名。奶奶对我说:"这个叫作季度票,在你曾祖父的那个年代,一个季度往返于两个地方,只要买上一张这样的票,就可以无限次地使用。"这张季度票上印刷着"哈尔滨铁路局市郊定期客票"的字样。醒目的"肆"季度也印刷在上。但是用钢笔写着的价钱已经辨认不清。根据爷爷的说法,大概是 12.30 元。

四个季度可以无限次来往于一个地方,只要 12.30 元。

现在的 12.30 元能买什么? 一顿热腾腾的早餐,或者是一杯清凉解暑的饮品。可是在 1983 年,它是整整一年来往于工作地点与家庭的车票钱,是 365 天的辛劳与淳朴。

生于 20 世纪 90 年代的我,终于在今天感受到了这些变化的温度。不再是历史书上冷冰冰的书面记载和黑白色的照片,不再是先辈们口中模糊的记忆,而是一个线板,一张粮票,一张季度票,甚至是那件已经不合身的、奶奶用缝纫机为我做好的花旗袍。它们是彩色的,鲜活的,有生命力的。

我们这一代人，降生于祖国蓬勃发展的时代，自呱呱坠地，便是老人们口中"享福的一代"。我们的家庭不必为是否可以让子女上学而担忧，我们可以按照自己的兴趣接受相应的教育。这在以前，是想也不敢想的事情。看着这些"旧物"，我似乎能够听到它们在时光长河中的低吟，悄悄诉说着岁月的变迁。它们是一份有着厚重意义的时代标记，标记着艰难岁月中人们的苦中作乐，昭示着新中国更加美好的未来。

个人感言

在生活节奏如此之快的时代，很少有人能够静下心来细细琢磨过去的生活。看着自己家中的旧物，它们身上沉淀下的时代感昭示着祖国蓬勃的发展，能够了解它们身上的故事，是一种幸运。当手掌触碰到它们的瞬间，我也是幸运的。

消逝的店铺与不老的梦想

陈雨珺/传播学院 2017 级本科生（大夏书院）

不足 20 平方米的卧室里，紧挨着窄小的双人床的是一张布满斑驳划痕的老式木桌。桌上一块铜盘里五个白色搪瓷杯被一块红色手帕遮盖住，铜盘后方倚着墙壁的是一张辨不清来历、成色泛黄的刺绣，底端黑色细线纹绣出的数字"1934"道出了它已经历过的年岁。刺绣右侧，则是一座棱角不再分明、深色包浆也大多褪去的毛主席石像。石像刻画出的主席形象八分相似，虽能一眼明辨人物，却也能够看出雕工并不精细。然而老人正兴奋地向我展示着它。

"这座毛主席像有什么来历吗？"

"这个倒是不清楚，几十年前偶然一个契机得到的，现在已经很少见了。"

"那您并不知道这座石像的来历就把它放在床头几十年了吗？"

"哈哈，对！我觉得它有价值，就收藏着。毛主席也是个伟人啊，是非功过我们虽然不好去评论，但是我觉得我们必须要尊敬他。这个石像很重的，根本搬不动，没想到一放就这么久了。"

……

这位与我热情分享家中藏品的老人叫作完定平。他这样解释自己名字的寓意："'完'是完成任务的'完'，'定'是安定团结的'定'，'平'是和平的'平'。"老人 1945 年出生在江苏镇江，4 岁初识人事那年，恰逢中华人民共和国成立。可以说，老人的记忆中留存了共和国蹒跚成长的悠长岁月和镇江城市发展变迁的生动画卷，国事现于城事，再具象于人事，便有了人与城、与国相伴相生的故事。

我与老人结缘并不算深刻，能有幸登门拜访也多凭由老人的热情好客，因而后来得到老人诉予的"一见如故"的评价，也诚感惶恐与欣喜，叫我更加珍惜这段始于一次采访经历的忘年之交。

镇江临江，自古以来就是长江往来船只登陆之地。镇江的西津渡口，更是这种南来北往、融汇碰撞的码头文化的具体表现之所与集中凝聚之地。老人经营了二十年的古玩小店"宝元祥"便坐落在渡口青石板道的尽头。"宝"字取一宝盖，下书"元"字，便构成了"完"。

儿时常与父亲去往西津渡口和毗邻的镇江市博物馆游览，对于街道两旁甚至拥挤至路中央的司空见惯的贩售小人书、杂件古玩的地摊、小店其实并未太过关注，直至近两年在外求学，记忆中的老事老店老家气息愈发难寻，才又逐渐对家乡留念、关心增多。本只是致力于寻找具有传奇性的乡情人物，因而联想到在古渡坚持经营的古玩店店主，却未料想从父亲处得知，渡口那一排老店门前已被搭上脚手架，绿色的网格半遮半掩住小店门面。

脑海中对于古店是否仍旧存在的隐忧逐渐成为现实，因而"快马加鞭"，一张高铁票，隔天从沪上赶回京口，在老人家中与其有了初次的见面与交谈。

"据我所知，宝元祥已经在西津渡开了二十多年了，您能回忆起您具体是从哪一年开始经营的吗？"

"1998年9月份。那个时候国家提倡第三产业，搞经济活动，搞流通，搞经营，镇江市博物馆就用它名下的房产在西津渡开了10间门面店以供发展第三产业。我正好因为企业单位体制改革，提前内退了，就趁着这个机会发展发展我从小的兴趣爱好，在西津渡小码头街五十三坡这个地方开了一间古玩店。其实也算不上正经的古玩收藏店，就当它是个杂货铺吧，我主要是受我父亲的影响，小时候就喜欢把玩一些有趣的小物件，但都算不上值钱，经营店铺也是出于个人爱好，更方便我结交全国各地甚至是国外的朋友，对于盈利我倒不是太在意。"

"您为什么要将店面选址选在西津渡口五十三坡呢？您之前提到，第一批入驻这十间门面店的店家里很多人都已经搬走了。"

"我有我的看法。一是因为离家近，我小时候就住在这附近，当时五十三坡可是老镇江最繁华的地段，俗话说嘛，'大市口，没人走'，现在的市中心都没有人走的。二是根据我对史料的搜集，五十三坡这个地方的市场不是现在才有的，一百多年前清朝的时候,这个地方就已经有市场在经营了。"

"所以,宝元祥现在的选址在您看来是一块风水宝地?"

"哈哈,是的。"

因为从小住在五十三坡附近,老人亲眼看见与亲身经历了收藏品市场在这个镇江老市中心地段的命运更迭。老人提到,解放初期的时候,形成于五十三坡的市场还不叫古玩市场,人们更倾向于称之为"旧货市场"。那个时候大家对于"收藏"这两个字还不是太认可,认为就是你有东西不需要了,就拿出来当作旧货卖掉。

这样的旧货市场经营持续到了 20 世纪 50 年代,随着合作化的到来,国家对个体工商户进行改造,有的旧货店主直接关门转业了,有的店面则被组织起来,组成合作商店。"其实到了 50 年代末期,旧货啊,收藏啊,都不提倡了,当时提倡集体化,个体被认为是搞资本主义,就把它逐步淘汰了。文化大革命时期就更是坚决地不允许了,根本就不提收藏,收藏是'封资修',封建主义、资本主义、修正主义的,集邮都是受批判的,就别说收藏这些旧的东西了。"

老人对于镇江市收藏品市场的追忆与中华人民共和国坎坷与波折的成长轨迹不谋而合。"收藏活动和市场经营,是 1978 年改革开放之后,才慢慢真正恢复的。80 年代末期、90 年代初期,爱好者啊,群众啊,老百姓啊,自发性地在五十三坡这个地方,又摆起了摊子,卖卖多余的东西啊,藏友之间再互相交流交流。"被问及改革开放给生活带来的最大的改变,老人答道:"我认为是丰富了我的业余生活,陶冶了我的情操。经济放宽了,不管得那么严嘞,我也可以发展更多个人的兴趣了。"

然而,改革开放一方面提供了老人完成儿时心愿、实现梦想的机会,一方面却又因其快节奏的进程催促着城市的革新与事物的革新,给老人珍视如生命般的"宝元祥"带来了生存危机。为了将店面空间用于更规整的景区发展,镇江市博物馆于 2018 年 6 月决定终止与老人二十年来的承租关系,不再续约。老人多方争取无果。新与旧的维系似乎从来都是一个悖论,社会的进步、国家的发展依托着新事物的产生,然而与之相伴的却又是旧物与情怀的消逝。

再次见到老人的时候,"宝元祥"已经正式撤了招牌,那块祖传了 100 多年的实木牌匾被老人洗得干干净净后用两个蛇皮袋包扎好,搁置在了阴暗的车库。"我很舍不得,但是没有更好的办法了,无可奈何花落去,哈哈。"

老人无奈又勉强的大笑显得有些局促，因为年龄与身体的关系，老人决定不再另外选址继续经营，而只在平常的生活中坚持对收藏的喜好。但当我看到老人很快在新的生活中开始寻找契机填补内心的失落，投入社区"爱心五彩线"志愿者阵营，甚至在市区老旧小区改造的政府项目中成为市民督察员代表时，却又真切地感受到梦想或许真的不会老去。我们对于梦想的追求，对于自我价值的追求，不会因为时代的更迭一蹶不振，反而会因为这个时代，呈现更多可能！

老书记与晒谷场

徐灏飞/历史学系 2016 级硕士生

在历史系负笈求学的几年时光中,关于民间口述史的整理与研究一直是我的兴趣所在。因为我总觉得,宏大的历史叙事会过滤掉很多历史细节,特别是那些有血有肉的人们的故事。就这样,为身边的人物"志事立传",成了我的"第二课业"。缘出于此,老家的那位老书记,便成了我的重要访谈对象。每次回老家时,我总爱去村里老书记家坐一坐,听他讲一些村里的老故事。

老书记已经年过六旬,在他的生命履历中,很长一段时光是在火热的"革命年代"中度过的。或许正因如此,老书记家的装饰,还保留了不少"革命年代"特有的痕迹,比如带有毛主席语录的搪瓷杯,几本书页泛黄的马列选集,印着雷锋影像的军绿色帆布包,不一而足。在这样一个布满"革命符号"的环境中与老书记聚谈,不免心生出别样的感受——仿佛自己可以踏着老书记口中吞吐的字句,回到那些激情岁月的现场。

大概老年人都爱反复述说自己生命中最重要的经历。在老书记回忆的故事中,晒谷场是他频频提到的地方。他说,那里住着他的一个梦。

老书记提及的晒谷场,如今已被封存于上一代人的集体记忆中。但在那些荡气回肠的"革命与建设岁月"中,晒谷场凸显着非凡的场域价值——或许可以这样说,在那时,晒谷场承担着为村民世界提供公共话语空间的历史使命。村里搞运动,做政治宣传时,人们会聚集在晒谷场;村里搭戏台,唱演样板戏时,人们会聚集在晒谷场;村里秋收秋种,用木耙梳扒着晒谷物时,人们也会聚集在晒谷场。

老书记说,他的青壮年时代,是充满激情的时代。那时的人们"革命热情"高涨,几乎每个人都愿意全身心地投入社会主义建设。站在晒谷场上,放眼望去,天天都可以看到村干部拿着大喇叭在那里做政治动员："干革命,促生产!"于是,村里开凿了水库,修建了新路,耕植区域从平坦的田地延伸向崎岖的山岭。蓬头垢面的贫农不见了,大腹便便的保长消失了,基于新型共济精神而结成的乡村共同体展现出全新的面貌。中山装和军大衣成了时髦且受人尊敬的着装,打着补丁的衣裳也不再遭人冷眼,它们反因自带"劳动人民"的标符而别具价值。帝制时期的一些偶像被请下了灶台,在洁白如米面的壁面上,毛主席的画像被端端正正地悬于最高同时也是最正中的位置。

但是,历史的发展总是充满了波折。老书记说,一到冬天,晒谷场上就会冷风四作。像铠甲一样坚硬的冰霜,可以沿着地表的裂隙,冻住在风中摇曳的衰草,冻住在路上滚走的沙石,冻住人们全部的"革命热情"。在那些特殊年月中,捉襟见肘的事实总由肚皮里扭曲的回响委婉道出。"温饱",本是一个简单的词汇,此时却如一串可望不可即的明光,洒在晒谷场凹凸不平的路面上。也许从那时起,根植在老书记心灵深处的改革萌芽就已发露了。

老书记承认,他的很多回忆,其实都已模糊不清,但唯独那天午后的底色,虽然经过几十年流光的过滤,至今清晰依旧。那是一个阳光明媚的午后,同样在晒谷场上,一双双眼睛在饱含着焦虑和饥困的同时,也灼灼闪映着希望。在人们目光汇聚的地方,站立着年轻的老书记。这一天,他成了村里的领路人。

和所有敢作敢为的青年改革者一样,老书记胸腔间涌动的热血随着时代旋律的起伏而激荡不已。他的身影总能出现在晒谷场上,那里成了他施展平生抱负的人生舞台。在他的主持下,原先的生产大队被解散了,绝对平均主义的原则被搁置一边,家家户户分到了承包地……不久,田埂上又传来了清脆的笑声,山林间又响起了幸福的歌声。风吹过的地方,稻子熟了。人们用锋利的镰刀割下沉甸甸的稻穗,碾磨,去壳,摊在晒谷场上,一下子变出金灿灿的奇迹。可以想象,当年轻的老书记穿着笔挺的中山装,行走在飘逸丰收味道的金风中时,幸福二字,一定写满了他的眉梢。

然而,就像海子诗里描述的那样,黑夜从大地升起,丰收后的大地变得荒凉。总有那么一份穿透诡谲风雨的恐惧,像幽灵一样缠绕在老书记的心头。于是,一切都蒙上了鸽灰色的阴影。老书记和我说,尽管体制的改革让古老的乡村抖擞出全新的生机,但是人们的脖颈还套挂着沉重的轭具,大家依旧得在崎岖不平的羊肠小径上艰难前行。

寂静的谷仓会发霉,发霉的谷粒就像是阎王的眼睛。丰收之后,日子依旧令人忐忑。晒谷场上，年轻的老书记在一轮孤月的映衬下来回踱步。他的眉宇间，锁着深深的隐忧。但是，当思想的火星和心间的勇气碰撞在一起时，总能引发出别样的烟火。或许那个年代，正是中国基层改革者勇于迈步、疾步前行的年代。当商品经济重新挣脱鸟笼经济学的约束框架而重焕生机时，常常走动于城乡间的老书记很快就嗅到了新时代的味道。

又是一个阳光明媚的午后，老书记召集全体村民，把关于种植经济作物，发展乡村商品经济的想法和盘托出。老书记回忆说，这个动议在当时吓坏了很多人。相关的讨论持续了将近一个月。但最后人们还是选择信任他，觉得他可以带领大家走出生活的困局，走进幸福的春天。

在老书记的领导下，村里的几片山地，一半被辟成了茶山，一半被辟成了榧林。晒谷场上，人们建起了几间简易棚舍，用来堆放茶叶与香榧。一到丰收的季节，晒谷场上下，就会汇成一片翠绿的瀚海。男女老少都会聚集于此，忙个不停。作为领路人的老书记，更是前驱前行，他厚重的手掌承托着筐筐坚果，也承托着乡村的未来。

上世纪八十年代的城乡间，交通多有不便，几辆往返于城乡间的公交车，勉为其难地沟通起城乡间的交流。交通条件缺憾如此，让老书记心事重重。如何把茶叶和香榧运输出去贩卖呢？

自古以来，中国农民就是世界上最耐劳苦的人类群体之一。他们从军随行，在边疆烽台屯驻戍卫；他们挽绳拉纤，在运河沿岸砥砺前行；他们手持刀石，在莽原荒林艰难垦拓……大地寸理，凿刻着他们辛劳的印记；山河锦绣，辉映着他们奋斗的故事。或许正是承继了这种吃苦耐劳的品质，村民们走出了自己的道路。每到丰收季，以晒谷场为聚散地，村民们每天都要挑着咯吱作响的扁担，随老书记徒步跋涉近二十里，去城里贩卖产品。

聚沙成塔，集腋成裘。村民们腰包渐鼓，日子一天天好了起来。为了扩大生产，晒谷场上的简易棚舍先是被改造成了公用仓库，而后随着集体企业的成立，公用仓库又变成了生产车间的一部分。原先的晒谷场变成了一只巨大的聚宝盆。

老书记说，每当他站在生产车间前时，心胸就会无限放大。没有什么能比看着群众事业蒸蒸日上，更让他感到欣慰了。后来，集体企业扩充了新的业态内容——丝造和袜业也被纳入了产销范围。乡村集体经济的发展前景变得越来越光明。

“我们一起再去晒谷场看看吧，那是您的战场。”

"好!"

老书记宽厚地笑了笑,掸了掸帽檐,说完就起身引路,带我走向那片曾经的"晒谷场"。

无声的岁月,犹如那一墙爬墙虎,在不经意间,便爬满了整个墙面。我望着老书记苍老的背影,不免感受到了时间的残酷。但生命的坚韧恐怕全凝聚在这个瘦小的背影之中。他一步一步,缓缓向前,走得很是稳健。或许,正是因为这份稳健,乡民们才会愿意信赖他。亦或许,正是因为这份稳健,他才能带领乡民们走上共同富裕的康庄大道。

晒谷场已成过去,生产车间轰鸣的加工机器还在不辞辛劳地运作。老书记的身影又出现在那儿。这个平凡但不普通的身影,大抵就是千千万万个中国基层改革者的缩影。

今天,千千万万个中国基层改革者,依旧在这片热土上奔波行走着。他们不忘初心,为人民的事业而忘我工作;他们牢记使命,为祖国的富强而拼搏奋斗。他们,就是中国共产党。相信在中国共产党的领导下,中国人民可以谱写出最新最美的中国故事!

今天,作为新时代大学生的我们,恰青春年少。值此美好年华,我们应该以这些基层改革者们为楷模,沿着他们的足迹,走向基层,服务人民,相信在我们的努力下,也可以为实现中华民族伟大复兴的中国梦奉献上一份自己的力量!

老照片的故事

伊里哈木·阿里木/教育学部 2017 级本科生

"什么？共享单车？那是啥？"父亲疑惑地问道，"你在上海买自行车啦？"

我被父亲的话弄得捧腹大笑，"哈哈哈！什么呀！共享单车不是买的！扫码就能骑，满大街都是。只不过我们新疆这边还没有普及，您不知道也正常。"

"扫码还能骑车？上海科技都这么发达了么？你有没有骑车时拍的照片，给我看看。"

"我手机里应该有的，您稍等啊。"

"老爸，共享单车的照片我没找到，东方明珠和外滩的照片倒是有几张，您要看看么？"

"拿来让我瞧瞧。"

我把手机递给父亲，同时在一旁介绍手机里的这些景点。

"您看这是我在东方明珠照的，还有这张，是在外滩照的。这张是在一大会址照的。"

父亲看着手机里的照片嘴角开始微微上扬，慨叹道："变化真大啊。"

这句话引起了我的好奇，我问父亲："您怎么说变化真大啊？您知道这些地方以前是什么样的吗？"

我的这句话貌似逗乐了父亲，在逗乐的同时父亲从客厅起身走进卧室，不一会儿便笑眯眯地捧了个相册走出来。

"老爸告诉你，你刚给我看的这些地方，我全都去过，而且去的不一定比你少嘞！"

父亲边说边走到我的旁边坐下，温柔地翻开了相册，取出了第一张照片。这张照片经历了岁月的洗礼已经愈发变黄,印刻着时间的痕迹……

(一)"这个纪念馆里记载着伟大的故事"

"我现在给你看的,是十六年前的照片。2003 年的时候我被单位派到上海去学习,当时去上海就被当地的发展震撼到了,回来以后我还和你妈商量有机会带你也去一次上海开开眼界,你说巧不巧,我和你妈妈还没来得及这么做,你就已经开始在上海读书了。"

"这张照片里面的那个牌子上写着'中国共产党第一次全国代表大会'几个字,你知道这几个字承载了多少力量么?"

父亲的话让我仔细地端详起了这张照片,脑海中一遍又一遍地思考着父亲所说的话,这些话让我重新回想起了上海的这段历史。

1921 年的上海,召开了一场世界上最伟大的会议。在这场会议中,中国共产党成立了。谁也没有想到这个会议改变了整个世界的格局。正因这场会议,全中国被从水深火热中拯救了出来。正因这场会议,中华民族走向了幸福新时代。

1950 年,为了迎接中国共产党建党 30 周年,中共一大会址的调查勘实工作开始进行。当年 6 月,正式确认"兴业路七十六号系当时的会址,此处当时是望志路一零六号,后门由贝勒路(黄陂南路)树德里出入"。从此,这场伟大的会议召开的地址被全世界获知。1961 年 3 月,国务院将中共一大会址列为全国重点文物保护单位。1984 年 3 月,邓小平同志为这个会议旧址纪念馆亲笔题写了馆名。1999 年 5 月,江泽民同志为纪念馆题词,写下了一句至理名言:"没有共产党就没有新中国!"正是从那一年开始,这个伟大的纪念馆正式向社会开放。而我的父亲有幸在开放的第四年亲眼去参观了这处旧址。后来的我游至此地,眼前仿佛闪过了我们国家在党的领导下一步一步走向繁荣昌盛的画面。我想到了习近平主席在两年前与其他国家领导人瞻仰一大会址时所说的话:毛泽东同志将此处称为中国共产党的"产床"。一大会址,早已成为了中国共产党人的精神家园。

（二）"这所建筑蕴含着跨时代的发展"

"还有这张照片,是你妈妈在外滩照的,后面那些建筑物你都认识么?那个东方明珠可是我这辈子都忘不了的宏伟建筑!"父亲摸着这张相片,眼神里充满了柔情。

"我从上海出差回来后给你妈妈讲述了出差时的所见所闻,你妈妈听了非常兴奋,结果没过几年,你妈妈的单位也有了一次去上海出差的机会,而你妈妈就很荣幸地被选中了。"

父亲告诉我,其实他第一次去上海是在1991年,可是因为时间太久远,所以没能够找到当时的相片。1991年的时候,东方明珠还没有建起来,上海也还不是世界金融中心。

父亲说他从1991年第一次去上海再到2003年故地重游时,心态发生了巨大的变化,他承认自己被上海的发展所震撼,甚至在2003年来到上海时以为自己来错了地方,他没有想到在短短十来年的时间里,上海已经有了翻天覆地的巨变。那次出差,东方明珠在父亲的心里留下了深刻的痕迹。

对于我来说,"宏伟"二字并不能成为对东方明珠广播电视塔的评价,而"明珠"一词则再恰当不过。我来上海读书后,第一次参观东方明珠时正逢夜幕降临,错落有致的球体建筑物在夜色中璀璨发亮,仿佛是一束闪耀着的光剑,直插云霄。1995年,这座宏伟的建筑正式成为上海十大景观之一,从建成到现在,东方明珠早已成为上海对外宣传的一个"重大窗口"。而这个"窗口"一旁的黄浦江边的外滩建筑群,在东方明珠建成的一年后被国务院列入了第四批全国重点文物保护单位。包括东方明珠在内的一系列上海标志性建筑成了中国改革开放的象征和伟大成就。改革开放,让我们的祖国富起来了。

（三）"互助共建是我们的时代主题"

"哦对!这儿有两张当时我和新疆艺术团一同前往交流会的照片!"

"这个交流会是干嘛的啊?"

"这个是我们单位当时和新疆艺术团一起进行的项目,艺术团的演员当时承担着演出的任务,我们过去是为了学习上海的先进经验的!"

父亲告诉我,当时他们单位下属的旅行社要去上海参加一场交流会议,和他同行的很多人都是第一次去上海,而父亲由于曾经去上海学习过,便成了他们的带队人。这张艺术团的照片让我想起了自己前些日子去人民广场游玩时看到的场景,一大群上海本地的爷爷奶奶穿着各种各样的民族服饰在人民广场跳着一个又一个少数民族舞蹈。这些爷爷奶奶跳的舞蹈让我很快想起了自己的家乡,想起了家乡的人们在各种节日里欢聚一堂,一起歌舞的场面。让我感到无比亲切的是,无论是维吾尔族、哈萨克族、藏族、蒙古族还是其他少数民族的舞蹈,都被这些爷爷奶奶跳得活灵活现。我身为一个中国人,在这样的场景中感动万分。我们中华民族生生不息,举世瞩目,正是由于我们党的领导,正是依靠我们各民族的团结友爱。各民族在反对共同敌人的斗争中形成了休戚与共、荣辱一体的命运共同体。我看着父亲的照片,又想起人民广场看到的情景,真正地体会到了各民族之间的交往交流交融,感受到了习总书记告诉我们的像石榴籽一样紧紧地抱在一起的内涵。

中华民族的伟大复兴,绝对少不了各民族的团结友爱,中华民族伟大复兴的神圣使命将各民族紧紧地凝聚在了一起。

看着这些老照片,我的内心别有一番感受,从一大会址到东方明珠,从东方明珠到外滩,从外滩到当年的沪新两地洽谈会,每一张照片里都蕴藏着一个又一个的故事,从这一个又一个的故事里,我看到了伟大祖国从"站起来"到"富起来",从"富起来"再到现在的"强起来"的历史脉络。我的内心被深深触动,我庆幸自己生活在这个新时代。

看着这些老照片,我开始惭愧自己在上海参观这些地方的时候只是抱着游玩的态度,仔细想想,这每一处位置,都有属于上海的珍贵历史痕迹。

父母的这些珍贵回忆,让我不禁慨叹我们祖国发展的历史进程,上海,作为中国首屈一指的大城市,见证了整个中国从平凡到伟大的历程。

我们生活在中国最辉煌的时代,我们生活在一个非凡的新时代,在这个新时代中,所有人都在努力奔跑,我们都是追梦人!

第四章
亲友长辈共逐梦

越剧,母亲,我：一场关于故土的念想

矢志前进,以梦为名

时代的印记铸就梦想的资本

小城三月

听妈妈讲那过去的故事

四十年的梦

越剧，母亲，我：一场关于故土的念想

施柯沁/传播学院 2016 级本科生

此一去鞍马秋风自调理，顺时善保千金体，荒村雨露眠宜早，野店霜桥起要迟，你休要一寸鱼雁无消息，我这里青鸾有信频须寄。

——越剧《西厢记·长亭》

我的老家浙江嵊州，是一座普通的丘陵小城，却孕育了如今中国五大剧种之一的越剧：一百多年前，一个由乡间说唱艺人组成的小歌班从嵊州的一个小村搭台起家，逐渐发展成以女子为主的戏班，形成了现今越剧的雏形，并在后来进入上海壮大繁荣。

越剧是嵊州人生活中不可或缺的一部分：你总能看见城市广场上，三五成群的人们围坐在一起，牵着胡琴，哼唱着小调；你总能听见乡下老街口，村头喇叭缓缓飘出的乐声，不着痕迹地融入人们的生活谈天里……戏腔悠扬绵长，连同秀丽宁静的母亲河剡溪一起，守护着代代嵊州人的记忆。

而我生长于此，几乎所有对越剧的认知，都来源于我的母亲。

（一）

母亲喜欢越剧，她总是形容自己年轻时对越剧的痴迷，完全不亚于现在年轻人追星的疯狂。上世纪七八十年代的广大乡村地区，物质和文化资源都还十分匮乏。母亲说，那时虽然喜欢听越剧，却找不到像样的设备和资料，她最为宝贵的要数几本费尽心思从别处抄写来的乐谱，却得时刻担心被老师家长当作闲书收缴，只能瞒着大人们偷偷地看，时间久了，那几本手抄本被翻得破破烂烂，但里面的曲谱歌词，还有那词中讲述的一篇篇感人至深的传奇佳话，却在那段几乎没有什么娱乐活动的时光里，成为一个少年人一生珍惜的记忆。

我的童年浸润着母亲的越音。在手机还没有流行的时候，母亲曾收藏过一抽屉的越剧磁带，每逢闲暇，她就会把磁带装入一台手提式磁带录音机，任它循环上一整天；有时母亲起了兴致，也会自个儿哼上几句，然后带着几分得意向一脸茫然的我解释其中的故事。得益于此，我也知晓了越剧中不少经典名篇：讲述宝黛之间惺惺相惜的《红楼梦》，讲述旧时家长对美好姻缘摧残的《陆游与唐琬》，讲述封建迷信对劳动人民迫害的《祥林嫂》……这些都成了我对中国传统文学最初的认识。

母亲会唱越剧，这一点几乎是所有认识她的村人的共识，就连最不支持母亲唱越剧的外婆，也不得不承认她在这方面的天赋。据说，母亲在她小学时的一次元旦晚会上，凭借一段《祥林嫂》中贺老六的生动表演，惊艳了乡里，至今在同学聚会上，她的老同学还津津乐道这段"辉煌事迹"。

我曾跟随母亲去甘霖镇施家岙的古戏台游玩——这座青瓦飞檐的古戏台规模不大，却见证了嵊州越剧女子戏班的起源。在那里母亲遇到了几位熟识，谈笑间，不知是在谁的提议下，母亲上台即兴表演了一段：没有伴奏，却显得歌声更加的清亮饱满；没有受过专业训练，但那伴随着歌声做出的手势和步姿，像是融在生命里一般和谐自然，舞台上的母亲一扫平日里外操劳的沧桑感，散发出令人羡慕的自信和从容，从那举手投足间，似乎能隐隐想见她当年的风采和骄傲。

（二）

母亲初中毕业的时候，一度热衷于进县越剧团工作，却遭到了身为教师的外公外婆的坚决反对。那个年代，在普通人的印象里，戏子没有社会地位可言，尽管人人都在听越剧，但进剧团唱戏是一种不入流的职业，远不如进工厂当个工人更加有脸面。

但满腔的热忱和年轻的倔强让母亲顶着家里的压力，执意进城参加选拔。母亲回忆，为了让自己的嗓音听起来更加圆润洪亮，给评委留下最好的印象，她甚至一大早起床,强忍着腥味吞了两个生鸡蛋。可惜的是,剧团的老师只是淡淡地留下一句"唱得不错",就再也没有了其他消息。

母亲灰溜溜地回来,也没再好意思提什么,老实地读了高中,毕业后到城里磕磕绊绊换了几份工作,然后成家生子,安定下来,年少时那些所谓的妄想和不甘也就渐渐被扑面而来的生活琐事所埋没。

我虽说从小受到母亲的熏陶,却并没有继承她对于越剧的那份天赋和痴迷。

高中时,在一次县外的交流课上谈起越剧,老师突然提起:"班里不是有来自嵊州的同学吗,可不可以给大家介绍一下,或者来几句?"

我和几个同学一时面面相觑,虽然平日经常接触越剧,但那更像是在老一辈人中流行的存在,我们更多地听流行歌曲,读网络小说,而没有多余的兴致去关注这个已有些熟视无睹的传统文化,当要真说上点什么,竟成了尴尬的语塞。

再后来,来到了上海,身边聚满了来自全国各地的人们,大家说着一样的普通话,融入大城市交杂的文化中。除了平常给家里打电话,我不再有什么机会说家乡话,而越剧也渐渐从我的日常中淡出。

(三)

大二暑假,我没能像往年一般回家,一个人待在上海打工实习,忙忙碌碌兜兜转转。偶然去看了一场音乐表演,演出到中途,台上忽然响起了熟悉的越剧《梁祝》的音乐,那个时刻,心底像是倏地翻涌起了什么,突然就很想找个人聊聊,急切地想要告诉他这是来自我家乡的腔调和曲艺;突然就很想见见我的家人,带着过年离家后便未曾回归的寂寞和一个人在外的疲惫,告诉他们这份冷不防被唤醒的酸楚。但身边都是陌生的面孔,隐没在剧场的一片昏暗里。

我开始想要明白,越剧对于我,对于我们这代在文化多元的环境下生长起来的,不断学习出走、逐年远离故土的人而言,究竟是怎样的存在。

越剧百年,从那小村落的草莽乡间一路跌宕走向都市,并且登上了国际舞台;从上世纪人们眼中的不入世流的娱乐,转变为了如今一座城市甚至是一种文化的名片。母亲和我两代人,虽然微不足道,却以越剧为线索,切身体会着其背后整个社会思想文化的变迁：在文化贫瘠的时代，痴迷于越剧的母亲曾一度希望借助它走出那小小的村落，期望走向更为广阔丰富的世界；而生长在信息时代的我，当多元文化的冲击开始模糊我的身份认知时，越剧，这依托吴侬软语，结合了中国众多优秀古典作品的传统文化，却总能为我指引故土所在。

2013 年中央城镇化工作会议中，习近平总书记曾提出，中国城乡建设必须要"让居民望得见山、看得见水、记得住乡愁"。这强调社会在推动城乡经济发展的同时，更要守护好当地的自然环境和文化历史，让人们见证乡镇经济发展的同时，也留住他们对故土的自豪感和归属感。

而这些年来，嵊州以"越剧"为文化依托，着实打造出一套极富历史底蕴和地域特色的城市名片：从越剧艺校的建立以及许多学校将越剧作为教育特色，到知名越剧团下乡演出以及艺术活动的举办，到集生态旅游、文化溯根等为一体的越剧小镇在嵊州甘霖镇施家岙建成……每当听母亲谈起这些或是在媒体上看到相关报道，我都一次次清晰地认知到：这是我的家乡！而我们这一代人，也因为越来越多地注意到家乡的与众不同，转而重新对以越剧为代表的家乡文化进行溯源探索，希望将之传播到更多地方。

我很庆幸自己能出生并成长在嵊州，也很庆幸能够通过母亲和她最喜欢的越剧，通过一个微小的社会缩影，触碰到我国在过去几十年来社会思想和文化的变迁——这是一段不断出走的旅程，带着我们对民族传统文化的热情和骄傲；这也是一段终会回归的旅程，带着割舍不去的文化烙印，唤起每一个远游之子生命的根脉所在。

矢志前进，以梦为名

杜心予/传播学院 2017 级本科生（大夏书院）

那是三十二年前的夏天，自行车轮旋转带来一股微风，让乡村土路在阳光下扬起细碎的灰尘。一张大红色的喜报在阳光微风和浮尘里被"哗啦"一声展开，张贴在县政府大门前，墨笔写就的大字分明地映入围观人群的眼帘。

那是三十年前的寒冬，距离期末考试已经没剩几天。吊在屋顶的白炽灯的昏沉光线都仿佛被冻得更瑟缩了些，沉默地落在那本被画满了图案的练习簿上面。他把书桌上的东西一股脑收进包里，然后在夜色中永远离开了这个校园。

那是两年前盛夏里的某一个深夜，我坐在那个小小的电脑屏幕前，握紧手心里溚溚的冷汗。那个时候一定还有数十万个高考考生如我这般，焦急地等待那个界面由惨白变出表格和数据，忐忑地期望着最后的宣判。

这是三个少年的青春。如果当时有人问这三个少年"你的梦想是什么"，我想他们都会嗫嚅着难以答言。第一个孩子拿了很好的分数，选择去上毕业就能包分配工作的中专；第二个孩子在父亲的安排下从学校退学，去一家国企当了工人；第三个孩子的所有梦想仿佛都止步于考出漂亮的高考分数，关于之后该走向何方，根本没做打算。彼时的他们都懵懂地站在成年的关口，谈梦想似乎显得奢侈又不切实际，只好有些不知所措地面向他们即将踏入的社会洪流。

"在妈妈小时候，只有村里学习最好的孩子才能上师范，学习不太好的孩子才会去上高中。那时候师范只要上三年，还不要学费，毕了业就直接分配到学校当老师，所以十八岁就能开始工作挣钱。农村的孩子，家里供不起读那么多年书，也不崇尚什么高学历、学习深造，现在想想，虽然成为老师、工人也是为祖国作贡献，但还是束缚住了很多孩子的梦想。"妈妈用她一贯平静的语气说着这些话，眼神飘向面前的空气。我看不出她的目光停落的具体位置，但似乎感觉到了一丝微微的怅然。她手里正翻开的书页缓缓合上，仿佛与她一起陷入了一场陈年的回忆。

前段时间，我去了妈妈工作的初中。北方的冬天白昼早早退去，下午第四节课的时候不过五点多钟，整栋教学楼的灯光便照亮了一片夜色。我不知道妈妈的课表，在办公室寻不到人，就沿着走廊悄悄地走去她带的班级。黑板上是几行工整的板书，妈妈拿着课本背对着窗户动情地讲着什么，完全没察觉到轻手轻脚走过的我；孩子们像一朵朵向日葵般仰着脑袋认真听课，灯光落在他们的眼睛里，亮晶晶的，汇聚起的目光像一片星河。

九年级八班教室门边的墙壁上，挂着一张妈妈站在讲桌前微笑的照片，旁边写着一句"班主任寄语"："一切都是最好的安排，我们每天都在成长。"我看着这句话，耳边是从门里透出来的妈妈讲课的声音，心中不由生发许多感慨。三尺讲台，妈妈已经站了近三十年。三十年前的遗憾如今早已烟消云散，新的人生征程中，她的梦想也开启了新篇。她相信一切都是最好的安排，所以从来都心境安稳；她在一件件小事中追求成长，在路上一直走得无比坚韧。

妈妈其实从未放弃追逐梦想——被她含笑的眼睛注视过的上千个孩子，都是她播撒出去的种子。他们带着妈妈的梦想和希望，生根发芽，茁壮成长。

"爸爸要是生在你这个年代，肯定是要去上美术学院的。我从上高中开始，就有点不大喜欢学习，老师讲的听不懂就索性不听，每天就是在纸上涂涂抹抹地画画，想到什么画什么，画得又好又快。那时候根本没有什么课外兴趣班，画画也没有人教，就是凭着单纯的喜欢，画满了好几个草稿本。可在三十年前的一个普通家庭里，你爷爷奶奶上班都忙，根本不在意我有什么特长，我自己也就是把画画当作消遣。高中上到一半，你爷爷给我安排了个工作，我觉得反正学习成绩也不太好，就不上学了，开始去上班工作。"

今年春节前，我和爸爸妈妈三个人一起对家里来了个彻底的大扫除，把多年没关照过的犄角旮旯都整理了一遍，倒发现了好多意料之外的惊喜。说是打扫卫生，到了后来简直可以称作一次"时光寻宝之旅"。1998年的台历，两角钱的纸币，妈妈刚工作时候的日记,我换下的一颗乳牙,爸爸二十岁时青春逼人的证件照……许多旧物带着时间的温度再次呈现在眼前,让人心中不禁掀起温暖的波澜。我从阳台角落的一个箱子里扒出了一本封皮泛黄的图画本,一张张看过去,先是小孩子不知所云的涂鸦,而后突然出现了几张线条精致的钢笔画,都是我喜欢的动画片里的人物:哪吒,黑猫警长,狮子王……我不可置信地捧着本子去问爸爸:"这是你画的吗?怎么会画得这么好?"爸爸瞥了一眼,不在意地笑笑说:"就是陪着你看电视的时候随手画的呀!"妈妈也过来高兴地看着说:"你那时候可喜欢看爸爸给你画画了,每天都给你画!看你爸画得多好!唉,他完全就是被你爷爷'扼杀'的一个画家!"

小时候看着动画片、爸爸在一旁给我画画的情景,我是真的不记得了,现在越看就越对爸爸当年的这份才华感到惊喜。爸爸还在收拾东西,完全没把我的情绪放在心上。彼时随手画下这些画的爸爸早已辍学十年有余,画笔肯定也是许久未动,可还能画出这样漂亮的画,这份被埋没的天赋着实令我心痛。于是我又不甘心似的凑上去追问他:"爸爸你后来没想过继续画画吗?"爸爸仿佛没领会到我心里的想法,只是用他一贯云淡风轻的语气回了我一句:"想不起来了,那都是画着玩的,没时间就不画了。"

我在收拾书柜的时候,看到了一本封面蓝底烫金的建造师证书,翻开来就是爸爸的一寸照片。年轻的爸爸穿着一件干净的工作衬衫,凝视着镜头,眼神中闪烁着沉稳坚定的光芒。做了二十余年工程师的爸爸至今仍在自己的岗位上发光发热,当年画着漫画的笔如今在图纸和表格上游走。他不曾感到有多伤怀,在当时,孩子上学的最大愿望就是能找到一个好工作,走上工作岗位的爸爸虽然放弃了自己的一部分天赋,但也用另一种方式铺就了美好的人生。

高考失利是我永远的意难平。那天晚上电脑屏幕上跳出来的数字没有让我欣喜太久,随之而来的全省排名马上让我认识到了现实的残酷。不算断崖式失利,但也绝对是比往常的成绩低了许多。这个高不成低不就的分数,让我不愿回高中参加风险与压力倍增的复读,又让我只能看着曾经势在必得的学校悬在我攀不到的高度。报志愿的那段时间,我一度觉得眼前的道路毫无光亮,思路陷入了永恒的恶性循环:我去不了最好的大学,得不到最好的平台,没有最好的资源……一层层推想下去,就给自己想象出了一直陷于失败的人生。从分数来看已经成了败局,哪还有什么资格谈梦想?

当成绩带来的悲伤被我慢慢消化,我意识到即使高考失利,我也并不是从此就没有了继续努力和前进的方向。在仿若白纸黑字的高中三年里，上海这座城市就像一道色彩斑斓的光，一直是我最向往的地方。于是我调整心态重新起步，毅然决然地把志愿表上的六个空格都指向了这片热土，期待着能在这个繁华的世界，开启一段更为热烈的征程。

至今还记得自己收到那封写着"华东师范大学"的录取通知书时的忐忑和欣悦。2017年9月10日，我初次走进华东师大，走到刚刚落成的大夏书院的时候，看到路面上贴着许多标语。我一步一停地看过去："来而有幸，去而无憾"，"一个人不能既想赢得漂亮，又那么地害怕失败"，"愿你成为荣宠不惊的大人，心中仍住着惊涛骇浪的少年"……这些话语一字一句重重地叩在我的心上，仿佛是对两个多月来时常消沉茫然的我最有力的鼓励和警醒。从那以后我方才觉得，自己真正与这个美丽的校园融为了一体。我在自己最心仪的新闻专业，开始为了成为一名优秀的新闻人而奋斗。

如今已经在华东师大度过将近两年的我，想要给这里加一个形容词——"安然"，她既不浓烈，更不躁动。这个校园里的一草一木都仿佛凝滞了时间的流动，让行走和生活在其中的人们呼吸都变得静谧，言语都细微回甘。我早已对曾经的怨怼释怀，就算没能到达曾经向往的那个彼岸，船也并没有在风雨中倾翻；我相信生活自有最好的安排，只要以单纯的心去努力，在接下来的航行中就能遇见更美的风景。我走上另一条开满鲜花的路，不断负重前行。

本不外向的我鼓起勇气跟形形色色的陌生人交谈，在一通通打出去的电话里、一扇扇敲开的房门内锻炼我的采访能力；我忘记了多余的娱乐和休闲，大量的文字和视频新闻成为了每日的必修课，在时事热点和舆论大潮中努力培养新闻敏感性；我拿起之前从未接触过的单反相机，学习用镜头记录下鲜活的人间百态，拍出一段段富有感染力的新闻故事。我曾在许多个夜晚，对着电脑屏幕上有大片空白的文档不知所措，文字后不断闪动的指针让我的焦虑一点点加深；但我最终没有放弃，在看到成绩单上的数字后给自己竖起大拇指。我遇到了一群朝气蓬勃的同学和一位位学识与魅力兼具的老师，与他们相伴的日子里，我总是在压力中振奋，一刻不敢松懈地向着更好的自己奔跑。

我喜欢走在上海繁华的街道，周围绚丽的灯光和高楼尽入眼底，不同国家和地区的语言飘进耳朵；我喜欢穿行在满溢着浪漫气息的弄堂小巷，感受这座城市细微的脉搏。我常常会回忆起初来上海的那个周末，自己坐地铁在晚上去了陆家嘴，一个人站在仿佛能刺破夜空的高楼脚下,仰头便透过玻璃外墙看见走廊里西装革履的人影脚步匆匆。我还记得一刹那眼眶里毫无预兆地泛起的酸涩,我想要踏入的那个世界,好像在朦胧的泪水里慢慢显出轮廓。这个大得令人心悸的城市,也给了我的梦想最多的可能。机遇与挑战向来共生,我已拥有了更大的目标和追求。

"新闻工作者是时代风云的记录者、社会进步的推动者、公平正义的守望者。"习近平总书记如是说。青春拼搏正当时,在这个前所未有的最好的时代,我拥有无限的机遇和广阔的寻梦舞台。未来正一天天变得清晰可见——梦在前方,路在脚下。追寻目标的道路上可能荆棘丛生、浓雾密布,但是脚下的地面仍然是坚实可靠的。不论前路多漫长,梦想都能给予我无尽的力量。

黄浦江上的风掠过大屏幕上的新闻播报,梅花送来的清香被琅琅书声萦绕,图纸展开在一寸寸生长起来的大厦旁。我在追梦,我的爸爸妈妈同样在追逐他们的梦,世界上没有两片相同的树叶,更不可能有相同的人生。但有一样东西是每个人都不可缺失的,那就是我们心中的梦想。所有人的梦想汇成未来的希望,然后用信念和坚持凝聚起能够将希望照进现实的强大力量。

2013年,习近平总书记在同各界优秀青年代表座谈时说过这样一句话:"梦在前方,路在脚下。自胜者强,自强者胜。"我的爸爸妈妈已用他们行至中年的人生很好地诠释了这句话的含义,现在的我,每天都用这温暖而有力的话语自勉自励,在通往未来的道路上奋力前行。

2019年,改革开放四十年的春风方歇,我们的共和国也即将迎来七十华诞。伟大的发展征程才刚刚开启,愿生活在这个时代的所有中国人,都永远拥有奔跑的勇气。

矢志前进,以梦为名。

时代的印记铸就梦想的资本

王话翔/生态与环境科学学院 2017 级硕士生

我出生的时候是 1994 年,虽然没经历过粉碎"四人帮"的振奋、恢复高考后的激动,但是见证了香港、澳门的回归,见证了改革开放带来的民族进步,见证了教育资源的普及和飞越,见证了科技的逐年突飞猛进,见证了民族的自信和中国国际地位的提升,也见证了"非典"时期中国医务者的无私奉献、抗震救灾时期的众志成城。当然,除了这些影响历史的大事件,我也用自身的经历跨越世纪交汇线见证了祖国的发展。

(一) 民以食为天

1994 年腊月,北方的天气已变得寒冷起来,不比南方的气候,北方的冷刺骨,不出几时,脸就能皴得通红,寒得直打颤。在糠土青砖的偏房,前前后后耗了近十个小时,父亲从村里叫来的接生婆才把剪刀过了遍火,剪断了那条几乎花尽家里积蓄的脐带,至此我才算来到了这个世界。

母亲把我生出来后便倒头昏睡了过去,从中午睡到了晚上,直到被奶奶叫起来吃饭,才迷迷糊糊地睁开眼睛。母亲回忆说:"当时生孩子真的就是靠命,命好就母子平安,命不好根本没有余钱来救。"讲到这她一副骄傲的模样,看不出一点恐惧。

堂屋住的是爷爷奶奶,农村的房子堂屋冲着南边,小辈们只能住在朝东的偏房里。卧病在床的爷爷,已经几周没有下过床了,打奶奶那听说家里又添了男丁,一下从床上跳了下来,像个没事儿人一样嘴里喃喃着:"是个小子! 是个小子!"

谈起这件事的时候我问父亲:"那时候还是存在重男轻女喽?"父亲苦笑着说:"那时候都是凭力气活着,脑袋笨,就只能靠蛮力,多个男丁干起重活来总归利索。也不是啥重男轻女,哪怕是个女孩儿也一样疼。"不过母亲接过话来说:"谁也没想到你那么懒,注定不是个干苦活的料,生下来好多天就不睁眼,你爸以为是瞎子伸手去掰眼睛,你奶奶说又不是小狗仔掰什么眼睛。以前那喜面都是送鸡蛋、馒头,好点的可能会送点肉,结果送喜面那天你眼睛睁得滴溜溜的,注定好吃又懒做。"

家里来了新人,添了张嘴吃饭,听母亲说又是个好吃鬼,所以养我真的花了不少力气。别家送的鸡蛋隔天都要拿到集市上换钱来买奶粉,没得换就借钱买奶粉,有时候妈妈们相互串门还借别的"妈妈"的奶水,这也是每年回家大人们调侃我的依据。我只好尴尬回应:"我也不容易,从小到大的口粮都是借来的。"引得众人哈哈大笑。与长辈相比,我也算吃得比较好的,从记事起,虽然一年到头吃不了几回肉,但在吃饱这件事上确实没有担心过。

说起家里那几间青砖土坯房,也算是最值上几个钱的东西,那是 1990 年父亲投奔东北二爷爷家,一天干 14 个小时挣来的。那时候父亲年轻力壮,干起苦力来闷头闷脑,到头来落下一身病,现在他也不愿意去"挣大钱"了,窝在小区里当个保安。我说你不实现实现自己的梦想?做个小生意?他说:"等你毕业稳定后再说吧,现在不敢以前,不敢冒险,等你毕业正是需要钱的时候,现在条件也好点了,怎么也不会像十几年前去新疆、广州一样坐几天火车都不吃不喝了,力气拼完了,你老子我还不该享享福了。"

可能是一辈子穷过来了,他说的享福根本好像花不着钱,依旧是节俭。每次我想把长了点毛的馒头扔掉,他都板着一张脸,像见了仇人一样咬着牙说:"你是不是大发了,个熊羔子(长辈训人的话),以前哪能吃上馒头!"我总会习惯性翻个白眼,跟他解释说,发霉的东西怎么怎么不好,父亲根本不管,继续诉说着他的"光辉岁月"。"你知道以前能吃上白面馍的时候我一顿都吃七八个,发霉的就用火烤烤再吃,条件好点就用猪油炸'熟'再吃,你现在还没挣钱就要扔老子的东西,以前……"

有次跟父亲开玩笑说:"现在你还能吃七八个馒头吗?"他拍拍自己的将军肚说:"还有那个必要吗?"

确实,现在谁也没有必要一顿吃七八个馒头了,我记得我上小学的时候也就最多吃三个吧。想来老爸年轻时候干活利索,吃起来也不含糊。但是有样东西他不喜欢吃,就是我非常喜欢的红薯。每次我吃红薯的时候他都表现得极其厌恶,虽然有时会勉强吃几口,但看不出半点喜欢。究其原因,他说小时候一日三餐吃红薯、红薯梗、红薯叶,看见红薯就心生害怕,那时候家里喂的牲口和人吃得一样,现在瞧见,感觉以前活得没有尊严,农村人,有时候就是好个面子嘛。

说来也是奇怪,父亲那么节俭的人,搞音乐却不含糊,可能他口中的享福就是我给他买了二胡和口琴吧。每次视频一小时有半小时都是他在给我展示他自学二胡的成果。父亲也算是个"音乐奇才",口琴和长箫在我记忆中他好像天生就会,二胡拉得可能就不尽如人意了,"缠"着我给他买二胡的时候说:"以前一直想要但是没钱,现在有点钱了,给我买一个吧!买个好点的,弦要好,二胡这东西,就在弦呢。"

以前家里拮据,连个白面馍都舍不得的父亲现在倒好,当起了"艺术家"。有时候爷俩喝酒,他会突然笑着说:"你说咱中国还是很厉害的哈,这几千年都没解决的吃饭问题,蹦跶蹦跶几年过去,现在不仅吃得饱,还要吃得好,甚至有时候还要考虑下情调。"然后他又带着蛮不理解的语气说:"我们这一代还做饭吃,估计到你们这一代小年轻都是买着吃了,现在不管是饭店还是外卖,塞得满满的都是年轻人,你这学的厨艺也派不上用场了。"

父亲很喜欢跟我聊政治,说到政治对生活的影响就滔滔不绝,说以前农村人眼界窄,生活就按部就班,没个大奔头,现在国家照顾百姓,生活有了奔头,想要个啥也不用愁眉苦脸的了。其实他说的就是国家政策下的社会进步,2006年国家完全取消了农业税,并同时发放粮食补贴,一年年优化农民工进城务工的相关政策,运用法律保障农民工的权益,让农民也能享受"高端"生活。

父亲这代人可能只看到了自己家的生活变得更好,但他们可能不知道,改革开放以来,中国已经有7亿农村贫困人口脱贫,到2020年将全面建成小康社会。中国人已经从之前的追求充饥食粮到了现在的追求精神食粮。有一句话说得好:中国的发展速度,跨过世纪的人都有切身的体会,才能真正感觉得到。这70年,带来的变化可是天翻地覆般的。

(二) 科学教育兴国

在农村,科学就像是让我们幻想外面的一件东西,而教育就是穷苦孩子唯一能想到的探索外面世界的途径。

我童年的生活也算是快乐的，没有补课，没有作业，空闲的时间都是满村溜达。冬天打雪仗、堆雪人，夏天下河洗澡、摸鱼捉虾，不过最开心的还是每天几十个人聚集在一个孤寡老头的土房子里，用大彩电看每天晚上的电视剧，望着一群人出现在这小框框里，别提有多好奇了。

主人家老头，大家都叫他"尿罐儿"，即使是刚学会说话的孩子也这么称呼他，也不曾听过他的大名，可能是因为他头发胡子生得花白，步履蹒跚的，走路带点跛，迈着的碎步像极了清宫剧里的朝臣。记忆中他是个很老很老的人，面相显得慈祥善良，对于称谓他倒也不介意，依旧每天晚上7点准点打开电视，笑呵呵地和大家一起看。

那时候看电视就像进了戏园子，第一排必定堆上一堆孩子，那聚精会神的劲儿像极了班级里的第一名听老师讲课的样子；后面几排多是老人，上了年纪眼神不好，离得近，但有时候又会突然被某个大侠的招式吓得一激灵，引得满屋子人哈哈大笑；年轻人不喜欢凑热闹，多数站在后面，有时候靠着墙，嘴里嗑着瓜子；至于那些调皮的孩子，就爬到堆放粮食的角落，时不时拍打着麻袋，大喊着大侠要使出的绝招。

后来去外面上学，就不曾听闻老头的消息了。不知道哪一年回去的时候路过那个土坯房，才发现那里已经被别人推倒，起了新房，只打听到他去世了，具体的倒也没有问出个所以然来。

直到现在依然不知道"尿罐儿"究竟姓甚名谁，不过他的那台彩电却成为我们童年唯一憧憬外面世界的渠道，也算是当时接触的唯一的高科技产品。

去年用手机跟家里视频的时候还聊到"尿罐儿"，说是后来家家户户都买了电视，去他那儿的人越来越少，"尿罐儿"还下了"诱饵"，摆上瓜子花生、麻将扑克牌，价格倒也随意，没个标准，主要还是攒个人气吧。末了，老爸问了一句："你说这手机到底是个啥原理，一群人儿咋就能搁手机上去。"这个问题的答案不知初中还是高中的时候我们就已经知道了，却还在困扰着父亲。

父亲可不仅仅是个"艺术家"，还算得上是个"文人"。

20世纪80年代，父亲读到了初一，中途被爷爷拿着扫帚赶出了教室，跟着下地除草、拾粪放羊。父亲倒也执着，不知从哪弄来几本名著，躲在猪圈里读，时不时要顺着猪圈里的猪动动身子，生怕被猪发现有人抢了它的地盘。只记得他说金庸的一本小说他一晚上读完了，那时候看书跟疯了一样。可能这就是我小时候的故事几乎都围绕刘备、孙猴子,还有令狐冲的原因吧。

父亲现在基本都是抱着智能手机看看大家讲讲历史,听听文人剖析社会,时不时也会听上几个小曲,轻声跟着哼几句。

父亲练了一手好字,童年时候的我看着龙飞凤舞的字体,心里充满崇拜。现在他倒好,没了地方施展,天天来问我手机拼音的用法,说要跟上时代的步伐。

1996年,我刚出生一年多,父母便外出务工,我就跟着奶奶生活。小学一年级后,奶奶生病去世,我便吃起了"百家饭"。直到现在我基本上都是一年见父母一到两次。以前没钱回家,出行不方便。现在回家方便了,只要几个小时,有时候没事便想起回家看看。现在的交通某种意义上不只是行车的道,更像是回家的路,让以前那些回不上家的人都不再为此感到困扰。

2018年,中国单单高铁里程就已经达到2.9万公里,到2019年将会达到3万公里。这不仅仅是一种交通上的便利,更是中国科技力量、创新力量、团结力量的体现。

2013年,我考入安徽的一所大学,这也是只上到初中的父亲心心念念的事情。2017年来到上海攻读研究生,父亲又说一句:"你好好上,我就是砸锅卖铁也保证你顺利读完书。"

父亲和母亲都已年近五十,头发已经掩饰不住岁月,身上也都动过了几次刀子,但许给我的安慰话还是那么铿锵有力。他们说:"我们吃过没文化的苦,决不能屈了你。"我的求学过程倒也算顺利,读初、高中政府会发放补助,大学里也会有奖、助学金,虽不能彻底救了难,倒也让家里缓了缓气。

如今,我从当初只知道电视机的小孩子变成了关心着国家科技教育发展的大孩子。自主研发、自主创新、太空探索、科技通信,这些充满科技感的词汇把中国带入了世界的前列。在教育方面,国家不允许任何人因为没钱而上不了学,再穷也不能穷教育。仅2012年至2016年全国教育经费总投入就累计接近17万亿元,教育兴国不再是"纸上谈兵"。

(三) 中国梦

100年前的5月4日,"五四运动"爆发,满腔热血的青年、工人及各界人士挥着正义的拳头、喊着愤恨的口号,折断了要签向那不平等条约的笔尖,将 1917 年"十月革命"后传入的马克思主义思想领上了政治和历史的大舞台。这次运动印证了"自古弱国无外交",同时也让中国这条沉睡的东方巨龙开始苏醒。1921 年我们趁着这满腹激情、顶着霸权国家的利刃,成立了中国共产党。1931 年到 1945 年,我们花了 14 年时间、牺牲了千万同胞的性命,用血肉铺出了一条走向胜利的路。1949 年 10 月 1 日,中华人民共和国成立!在这片满目疮痍,但又充满希望的热土,我们成了堂堂正正的中华人民共和国公民,有了安安稳稳的家!

今天,当中国站在世界政治和历史的舞台上时,不想争风炫耀,更不想欺凌弱小,我们只想好好地给那些为了中国付出精力和鲜血的前辈们一份答卷,一份书写着中国 70 年风雨兼程、砥砺前行的辉煌事迹的答卷。

我是一名中共党员,入党宣誓成为正式党员的时候,有句话直到现在我都记得。瘦瘦的、架着银框眼镜的支部书记操着一口浓厚的皖北口音说:"你们这个入党的日期,一定要记住,这就是你们的第二个生日!"

那一天是 12 月 16 日,看到这个日子的时候难免有些"侥幸",不偏不倚地和我自己的生日撞了个满怀。这一天也让我充满了好奇,好奇是什么缘分让这一天那么特殊。1949 年 12 月 16 日,毛泽东率中国代表团访问苏联;1978 年 12 月 16 日,中美发布《联合公报》;1998 年 12 月 16 日,我国成立第一个大规模"政府网";2015 年 12 月 16 日,我,光荣地成为了一名中共党员。

说起我想入党的原因,着实不是入党申请书那三五页纸能写完的,入党很大程度上并不是我一个人的抉择,更像是带着家族使命选择了加入中国共产党,因为党我们才有了大不同的生活,才敢有这非凡的梦想。

从马克思列宁主义到毛泽东思想,从邓小平理论到"三个代表"重要思想,再从科学发展观到新时代中国特色社会主义思想,我们的中国梦越来越大,越来越丰富,越来越包容。中国人民代代都是勤劳的人,代代都是脚踏实地、善良包容的人。对于以后的中国我们满怀希望,对于以后的生活我们奋力向前。

风风雨雨 70 载,中国这条巨龙已经从沉睡中觉醒。对于劲敌,我们不卑不亢!对于以后,我们将向着更加繁荣昌盛步步迈进!

祖国,感谢您,70 年给我们的最美答卷!

小城三月

叶杨莉/中国语言文学系 2016 级硕士生

我和林春苑相识已经十三年了。2006 年,县城里十二三岁的少男少女们,被一一编排,根据居住地分进不同的初中。小升初,看的不是考试成绩,而是居住地所在的片区。六中是县城里师资力量最好的初中。还不相识的我和林春苑,一起进了县城第六中学,被分到了末尾的一个班,十一班。

能进六中,我们的父母都费了一番心思。2000 年左右,我父亲是矿区最早到县城里买房的十几人之一。那时县城的房价每平方米不到一千元,但买商品房的风气还未在矿山大院弥漫开。一套房子十几万,当时听起来也有如天价。只有十几个和父亲一样勇敢的人,在千禧年刚到来时,敢从矿山深处,闯进县城看房。当时父亲为我的教育有所考量。

2004 年,县城南郊已经盖起了几个新的住房小区,父亲登记的小区名叫"景泰秀水"。它大约是县城第一个主打山水特色的中档小区,蓝白黄相接的外墙,一、二层是楼中楼,六层楼无电梯,小区也真应了它的名字,茂林修竹,景泰水秀。被称作笋竹之乡的县城在这里留着一片片竹林,小区里,假山、人工湖、鹅卵石、瀑布也都一应俱全。当然,更为重要的是,这个小区属于六中片区。

而初中之前的林春苑,还在县城底下的镇上读书、生活。她的父亲原来是水泥厂的员工,同样是千禧年后,工厂改制,由于种种原因,她的父亲失去了这份工作。家里的经济状况跌至谷底。那时林春苑即将小学毕业,家里费了一番功夫,母亲从镇上的烟草站调到了县城的烟草公司,他们一家三口,也都搬进了烟草公司的家属楼,房子逼仄而背光。但这里也属于六中片区。

我和林春苑无疑是幸运的。父母尽力为我们免去了几千块钱的择校费。他们努力为自己唯一的孩子争取最好的教育资源。当然，在初中，最好的师资力量仍有所划分，但这已是他们所无能为力的地方了。林春苑原本就是镇上中心小学最优秀的学生，她扎着高高的马尾辫，额前散落着棕黑而蜷曲的头发。她性格开朗，喜欢和人打交道，一笑，两排洁白的牙齿就从双唇间探出来。很快，她被班主任任命为班长。

　　2012年高考后，林春苑离开了县城，也离开了福建，去了重庆读师范。她的职业选择和父亲的建议有关。父亲从水泥厂离开后，陆陆续续换过几份工作。家人都觉得，只有体制内的工作，才能既得到社会的认可，也不再有下岗的风险。那年，父亲建议，以后要做的工作，就从这三个里选：教师、医生、公务员。她的高考成绩还不能让她进入一所理想的医学院，但可以读师范。林春苑对于教师这个职业，一直是充满期待的，即便在初中毕业后，她也还和班主任保持着联系，偶尔也帮助指导班主任儿子的功课。2016年大学毕业，离不开重庆美食的她，还是在父母的期盼下回到了县城，参加了县城的小学数学教师招考，并在笔试中排名第一。

　　2016年，在我们升入初中的十年后，我和林春苑又一次迈入了人生的新阶段。只是这一次，我们靠平稳的升学或就业，为自己争取了两个不同却同样值得期待的未来。我去了上海读研究生，而林春苑则进入县城最好的小学，成为了一名小学数学老师。

　　她以一个新的身份，迈回了县城的秩序里。

　　这座县城曾经在抗战时期做过福建省的省会，建国后以发展工业为主，但规模始终不大，目前的人口也不过三十多万。它的发展和运作，或许是中国上千个县城的缩影。林春苑和我一样，祖籍都不在这座县城。我们的父母都是20世纪80年代左右作为工人子女，搬迁到这座县城的。林春苑所进的小学，2016年时刚满百岁。1916年，它的前身"淑德女子小学"由基督教南平中国妇女布道会创办，后来它的名字屡次变更，从"私立卫理小学"，到"山边小学"，再到"反帝小学"，都是历史变迁的侧影。1980年它正式被命名为"实验小学"，此后一直吸纳着县城最好的生源。

　　林春苑入职的第一年，被分到了三年级一班。面对这个决定，家长们和林春苑都还没有做好准备。一班的家长，是整个年级最特殊的群体，他们大多在县城的"体面"单位，如政府部门和事业单位工作。换言之，这是全年级，甚至全县城"生源"最好的班级。但现在，这个班要交给一个刚刚大学毕业的年轻老师。家长们迅速有了反对声音，他们想换一个有经验的数学老师。他们中有人找到了校长，希望校长换掉这位年轻的林老师。还未开学,正在认真备课的林老师就收到了校长的消息,得知她可能要从接手一班转为接手三班。三班的数学成绩向来不佳,但林春苑更在意的是,入职之初,她就"被换掉",这将成为某个特别的标签,一直伴随着她将来的职业生涯。

原本安排的三班老师由于事先设定了班主任工作,如果调开,将产生许多不便之处,几经协调,换班的工作并没有顺利进行。校领导讨论认为,一班的数学老师还是由林春苑担任。但"望子成龙"、"望女成凤"的家长们仍然心有不甘,后来林春苑得知,换老师的意见甚至传到了县城教育局。

已经无从得知教育局的态度。不过,林春苑很快就接到了一个电话,电话那头是一个女人的声音,她告诉林春苑,自己是一班某孩子的妈妈,在县城电视台工作。女人说话礼貌客气,先提及了一些家长对她的反对态度,又说了一些家长的拜托和担忧,最后委婉地说了她的观点:请林春苑主动申请换班。林春苑心知肚明,其实这个女人所提及的"一些家长",就包含女人自己,甚至反映到教育局的,也有可能是她。女人虽然语气客气,却字字强势。林春苑心里既有委屈,也有不甘,为什么新老师就不被信任呢?是否因为自己是个"90后"?是否自己的出身和大学都不够起眼?她感受到现实坚固的秩序和可能存在的种种偏见,感觉到入职以后可以依靠的唯有自己,她拿着电话,明白此刻她已经真正开始成长。

林春苑调整好心态,告诉电话那头的女人,语气沉着而坚定:"阿姨,换班的决定权不在我手上,请你们信任我,我一定会尽自己所能,把课上好,把学生的数学成绩提高。"

最终,林春苑还是负责一班的数学教学。这已成板上钉钉的事实。一班的家长们态度开始发生一百八十度的转弯。教师节那天,在电视台工作的那位女人又打来了电话,这次,她告诉林春苑:"林老师,我就在您家楼下,您能下来一趟吗?我带了几只板鸭给您。"初入职场的林春苑这时也明白了,既然选择教师这个职业,就要经常面对这些"可怜天下父母心"。她很快就答复女人,她感谢她的好意,但她也明确地说明,她会对班上的所有孩子一视同仁,不会厚此薄彼,不会特殊对待或有意忽略任何一位孩子。林春苑挂了电话,但紧绷的神经却没有松弛下来。初踏教师岗位的这次换班事件,对她而言,既是一次重要的岗前课程,也激发了她的斗志。

林春苑将全部精力投入教学工作,她把班上的每个孩子都放在了心里,手把手帮助每个孩子克服弱点,梳理知识点,也为此牺牲了不少自己的业余时间。第一次期中考很快就到来了，这是林春苑任教以来的第一次大考。一班的成绩跃居年级第一。成绩出来的那刻，林春苑才松了一口气，她知道，她敢于直视那些怀疑她的目光了。而那些家长们，也同她一样真正放了心。

教师是富有奉献精神的职业群体，林春苑也是在走上这个岗位之后，才真正了解到这个群体的种种不易。她每天从睁眼到睡前，都会不自觉地惦记着班上的孩子们和手头的教学工作。才二十岁出头，她就像有了几十个孩子，所有付出的努力，并不是为了换取报酬，而是一种自然而然的、由责任感驱动的自觉的给予。一班的所有孩子，他们正处于启蒙教育的关键时期。林春苑的付出很快就被孩子们感知到了，他们发自内心地喜欢负责任的林老师。他们偶尔调皮捣蛋，但在林老师面前，他们成了乖巧的小棉袄，会给林老师送花、送书，说一些贴心的话。他们告诉林春苑，他们喜欢年轻、爱笑的她。这又让林春苑意识到，教师分明也是一个成就感和幸福感极强的群体。她的一言一行，都可能对一个孩子的未来产生深远的影响。

林春苑也在工作的过程中，逐渐意识到时代的变化。作为 90 后，她和我一样，在城市化进程加快的过程中，一步步看到了教学科技的迅速发展。

她是在镇上中心小学度过小学阶段的，当时一个年级不过四个班。2000 年前后，镇上中心小学的教学设备都很老旧，教室里没有投影仪，只有三尺讲台和一个大黑板，学校里没有电脑。电脑和手机，对于当时的她来说，还是陌生的设备。学校里虽然有个图书馆，但其实不过就是一间小教室，里面堆着的都是一些校友捐赠的二手书，有些几乎破旧得看不清字。后来到了县城里读中学，她才开始接触电脑，学习信息课。在她上了大学之后，也就是 2012 年之后，中学教室才更新为上下移动式的黑板，投影设备也才翻新。2016 年，林春苑开始任教实验小学，教室里大部分都是最新的硬件设备，这些设备和一线城市相比，也不逊色。她上课不用担心上方的黑板写不到，也不用担心投影设备中途出现故障。

由于二胎政策的实行，县城小学的招生人数大大增加了。作为县城最好的老牌小学，实验小学每年都在增加招生名额。林春苑从 2017 年开始，多带了一个班，这也让她接触到与一班截然不同的一群孩子。六班的孩子有一部分是"摇号生"，"摇号生"是非城市户口的孩子，他们大多是来县城做生意的外地人的孩子，或是县城下面乡村农民的孩子。这是一群让老师们感到头疼的孩子，他们的父母忙于生意或其他工作，疏于看管他们。某种程度上，"摇号生"有点类似于"留守儿童"。一班的孩子们出身优渥，父母也愿意在教育上投入大量的精力，成绩提升自然快，但六班的孩子，成绩却难以提升。

面对六班的孩子，林春苑有一些特殊的感觉，他们让她想起从前镇上中心小学的那些同学。十多年过去了，他们中的大部分人还留在村镇里，也有些人离开村镇去外地打工，但都和她失去了联系。他们几乎都没有读大学。

对于教育事业，林春苑还保留着天真的热情。她明白父母对于孩子教育的投入，将会对一个孩子的未来产生多大的影响。但老师也可以付出更多，甚至填补一些空白。她对教育有自己的理解，教育应当让一个孩子的未来充满无限可能。她所面对的孩子不过十岁左右，如果一个孩子的未来在这里定型，那是她的失败，也是教育的失败。

入职后，林春苑也开始在教学上精耕细作，打磨自己的教学技能，积极参与各项教学比赛，她开始走出县城，参加在厦门、福州举办的名师夏令营。在厦门的名师夏令营里，林春苑看到了县城和大城市的差距，这差距并不让她沮丧，反而更激发她想做好一枚螺丝钉的决心。回到县城，她继续投入教学工作，她开始对六班格外费心。她真希望自己教过的每个孩子，未来都是值得期待的，都是滤着光亮的。

尽管现实的重力，有时会将抽象的理想向下拽，但那些光亮落在掌心时，依然带着灼热的温度。如今已经升入六年级的六班班上，仍然有几个让林春苑头疼的问题小孩。比如一个绰号为"臭弟"的学生。2019 年 3 月，我和林春苑时隔一年才见上面。林春苑告诉我，臭弟是二胎，父亲和哥哥在县城一个村庄开"农家乐"。村庄依山傍水，竹林密布，20 世纪 90 年代还是一个贫困县，但这些年开始发展文化产业。抗战时期留下的曾驻扎文化人士的宗祠，改成了一个文化陈列馆。村民们也把自己的老宅改造，建成民宿。臭弟家的经济条件已经越来越好，但父母似乎对他的教育还是不够重视。

"像臭弟这样的小孩，我每天都要和他斗智斗勇。他很聪明，但是太调皮，觉得数学单调。"林春苑摊手，低头开她的电动车。我们前一天聊到了深夜，她告诉我，虽然工作快三年，但她仍在一点一点摸索教育艺术的门道。她现在的目标，是要把臭弟这样的学生成绩提高，让他尽早地成熟起来。她不希望他过早对某些东西妥协，不过幸运的是，她发现即便是忙于生意的家长，也已经开始对孩子的教育有所重视。对于千万个奋战在基础教育一线的老师来说，能多给学生带来一点点有益的启发，就是一次胜利。教学工作就是由这些细碎的胜利构成的。

　　林春苑让我坐上她的电动车,她载着我,驶出了她家小区。春天的县城总是雾蒙蒙的,空气湿漉漉的,地上的水坑盛着另一座县城。林春苑家已在2012年从烟草公司五十多平方米的家属楼,搬进了一个新开发的楼盘里。2019年,"景泰秀水"早已不是县城最特别的小区了,相反,它蓝白黄的外墙早已剥落,露出了岁月的痕迹,由于没有电梯,那些曾经的购房者——独生子女一代的父母,也开始纷纷转手卖出,转向买电梯房,为自己的养老做准备。这些年,县城每年的面貌都不太一样,许多住宅小区拔地而起。它们大多以四字命名:豪门御景、凯城华府、中天豪苑等。林春苑载着我从一个个或新或旧的楼盘下经过,谈及每个小区,她都有话可说。现在,她和家人已经购下了一套新房,她每月承担一部分的房贷。重返县城的同龄人,大多还在百里挑一地考着公务员岗位,她却已经担任了三年"园丁",她觉得自己已是幸运的。她的言语里有对未来的憧憬,没有丝毫颓唐。她的奋发感染了我。

　　如今,县城已经编织出一个稳固又带着新生的运作体系,林春苑正是奋战在教育前线上迷人的一环。南方的春天总是雾蒙蒙的,可现在是三月,万物正在生长。

听妈妈讲那过去的故事

苗昕涛/马克思主义学院 2018 级本科生(孟宪承书院)

"月亮在白莲花般的云朵里穿行,晚风吹来一阵阵快乐的歌声,我们坐在高高的谷堆旁边,听妈妈讲那过去的事情……"每每这熟悉的歌声飘进耳朵,我总会不自觉地跟着哼起来。幼时的某个午后,妈妈用铅笔把磁带转回这首歌。再次播放的时候,我问妈妈:"什么是谷堆?""就是妈妈小的时候听姥姥讲故事的地方。"她回答我。"那又是什么样的故事呢?"我再次发问。阳光透过窗户溜进来,温温柔柔地把妈妈拉进了回忆浓稠的河流……那是关于姥姥、关于妈妈以及我今天所续写的梦想故事。

姥姥的未圆之梦

在我出生前,姥姥就离我们而去了。我对姥姥的所有了解都来源于她最小的女儿——我的妈妈。妈妈在读过倪萍的《姥姥语录》后,说姥姥也是那样有着满满生活哲理和生命厚度的睿智女人。姥姥出生于 1932 年的河南农村,很小的时候就被父母裹了小脚,她却具有很强的反叛精神,每次父母出去干农活时,她就在家里到处找剪刀、菜刀,实在找不到工具就用牙咬,想尽一切办法把裹脚布拆掉,然后跑出去玩,为此挨了不少打骂,她的父母担心她脚大以后会嫁不出去。但是后来在为躲避日本鬼子的"跑反"中,姥姥却因为裹过小脚跑不快,抹上满脸煤灰,穿上男孩的衣裳才得以躲过一劫。再后来,姥姥还经历了大饥荒,吃树皮、草根,忍饥挨饿成了家常便饭……终于在解放后,姥姥的日子慢慢好起来,嫁给了姥爷。她追随姥爷远赴新疆,在西北戈壁大漠的广阔天地中住"地窝子"、啃粗粮馒头，用极少的收入养育了四个儿女。

妈妈告诉我，姥姥在晚年感慨过自己未圆的梦。在新中国成立伊始，百废待兴的上世纪五十年代，连中国都还是个蹒跚学步的孩童，在成长的起点歪歪扭扭地画下梦想，一个乡下女子能有什么大梦呢？"梦想"这个词语于是变成可望而不可即的奢侈品，时代洪流裹挟着每一个或锋利或愚钝的生命，挣扎或是再挣扎，结果总是让人心酸又无奈——时代没有允许的条件，一个人的梦的力量是那样弱小而有限。姥姥只好把大梦存在心里融化消解，最后化成对女儿的一声叹息：她对妈妈说这辈子最遗憾的事就是不识字，被人叫作"睁眼瞎"。想要求学，又去何处求呢？没实现的梦是没有教育，这在她心灵的窗户前蒙上黑纱，明明睁大了眼睛，世界也就在面前，人却无力得像个盲孩。

每当听到妈妈讲起姥姥的种种故事，我都难以想象瘦小的姥姥怎样咬牙走过艰难的岁月，我眼前总是浮现姥姥可能拥有的模样——她腰背挺直，办事麻利，性格泼辣，饥荒没打倒她，她在草木不生的荒原里刨土充饥，自然灾害面前姥姥是坚韧的赢家；贫穷没打倒她，她在连夜阴雨的漏屋里冷静地安排一切，生活的高压下姥姥还是骄傲的勇者。锅铲或者笤帚都可以像魔法棒一般在她的手中自由轻松地翻飞，那时她像一个站在山头的巨人。可当她看到孩子读书、丈夫读报，他们从容地从那些文字中开启了一个她看不见的新世界时，那些碎小的黑色方块却能轻易地腾空而起，压垮她方才抽芽的梦。那一生啊一生，她都在遗憾，靠近这个世界的方式独独少了那一种。

姥姥未圆的梦想是识字，本该学习识字的时候，她在躲避战乱、为生计愁苦。时代没有给她机会，生活没有给她机会。姥姥毕其一生炖煮一锅经验的浓汤，她告诉孩子们要诚恳待人，严于律己，也要记得勤俭持家，努力奋斗，更是反复强调要好好读书，不能留下和她一样的遗憾。那些她用时光韬炼的金玉良言和生活智慧因为不识字没法成言成书，更是酿了更大一圈的遗憾。姥姥虽然在我降生于世之前就离开了我们，可她身上倔强又坚定的血液，连同她未圆的梦想，早已经过青灰色的脉管，淌进妈妈的身体，又淌进我的了。

妈妈的追梦之路

妈妈作为姥姥最小的女儿，是个 70 后。她继承了姥姥对生命无尽探索的热情和对知识的渴望,追梦的愿望也早早就栽种在心底。

妈妈是土生土长的兵团人。她小的时候兵团的条件比较艰苦,上小学时教室里没有电灯,大家都用墨水瓶自制煤油灯上早读,常常是一节课下来鼻孔都熏黑了。教室里也没有暖气,到了冬天同学们还要轮流值日生火炉,没有经验的同学会把教室弄得浓烟密布,上课时不得已只好打开门窗。看电影是她们小时候最大的文化娱乐享受,大冬天在露天电影院冻得又跳脚又流泪,却总是舍不得回家。年复一年的拾棉花是兵团学生最难忘的劳动锻炼,从小学到高中,所有的学生每年都要有一个多月的时间在棉田里度过,感受日出而作日落而息的劳动生活,进行面朝黄土背朝天的劳动锻炼。

妈妈和同龄的女孩子一样,无论她们是稻麦、棉花还是玉米、高粱,都根植于广袤却贫瘠的兵团农场大地上,也都怀着向往更加广阔的"外面的世界"的心。那时候有老师告诫她们:"兵团的女孩只有两条出路:一是考出去,二是嫁出去。"她们都想要到教育资源更丰富的地方学更多新鲜的知识,而"考出去"就是唯一的通道,"上大学"就是唯一的出路。我无法想象妈妈她们当年"千军万马挤独木桥"的场景,但妈妈付出巨大努力挤过了"独木桥",考上大学并留校当了老师,如今还在尽心尽力做着她心爱的教书育人的事业。在我眼里,妈妈好像早春里赢弱又执拗的小杨树苗,她骄傲地拒绝了所有飞鸟的停栖,逆风而发,又朝着阳光泼洒的方向勇敢地抽枝发芽,最终如愿成了一棵挺拔俊俏的白杨。

妈妈的成长故事印证了"知识改变命运",更印证了祖国的成长为追梦的女孩增添奋飞的翅膀,她再也没有姥姥那样无教育、不识字的遗憾。她述说给我的生命智慧源于姥姥穷究一生的夙愿和梦想,源于谷堆边听到的那些故事,还有她对阳光、梦想温暖而坚定的追逐旅途。

我的筑梦之旅

血脉里初生的冲动让我对那如梦如幻的阳光充满了向往和渴望,像是与生俱来的使命,但更像是骨子里的喜欢和热血。幸甚至哉,我生长在这样辉煌美好的年代,黑纱已经撤去,土地不再贫瘠。东风拂过,万物生长。从小就喜欢把自己埋在书堆里的我一直将文学视作最好的朋友,中学时代我更是把它看作我将热爱一生的东西。乘着

"中国梦"的列车,教育和文化生活改革一点点改变着我的生活,我得以在小学的阅读课上扩大阅读量,结交有想法的同龄书友;在中学的写作培养课上动笔描绘我理解的世界,触及文学世界更大的魅力;在课余时间还能接触到《中国诗词大会》、《朗读者》和《国家宝藏》等震撼人心的国学类节目……不仅如此,我和我的朋友们还可以在不断改革创新的教育制度里找寻适合自己的学习方式。我们拥有冬暖夏凉的明亮教室,还拥有昔日学子可望而不可即的师资和多媒体;我们已经不再追求"有学上",我们渴望"有好学上"以及"有合适的学上"。我们的中学开设了各种专业教室,老师们也不断去内地进修,教学模式日新月异。多媒体设备越来越多地应用在教学里,学习效率提高的同时,读书真正变成了一件有趣的事。我也越来越坚信不疑:学好的,学喜欢的,才是我这一生追求的大梦。

虽有千里迢迢却无千难万险——我只身一人从乌鲁木齐飞到上海读大学。比起没有机会接受教育的姥姥,比起火车与汽车上辗转奔波一整个日夜才能进城读书的妈妈,我的梦离我那么近。来到上海之后,我终于到我心心念念的高校学习了。初见时,一切都陌生又神秘,让我时常对这样不熟悉的生活与知识感到恐惧和委屈,但当陌生和神秘变成热气腾腾的新鲜,咀嚼它们的过程就变得快乐而幸福了。从未听过的特色课程,引人入胜的名师讲座,丰富多彩的课后活动,可爱聪敏的学习伙伴——我享有姥姥和妈妈这两辈人梦寐以求的饱满果实,却在起点处因为怯懦不敢迈步,幸好在踌躇过后我选择了坚持这延续了三代的追梦心,勇敢地昂头挺胸,向前奔跑。如今的我,迫不及待地向春天提交申请——作为这场春潮大梦里一粒幸运的种子,中国梦中也有我的梦,我要饱饮春水,我要冲破泥土,我要拼命生长,我要让这天地与世人看见我,这茫茫春潮中最清丽的一点翠色!

令人欣喜的是,春潮般的教育改革还在继续推进。学前教育飞快发展,残障儿童走入课堂,教师待遇逐步提高,多样化教育不断完善……我从来都羡慕又敬佩妈妈和姥姥向上生长的无限勇气和锲而不舍的魄力,但此刻我更感慨于我的祖国之伟大。我的祖国从啼哭着学步的孩童成长为今日意气风发的青年,一路走来,岁月流金,祖国陪伴我们走过由"无教育"到"求教育"再到"好教育"的漫漫长路。七十年,我们终将知识梦圆。千千万万个在谷堆边听妈妈讲故事的孩子终于走进知识的国度,走上自己人生奇妙的跑道起点,开启追梦的新旅途。原本就在成长的我们见证着祖国一天天的成长,原本就在追梦的我们也见证着祖国一步步地向富强美好的梦想奔跃……

"我们坐在高高的谷堆旁边,听妈妈讲那过去的事情……"

纯净而又悠扬的歌声还在飘荡,追梦的旌旗依旧在迎风招展。彼时大地冰融,在雷声与潮水的余韵中春意初萌,长天幕启,教育的朝阳经历漫漫长夜终于破晓;今日我中华仍旧热血满腔,在追梦的征程中云帆直挂,朝着茫茫沧海,朝着烈烈初阳,带着难忘的初心,带着妈妈的故事,疾驰狂奔,决不回头。

四十年的梦

沈可轶/中国语言文学系 2018 级本科生(大夏书院)

"何为教育?"

"新时代的教育,就是让为之奋斗的人因之幸福。"

——题记

(一)她的命运

很久以前奶奶就说过,她四岁那年,就是从战争的狼烟烽火中逃出来的。而啃树皮这样的事,对 1961 年只有十余岁的她而言,算是不甚鲜活却始终深刻的记忆。

"毛主席去世的那年,我哭得几乎都要昏过去了,觉得所有的希望都没了。"回忆起"那个年代"的往事,她如是说。

她是家里另外四个孩子的大姐,家中一贫如洗。在她口中的"那个年代",她理所当然地把接受教育的机会让给了弟妹,坦坦荡荡地接受了"面朝黄土背朝天"的命运。

而已经过去多年的"那个年代",终究如同一块火红的烙铁,深深地烙进了她的骨子和心里。即便时过境迁,岁月如梭,她似乎也只安然地沉浸在自己的世界里,不愿也无法走出。

她几乎尽数保留着从那个年代继承下来的习惯:亲自垦了老家的地,种菜择菜亲力亲为,偶尔去菜市场,除了唠嗑,便是推来搡去地左右还价;尽可能地收集路边零碎的纸盒和硬纸板,不顾反对地一个劲儿往家里头运,掂了分量便迫不及待地代换成等价的纸币……

她不认识字，也并不完全认识国内通行了许多年的阿拉伯数字，却能认得画了毛主席像的五色钞票面额和那串拨过去就能听到儿子声音的号码。

除了这些，大概还有我的名字。

幼儿园升小学的那年，园里组织学生家长确认小学分配情况，同时需要为孩子附上潇洒的成人式签名。全班的孩子走后，就剩下还不识得几个字的我和一个字都不识的她面面相觑。

记忆里父母工作繁忙，总是她骑着链条嘎吱作响的自行车，载着我走完夕阳西下的老路。

这一走大概就是 7 年。

年幼的我当时就能读懂她的局促和无奈，偏偏她从小做惯了掌家的老大，是极为执拗的性子，无论如何也不肯要我等到父母回来操心这样的小事。

"我也是家长！"她怒目一瞪的样子险些气笑了一向和蔼耐心的老师。趁着老师背过身去，我蹑手蹑脚地抓起黑色水笔，对了名单歪歪扭扭地在纸上仿着我自己的名字。

结果理所当然地被退了回来。"等你爸爸妈妈回来，让他们给你签名好不好？"记忆中幼儿园老师轻柔地拍了拍快要哭出来的我的脑袋。

偏偏就她不服输。

这是我记忆中仅有的一次看她拿起笔的样子。她拿惯了镰刀的手甚至不谙握笔的姿势，比我还别扭地一笔一画勾出我的名字。

然后带着与年龄不甚相符的骄傲，递给一边愣住的老师，转身牵了我的手："走吧，回家了。"

21 画的三个字，我想她大概记了后半辈子。

走出门口的时候，她突然接过我肩上的书包，把我的手攥得紧了几分。

"你以后一定要好好读书。"

当我抬起头一脸茫然地望着她和我极为神似却又带了年代沧桑的脸时，她也会和我讲关于"那个年代"的故事。

我听得最多的，就是锁在她心底的那个梦。

"我们这一辈人从小就长在农村，待惯了也没什么。"她半仰着身子，安然躺在正午的暖阳中，柔和地眯起了眼。

"那个时候也没法考什么大学，一辈子字都不识一个。家里人介绍着嫁了人，就知道这辈子会是这样了。"

"所以就盼着，盼着自己的孩子有一天可以走出这个地方。后来高考恢复了，就盼着他们最好能够考上大学。读过书了，命就不一样了。"

她正起身子看着我，脸上的笑意随着灿烂的阳光盛了几分。

"在这一点上，你爸没有让我失望啊。"

（二）他的选择

"小的时候我调皮得很，读书成绩却是村里数一数二的好。"爸爸把手从堆满白色泡沫的洗碗池里伸出来，推了推鼻梁上的眼镜，得意地瞧着我。

"升高中的时候我还是以全县第一的成绩考进的重点学校，邮差来村里送录取通知书那会儿，我还在田里插着秧呢！"他把洗净的碗一股脑儿捞了出来，随手拿过一边的抹布拭了手，脸上少有地带了几分狡黠，"我还算是你的师兄呢。"

年少的孩子不知天高地厚，撇了撇嘴极为不服气地道："你以前读书成绩这么好，怎么也没见是名校毕业呢？"

他抡起了抹布佯作怒状，吓得孩子一下跳开三米远。

"还开始嫌弃你爹了是不是？"

"没有没有……绝对没有！"

"唉，"他搁下抹布，缓缓地在椅子上落了座，"我们那个年代，哪里像你们一样自在，整日里衣来伸手、饭来张口的。"

孩子低了低头，想张嘴却无言反驳，也安安静静地在椅子上坐了下来。

"我刚考进重点高中的时候，高考已经恢复很多年了。那个时候我就一心指望着考个好大学，走出农村这个山坳坳。当时的任课老师也是很看好我的，咱家里就出了我一个读得出书的。"他眼里忽而闪烁出年轻时代才会拥有的光芒，转头看我的时候隐隐带了几分后生莫及的骄傲。

"但是那个时候家里很穷啊！"他长叹一声，语气里溢满了落寞，"你爷爷那会儿是劳改过的知识分子，后来也一直没有什么工作。你姑姑出去念了中专，家里总还要供她读书。赚钱还债的担子全落在你奶奶的肩膀上了。"

孩子也跟着轻声叹了口气,"那个年代"的故事总是希望中夹杂失望,"那个年代"的人总是怀揣着光明的梦,一步一蹒跚地迈开艰难的步子,缄默又执着地同眼前贫瘠的未来做着斗争。即便这个结果可能是失败的。

"你奶奶也不是文化人,一辈子就是种种地。我是儿子,总得帮衬着家里,是不是?"他静静地扭过头去,看着金属窗格外靛色的天幕,月光温柔地洒在窗棂上,似乎记得所有的似水流年。

"那个时候别的同学都是整天待在学校,我就上半天课,中午赶回去帮着你奶奶下地干活,捡麦子,插秧,或者给家里做晚饭。"

桌上的手机不适时地亮起了屏幕,显示接收的消息。孩子微微愣了愣。

确实,她的手指从小熟悉钢琴和智能手机的键盘,却未必握得起一把简单的锄头。

在"那个年代"被握起的,却是整个家庭的生机和希冀。

"所以虽然我当年考了这么好的高中,却到底没能在这三年里好好读书,高考的成绩一般,就考了一所普通的农学院。"他颇有些局促地望了眼腕上手表的指针刻度,声音忽然低了下去。

"为什么要这么选择呢?"倔强的孩子似乎比他更无法接受这个故事带来的遗憾,"你们那个年代,考进好高中的人并不多啊!如果能把所有的心思都花在读书上,在那时候选择拼搏三年,现在也能像大学里的教授,或者商业领域的高管那样了!"

坐拥风光的履历,眺望升值的未来。

他看着急躁的孩子,露出了意味深长的笑容。

"我那会儿也不过是个 16 岁的孩子,哪想得了这么多!"他脸上的笑意轻松了几分,似是被窗外的月色浸染了温和,"那个时候日子过得穷,习惯了火烧眉毛且顾眼下,哪顾得上未雨绸缪,只希望家里可以太太平平的。"

"好吧。"孩子耷拉了眉眼。如果是另一个可能,说不定她真的能拥有一个"大师"或者"英雄"类型的爸爸。

"更何况,我从来没有后悔过自己的选择。"他伸了手过来,抚了抚孩子的肩膀,戏谑中颇有几分正经,"如果不是那样,我也不会遇上你妈,也不会有你了。"

（三）我的未来

大学录取通知书寄来的那天，家里的门一上午都敞开着。只记得一向沉稳的父亲那天显得格外焦躁，几乎是看着窗外日头一寸一寸接近中天，来回在屋里踱步。

楼道里响起了细微的脚步声，他抑制不住心头的激动，一边高喊着"来了"，一边抢着赶到门口去。

向邮差道了辛苦递了烟，关起门来。一家子正儿八经地坐下，拆开层层密封的包裹，红底烫金的通知书一点一点地露了出来。

眼之所及，尽是欢喜。

我爸是低调的人，那天却翻出了家里藏了许久的红酒，发了很长的朋友圈，对着朋友圈里不断攀升的点赞人数欣喜不已。

用他的话说，这是咱家第一张正经的大学录取通知书啊。

当我把它放在奶奶面前的时候，她捏着纸张的一角，小心翼翼地来回摩挲。尽管她并不认得上面写了什么，却仔细地一遍遍扫视，像是捧着沉甸甸的荣耀。

"我是看着邓小平恢复高考的，到现在四十年整啦！"奶奶轻轻地拉起我的手，浑浊的双眼凝出了光彩，"咱家终于有第一个大学生了！"

"奶奶不晓得你考的是什么大学，但你一直是努力的孩子。"奶奶拉过我使劲缩回的手，塞上了沉甸甸的红包，"考得肯定不会差的。"

我悄悄地别过头去望身后的父亲，他点了点头，示意我收下贵重的心意。

"奶奶这一辈子没赚多少钱，字都不识一个。你考上了大学，奶奶除了这些真的没什么好给的。"她看着我，仿佛看到了埋藏多年的希望终于生根发芽。

"几十年啦，咱家乡下的房子也拆了，在大城市有了洋房，有了汽车，孩子也终于读大学了。"奶奶的眼光越过我的肩膀，停在父亲的身上。

血脉相连的三代人，用三代心血浇灌过的梦。

"爷爷奶奶和你爸爸妈妈就盼着你能好好地读书，读了书总能多学点本事。以后用不着多有出息，这一辈子能安安稳稳的。"她看着父亲露出欣慰的笑容，"总不用再像我们一样顶着大太阳下田插秧了！"

同堂的三代终于安然地沐浴在和乐的欢声笑语里。

在秋风渐起的九月初，我就着房里柔和的灯光打点行囊，把一本厚厚的日记安置在了行李箱的最里层。

这是我从高中就开始用的日记本，扉页上写着我关于未来最珍视的梦想："愿为天地立心，为生民立命，为往圣继绝学，为万世开太平。"

第五章
五湖四海好梦频

一位维吾尔族姑娘的追梦之旅

你我都是追梦人——基于台胞学子视角看新征程

我的中国梦之路

五感而悦,逐梦中国

以梦为马,莫负韶华

梦翔海外,情系中国

一位维吾尔族姑娘的追梦之旅

布佐日古丽·艾麦尔/外语学院 2015 级本科生（孟宪承书院）

黎明驱走了黑暗，日出带来了光芒。祖国的光辉好似阳光，照亮了我们的前程，指明了我们前进的方向。2019 年 10 月 1 日是新中国 70 岁的华诞。回首这 70 年，中华人民走的每一步都是步履蹒跚，每一步都充满了苦难与艰辛。经过几十年的努力建设，我国从一个贫穷落后的国家发展成了如今的世界第二大经济体，在政治、文化、军事、教育、医疗卫生、科技等方方面面快速发展，且取得了令人赞叹的成绩。

我是一名 90 后女孩，老家在新疆喀什疏勒县的一个较偏远的农村。我本人目前是华东师范大学孟宪承书院英语专业大四的一名学生。父母是普通的农民，姐姐在 2016 年顺利毕业于喀什大学后，做了两年的大学生"三支一扶"志愿服务工作，去年服务期满，刚入职当了一名人民教师。妹妹在东北石油大学就读应用化学专业。我每次想到我家，想到如今的自己，每次回到家乡看到那些变化与发展，都感觉自己在做梦，似乎这不是现实，因为这一切都像一场梦一样。事实上，这一切都是真的，这就是我的现实生活。

我记得小时候我们一家人住的是土砖房，每次下雨下雪的时候都会漏水。每次天气不好，整个村庄就断电，晚上到处都是一片漆黑，等天气好了后，电力局有人来维修时才会恢复供电。那个时候道路都是土泥路，为了去上课，不得不早早地出发，由于都是泥泞路，一旦下雨走路就会非常艰辛，很容易摔倒、滑倒，去上学的过程中摔倒几次，弄破弄脏衣服，上课迟到也是常有的事情。好不容易到了学校，老师们就开始催我们交学费、书费等。交不起学费的话，还经常让我们回家去拿学费，或者叫家长到学校，甚至学校里有人去交不起学费的学生家，他们家里有什么值钱的东西就把它拿走作为学费。学校里这样催家长交钱,村委催父母交农业税、水费等各种费用。所以,我经常听到爸爸跟妈妈说,周一去集市卖几袋玉米或者小麦给女儿交学费,买本子。要交给村委的税费先给多少多少,剩余的再想想其他办法。卖掉那几袋小麦,我们还剩多少多少,剩下的够我们吃到夏天就行,六月份还可以收割那三亩的小麦等。想想那些时光,农民的日子,尤其是贫困家庭的日子非常艰辛。即便那么辛苦,我父母也想尽办法让我们上学,他们常说:"知识改变命运,你们听老师的话,在学校好好上学。"

后来在党中央、国务院的关怀和大力支持下,从 2003 年秋季学期开始,新疆对边远贫困地区 56 个县的 205 万名义务教育阶段贫困生实施了免费提供教科书,免收杂费和补助寄宿贫困学生生活费的"两免一补"政策,基本上解决了贫困家庭子女因家庭经济困难上不起学的问题。从 2005 年春季学期开始,对全区困难家庭子女实行义务教育阶段"两免一补"政策。这项政策的出台与实行,减轻了像我们家这样许许多多的贫困家庭的经济压力。紧接着,2006 年 1 月 1 日起国家废止了《农业税条例》,全面取消了农业税,减轻了农民的负担。

政府的好政策连续不断。曾经,为了获取饮用水,我们不得不去很远的一个湖里取水。2006 年,上级政府给我们乡政府拨了一笔钱,专门给老百姓解决饮用水问题,我们全村的人都特高兴。经过政府的支持与当地老百姓的积极配合——政府提供财政支持和技术指导,老百姓出人力,一段时间后,我们每家每户都有了干净、卫生、安全的饮用水,再也不用跑到别处去取水了。为了保证饮用水和其他生产问题,政府紧接着严抓电力问题,从那之后,除非因暴雪、特大雨水、刮风导致断电外,再也不会动不动就断电了。我们再也不用在人造油灯下看书、写作业了。2007 年 6 月,我们一家人也从那易漏水、快塌了的土砖危房搬到了抗震、安全、宽敞、明亮的砖房,我们家门口坑坑洼洼的土路也变成了宽阔的柏油路。

生活条件越来越好了,我们的求知欲望也越来越强烈了。2007 年底,我们家终于有了一台属于我们自己的电视机,而且是彩色电视机。父母很喜欢看新闻和教育类的节目,那个时候我们看电视的话,大部分时候就是看新闻和教育类的节目,偶尔看一些电影、电视剧。父母常说:"看电影有啥用,还不如去看书,好好复习,写作业。"虽然电影、电视剧看得少,但经常看到那些电影、电视剧是在北京、上海、广州等地拍摄的,新闻里也经常听到北京、上海。从电视上看到那些高楼大厦,洁净的道路,优美的环境,旅游景区,现代化的设施,我们都羡慕不已。我们真的非常想去我国这些发展好的城市看看，去感受一下内地文化，去北京大学、清华大学等我国的高等学府学习科学文化知识。直到现在还记得小时候每次别人问起我们的梦想时，我们几个姐妹都说："我想去北京！""我想去上海！""我想去北大上学！"听到我们的话，父母常说："只要你们在学校好好听老师的话，上课的时候认真听讲，不懂的课后及时问老师，回家后好好复习，努力学习，我们就竭尽全力，你们能读到哪里，我们就把你们供到哪里，砸铁卖锅也会供你们上学。"那个时候虽然我们的家经济条件越来越好，但由于家里人多，耕地少，平时也是精打细算地过日子，内地物价和消费水平那么高，上大学又得交各种费用，因此不知道自己到底能不能走出我们那个小小的村庄，更不知道自己能不能走出喀什，走出新疆，去内地领略内地文化，去我国著名高等学府接受教育，去看看那些现代化的高楼大厦。那个时候，对我们几个姐妹来说，一切都是未知的，我们对未来一片茫然。

后来我通过电视、学校的宣传发现国家出台了一项援助新疆教育的惠民政策，这项政策就是，在疆内发展较好的城市、办学水平较高的学校开办疆内初中班（内初班），在内地发展较好的城市、办学水平较高的学校开办内地新疆高中班（内高班）。这一项教育政策对我们家来说是天大的好消息，给我们带来了希望，我们仿佛看见了新的光芒。从那一刻起，我们更加努力学习，立志考上内初班、内高班。2011年8月，我终于考上了内地新疆高中班，被北京市昌平区第二中学录取。我家人听到我考上内高班的消息非常激动与开心。2011年8月底，在满满的激动与不舍之下，我第一次离开美丽的故乡喀什，第一次坐火车，经过70多个小时的火车之旅来到了我梦寐以求的城市，我国的政治文化中心，我国的首都——北京。在北京的四年学习生涯中，我认识了各民族的老师与同学，并与他们成为朋友。老师们就像我们的父母、兄弟姐妹一样陪伴我们，关心我们。节假日的时候，校领导和老师们带我们去参观，感受我国的发展。记得高中第一年国庆节放假期间，学校带我们去参观北京航空航天博物馆，我们第一次亲眼看到了飞机。寒假时学校组织我们去参观天安门和故宫。我记得非常清楚，那年寒假期间，北京格外的冷。我们第一次来到天安门和故宫，非常开心，所以想拍照纪念，可天气冷得一伸出手就冻得不行。我们老师看到我们如此激动，不怕自己的手被冻坏，给我们拍了很多非常好看的照片。之后的三年里，学校带我们去参观了长城、中央电视塔、水族馆、植物园、世界公园等。我给家人寄了很多照片，父母看到我的照片非常激动，经常把我那些照片拿出来给亲戚们看。每次回到家，我都会给父老乡亲们讲述我的所见所闻，他们常说："我们从来没有走出过喀什，你真厉害！走出了新疆，去了我国的首都。"

在北京上学的四年里,我不仅结识了各民族的老师与同学,享受了优质的教育,还领略了内地文化,开阔了眼界。与此同时也见证了我国的快速发展,繁荣富强。2011年,坐火车从喀什到乌鲁木齐需要28个小时,从乌鲁木齐到北京需要50多个小时。之后火车提速,每年返校返疆的乘车时间越来越短,我们回家也越来越方便。

2015年8月,通过高中四年的努力,我以优异的高考成绩,考到了我最想去的第二站,我国的经济中心,国际化大都市——上海。当我收到录取通知书时,父母比我更加激动,还差点掉眼泪。那个时候他们说:"幸亏如今国家发展得越来越好,各项政策实施得越来越好,法律法规越来越完善。若是过去的话,像我们这样又贫困又没背景的家庭子女根本没有机会去上那么好的大学。"我感谢国家,感谢祖国母亲,让我有机会去我国著名高等学府学习。

2015年9月,我成为华东师大的一员,一直到现在还在这里上学。如今我是一名大四的学生,再过几个月我就会本科毕业,回到老家当一名高中老师,反哺家乡,回报故土。回想过去,感觉这一切像一场梦一样。我从来没想过像我们家这样普通的农民家庭里会出三个女大学生。我真的没想到小时候的梦想有一天会变成现实。如今,我小时候向往不已的北京、广州、天津,我都去了。故宫、长城、东方明珠、外滩等旅游景点我也去了。北大、清华等高等学府也参观了,而且也在美丽的华东师大念了四年的书。先进的交通工具高铁、动车也乘坐了。去年回家第一次乘飞机,就这样飞机也坐过了。早晨还在上海的我,经过8小时的飞行,晚上就到家了。当我回到家时,家人非常惊讶地说:"有那么快吗?你不是早晨还在上海的吗?"不仅仅是家人,我自己也觉得非常震撼与激动。看到国家发展那么好,出行那么便捷、安全,我真的非常高兴。感恩祖国,感恩党让我们生活在方方面面都那么安全、便捷的国度。

我这次回家发现,喀什又有了新变化,连我们的小村庄也发生了很多变化。村与村之间的很多小土路变成了柏油路,马路边上安装了太阳能路灯。之前村民们为了买生活用品要去几十公里之外的一个集市,去年来扶贫的工作队在乡里为乡亲们办了个生活广场,不仅解决了好多人的就业问题,而且给人们的生活带来了很多便利。之前我们上学的时候,在学校只能啃从家里带过去的馕,如今走读生在学校里可以吃学校提供的热乎乎的午饭。学校还给住宿生提供免费的三餐、牛奶、水果等。

中华人民共和国成立70周年的如今,我再次回想起父母给我讲的那些过去的日子,回想我从小到大的生活,我不得不赞叹祖国母亲的快速成长。感恩祖国,感恩党,让我幸运地实现"知识改变命运"的愿望,让我们贫困家庭的子女有机会公平、公正地接受教育。感恩祖国,感恩党,为我们每一位中国公民创造安全、稳定的社会环境,让我们生活在繁荣、富强的国家。70 年间的种种变化让我感慨良多,而我感悟的,看到的只是千千万万国人生活的一个小小的缩影,千言万语道不尽我对祖国的爱,表不尽对祖国的情。如今我国早已解决温饱问题,处于精准扶贫,消除贫困,全面建成小康社会的关键时期,我坚信只要我们全国人民紧跟着党中央的领导,时刻跟党中央保持一致,全国各族人民手拉着手一起努力奋斗的话,胜利将会属于我们。我们将会实现中国梦,创建更繁荣、富强、文明、和谐的美丽中国!

你我都是追梦人——基于台胞学子视角看新征程

莫传玉/心理与认知科学学院 2013 级博士生

70 年,对一个政党而言并不短,因为未来还有更长的路要走,自己很有幸,在最年少轻狂的时候遇到了风华正茂的政党,借着此次"我们都是追梦人"的征文活动,也以自己的教育历程为线索回忆一下这片故土给予我的"财富"。

小时候的我,并没有什么伟大的理想与抱负。1995 年,我跟着全家越过了台湾海峡,从此开启了与这片故土剪不断的联系。当时局势紧张,换句话说,政策极不完善,我便看着自己的父母为了创业东奔西跑,没少走弯路子。甚至还有坏心人士钻了政策的空档,如办暂住证等,几名公务人员打着幌子隔三差五往家里跑,家人还要好吃好喝地供着,生怕一不小心得罪"官家",生意没法做。直到事隔多年,当地政策终于完善并以明文告知:台胞是不需要办暂住证的。这才知道多年以来家里人吃的哑巴亏;但也是因为局势慢慢变好,这一问题才越来越受到重视,也算是当地政府默默在干的一件大事吧。后来再没有公务员频繁上门了。不过,要说相关政策的大事,还有另一件事令我记忆犹新。

从坐飞机这件事上,也能看出大陆政府为海峡两岸老百姓谋划了多少福利。记得1995 年时,两岸还不能直飞。所以每次想从福建飞到台北,看起来是很近,却总是迫于当时的政策而无奈选择先绕到香港或澳门,再飞回来。当时也没有"小三通(即坐船从厦门到金门)",所以极为不便。父母为了降低这来回长途跋涉的成本,于是回台湾的次数就大大缩减,身为孩子的我,也只能在记忆中寻找蚵仔煎的味道,想起来真有些呜呼哀哉。但是自 2008 年 12 月 15 日后,北京、上海、深圳、福州、天津终于可以直飞台湾了,这可谓是一件可喜可贺的大事,只不过价格昂贵,直飞一次的来回价格,等于经过香港、澳门来回飞的两倍，一般小老百姓还是会选择继续先绕道香港再飞台湾，比较省钱。当时在深大念书的我就是如此。即使深圳能直飞，但是价格太贵，我还是会选择走罗湖关，然后到香港坐小火车，再坐机场巴士去机场，此时的直航政策对于我而言形同虚设。但是别灰心，继续跟随大陆政府的脚步，你会发现这样昂贵的事正慢慢消失，其他地方也有越来越多直航的飞机，甚至不需要找旅行社报团就能去。2017年，贵阳、昆明、沈阳、郑州等地区也都开放直航了，甚至还能直接在网上自主购票，实在便捷。价格也不再像过去那样是个天价，在上海有很多航空公司都提供超便宜的直航机票，有时我甚至可以订到四五百元（加燃油税）的极低价机票，这真是不可思议。大陆政府在积极推动海峡两岸的和谐发展，考虑两岸人民的共同利益方面想得真是周到。当然，这也跟大陆的整体经济水平有关。从开放直航的角度可以看出当地省市的GDP水平，它直接影响旅游业、金融业甚至是教育业的发展。只有当一个地方的经济条件达到一定水准时，外资、台资才会积极涌进来，航空公司才会多开航班。

不过要说大陆政府在海峡两岸做得最多的事，还要属教育问题。继续说说自己的求学经历。我其实并不爱学习，尤其是高中的时候，感觉学习就是要我的命。只是迫于高考的压力，勉强埋头苦读。我参加过内地高考，由于它的考试时间要比港澳台联招考早二十天，所以高考成为我联招考的预备场。结果考出来的成绩并不理想，甚至可以说连三本院校都极为难上。就在全家人为我的前途郁郁寡欢的时候，政府举办的联招考就像救命稻草一样救了我一命。因为它整体试卷偏向基础版，不会像高考考得那么拔尖，所以我就这样进了深圳的一流学校。学校为了响应政府的号召，积极鼓励台生进入大陆高校学习，在入学门槛上会有所"照顾"。当然，进来容易，出去的条件却是跟大陆考生一样的。但是我明白，这已经是最好最大的福利了，不然如今的我也不会有如此的成就。这个成就也是潜移默化的，我总感觉是政府提供的无形帮助。因为自身入学的门槛低，但是同期的大陆考生入学的门槛高，所以你所接触的往往都是比你要优秀好多倍的同学，他们积极好学，能力强大，在积极进取上一点也不输台湾的同学。那个时候，身为台湾人的我，会有一种莫名的压力，感觉自己所代表的仿佛不再仅仅是自己，而是整个台湾的形象，要比他们更加努力才能追得上。这仿佛成为一种斗志，让本身没什么追求的我，重拾年轻人的朝气与梦想。尤其是每年学校还会响应政府的号召，鼓励大学生们创业，让所处的社会不断涌入创新、年轻的精神，导致社会风气也渐渐变得更加快捷化、多样化，干什么事，都不再像过去那样拖拖拉拉。你会发现,没几年光阴,一个城市就会改头换面,焕然一新,如:贵阳用短短三年时间,从贫穷落后变得高楼林立,立交桥隧道满目;广西院校整体为提高师资力量,不惜开放新资源吸引广大海外人才;厦门作为旅游城市,以最快的速度兴建地铁;就连难度巨大的跨海珠港澳大桥也没有因施工困难而停滞,2018年成功正式营运。这些都是进步的地方,也是最令人振奋的地方。海外的游客变多了,学习中文的老外也变多了,过去老是把出国留洋作为引以为傲的事,现在也不再这么想了。医疗体制也在不断完善。还有,学生们也不再读死书了,他们变得更有理想与抱负。华东师大对这方面格外支持,只要你是创业的博士生,学习年限就会比其他学生多两年。所以我后来才知道有几个不常在学校出没的同学,原来都是去社会修学分了,最后写论文时,内容也更加实际、应用性强,蛮好。

不得不说,其实这二三十年来大陆最令人叹为观止的发展还要数"大数据",台湾可能在信息化技术方面要逊色一些。尤其是支付宝、微信支付的普及,如果没有政府把控,银行监督,我想这也很难实现。毕竟过去的老百姓,还是比较相信拿着钱的感觉而不是拿着手机的感觉。电子支付实行到现在,大家都十分信赖第三方软件,就连贵阳大山上卖菜、卖西瓜的农民也懂得扫支付宝付款,真是令人惊叹。在别的地方你不敢保证自己能身无分文地到处走,但是在大陆你可以拿着手机走出去,交通刷手机,看电视刷手机,买个冰棒刷手机……如此便利的地方,到哪里去找?现在就连坐飞机、坐高铁也可以直接刷手机……此外,台湾有一些地方也开放刷支付宝了,就连去日本旅游,貌似也有支付宝,我只能说这第三方支付平台真的非常强大。台湾也在加油学习这一方面的知识。

再来说点生活琐碎之事。大陆政府为台胞所作的贡献是有目共睹的。以前,台胞证的证件号码是8位数字,为了确保安全,台胞常常会享受"特殊"待遇,如住宾馆,有些级别不够的宾馆台胞是不能住的;买火车票也享受特别待遇,不能机器自助取票,必须人工确认拿票;还有一些民营企业或是个体工商户,如果营业级别不够,也是无法录用台胞的。这类现象过去在台湾人的眼里,常被视为特殊对待的差评,因为也许你所到的地方就是二三线城市,根本来不及找够资格的宾馆,最后也许会被迫露宿街头,我曾经就被迫让一家酒店给"丢"了出来,当时的状况别提有多惨了,那是给人家钱,人家也不敢让你住。但是,自从2018年台胞可申领"18位"居住证后,我们倒多了些安全感,至少坐火车可以跟大陆人士一样了,打个小"黑工"——如去会展打杂等,也可以拿居住证"忽悠"一下，省得人家一看你拿的是台胞证，觉得你比较特殊就不敢用你了。事实上这样的状况很多，包括在上海摆地摊，索性你说你忘记带证件，人家说不定还会破例录用你。不过"居住证"并不是万能的，原以为是"18 位"，可以直接绑定一些账号，如"滴滴打车"、"王者荣耀"，结果发现还是不行，不过我相信随着政府工作的深入，一切都会实现的。

虽然我的见识没有那么远，仅仅是从一个在大陆求学的台胞学子视角去诠释所见所闻，但我真的觉得如今局面很新、很先进、很时尚，未来还会更上一层楼。同时也感谢大陆政府无形的关怀，一道道政策极大地帮助了我，让我从没什么斗志的后辈慢慢长大。

我们都在追梦，为你，为我，为大家，一切都是为了更美好的生活。加油吧！勇敢的追梦者。

我的中国梦之路

努利亚[1]/国际汉语文化学院 2015 级本科生

谁没有梦想？我们心中都会有像童话一样美好的梦想。梦想是人生中最大的动力，有了梦想才有希望，在梦想的田野上我们都在为梦想奋斗和奔跑。数年前，一个五彩斑斓的梦想在我心底生根发芽，那便是邂逅一个"天使"，传递一个"中国梦"。

有缘千里来相会。我想，我和中国是有缘的。早在四年前，我就与中国结下了不解之缘。说起我和中国的缘分，得从我 17 岁的某一天说起。放学后，我和往常一样在公交车站等车回家。这时，有人轻轻拍了拍我的肩膀，我一回头，看到一位东亚女孩正在冲着我微笑。不知道为什么，我有一种感觉，她是一个中国人。原来，女孩迷路了，她是来问路的。我在学校学习英语，所以，我们可以用英文简单地沟通。我向她详细地解释了如何到达她想去的地方。女孩向我道了谢，刚想离去，我突然鼓起勇气问道："请问，你是中国人吗？"女孩微微一愣，随即爽朗地笑起来："是，我来自中国，我在这里做志愿者。"不知道是不是因为我的眼中流露出了一种向往，女孩突然问我："你想不想学习汉语？"面对这突如其来的提问，我一时不知道要怎么回答才好，只好默默地点了点头。于是，如此机缘巧合下，我认识了第一个教我中文的人。

女孩很热情。虽然我什么都不懂，但她却很耐心地教我汉语。短短的两个月内我们成了无话不说的好朋友。还记得她送了我一把精巧雅致的扇子，那是我人生中收到的第一份来自中国的礼物。通过那个中国女孩，我感受到了中国文化的魅力。也是在那一刻，我心中那股向往中国文化的感情化成了学习的动力，我坚定地踏上了学习汉

---

① 作者为吉尔吉斯斯坦留学生。

语的道路。就这样，来中国学习汉语成为了我的一个"中国梦"。

学习汉语的过程中我遇到了许多问题。当然，实现梦想的路上布满了荆棘，但也充满了快乐。我把每一次的失败都归结为一次尝试，从不自卑；把每一次的成功都当成一种幸运，从不自傲。就这样，去面对挫折，去接受幸福，去战胜忧伤，不放弃自己的梦想。

功夫不负有心人，中国的"一带一路"倡议使我拥有了来中国留学的好机会。中国的"一带一路"国际合作不只给了我实现梦想的机会，还给了几千甚至是几万个人实现梦想的机会。同时，中国积极开展外交，中国不仅是在自己发展，而且是带着其他国家共同发展。

刚来中国的那一年可以说是我的奋斗之年。为什么呢？因为刚来中国的时候我的汉语并不怎么好。还记得，上课第一天听老师讲课，我完全是一副半懂不懂、耳聋眼黑的样子，而我周围的同学什么都懂，汉语说得很流利。这下我才发现自己的汉语没有想象的那样好，因此我更加努力了。

转眼之间，四年过去了。我变得更加成熟，我学会了独立生活，学会了为梦想而奋斗，品尝到了失败之味，享受到了成功之美。我向我的梦想迈进了一步，亲身感受到了在中国生活的点点滴滴。

中国在我眼中是一个既古老又现代的国家，保留了很多有历史价值的东西，同时走向更加发展的道路。你在中国能看到非常发达的城市，同时也能看到普通而古老的城市。我发现，过去的四年中国发展得日新月异。在别的国家，四年时间内不会看到瞬息万变，但你在中国每天都能看到大大的变化，能看到修路、建楼、提高服务质量等现象。最让我佩服的是中国的交通。中国的交通发展得超快，现在你在中国出门一点都不用操心，因为在中国从自行车到飞机都有，这些交通工具发展得特别好。想去买菜，但觉得走路去比较远，随时随地可以享受共享单车的便利；想更加了解中国文化，可以坐高铁去看看中国不同的城市，高铁既快捷又便宜，我个人觉得坐高铁像坐飞机一样舒服和方便。在中国让我感到舒服且方便的东西还有互联网的发展和普及。说起互联网，不得不说非现金支付和网购。中国人身上再也不用带厚重的钱包了，也不怕丢钱包或被小偷偷走。现在你买东西只需要带好手机，扫二维码即可支付了。网购对中国人来说并不陌生。"淘宝""阿里巴巴""饿了么"等平台所能提供的，从食物到服装，再到电子产品，应有尽有。比如说，肚子饿了打开手机可以点外卖，送外卖的"大哥"很快就会将热乎乎的饭送到你家门口。总的来说,互联网带来的好处多得很。

中国在短短的 70 年内实现了巨大的进步,使自己变得更强,更伟大,迈大步走上了发展大路。中国的经济、科技、交通、教育都让人佩服。中国不但是发展的国家,而且是充满希望和机会的国家,在这里每个人都能找到属于自己的工作,发挥自己的能力,创新创业等。我在 2018 年 5 月份作为留学生旁听代表,参加了中国共产主义青年团上海市第十五次代表大会开幕式,还参加了华东师范大学举办的"青年筑梦新时代,青声畅议中国情"主题活动,收获满满。我发现中国是一个支持青春的大国,引领青春向上向善,鼓励青春勇敢追梦,挑战困难,培养新时代追梦青春。

虽然现在我的汉语还有进步的空间,而且我也不是中国人,但我越来越热爱这门语言,热爱这个国家,很希望能够有机会更加走近她,感受她的美丽,更希望自己能够成为这份美丽中的一部分!虽然我们是留学生,但我们的成长已经烙上了中国印记,我们应该为中国的发展贡献出自己小小的力量。未来,我们要把自己所见所闻的中国和中国文化介绍给更多的人,让他们了解一个真实、美好、充满希望和幸福的中国!

伟大的国家——中华人民共和国,祝你成立 70 周年快乐!走来 70 年的路应该不容易,不过你要知道你的未来在可靠的、前途无量的青年手上。加油,中国!

五感而悦，逐梦中国

金东杓[1]／中国语言文学系 2018 级本科生（大夏书院）

怀抱梦想，扬帆远航，奔向世界，奔向未来。中华人民共和国成立以来，尤其是改革开放以来，在经济发展及社会发展方面实现了质的飞跃。在政治、经济、外交、科技、教育等各个领域都获得了巨大的发展，同时，中国对世界各国的经济、外交等的影响也非常大。目前，中国占据着世界经济第二的位置。那么，中国是如何在如此短的时间内实现巨大飞跃的呢？我怀抱梦想，来中国留学，是为了学知识、长见识，更是为了在无限机遇中实现我的梦想。学中文、中国文化和历史不仅让我乐在其中，而且还让我有了在广阔的市场上挑战、创造新价值的创业目标。目前，中国市场蓬勃发展、欣欣向荣。下面是我通过五感亲身体会到的中国的发展。

（一）我听到的中国

我来中国之前，听到的首先是通过邓小平提出的改革开放，中国实行市场经济，实现了经济快速增长的消息。再加上中国有十四亿的人口、广阔的领土、无数的资源等，现在的中国被称为"世界市场"。另外，中国的深圳作为第四次产业革命的中心地，在无人机、人工智能、物联网、无人汽车、无人售货机、电动汽车等多个领域都处于领先地位。还有珠海、汕头、厦门、海南等地区，区域经济的发展速度也是相当快。另据悉，中

---

① 作者为韩国留学生。

国政府推行"一带一路"倡议,不仅致力于本国的经济发展,而且还致力于欧亚地区的经济发展以及文化交流。一想到来中国之前听到的中国的面貌,我就感到了无限的可能性。

（二）我看到的中国

我第一次看到中国是在 2017 年初的中国上海。上海是中国的经济中心、金融中心,商业最发达。我在上海第一次看到的中国,美丽、雄伟、壮观。让我印象最深的地方是外滩和浦东地区。外滩和浦东地区隔黄浦江相望,黄浦江两岸的景色实在是太美了,给我留下了十分深刻的印象。外滩是具有欧洲风格建筑的金融一条街,在这里可以感受到上海的历史。外滩对面是拥有不计其数的高楼大厦和美丽的夜景的浦东地区,浦东地区展现了上海现代化的城市面貌。20 世纪 90 年代,浦东地区是中国建设的重点、经济发展的龙头、改革开放的标志。此外,上海还有新天地、田子坊、万达广场、宝龙广场、南京西路、南京东路等各种文化中心、购物中心以及旅游景点,它们不仅受到中国人的欢迎,也受到来自世界各地的外国人的欢迎。这样的上海是融合东西方文化乃至全世界文化的 21 世纪的全球性国际城市。上海的经济正在实现飞速发展。2018 年 11 月 5 日至 10 日在上海举行了首届中国国际进口博览会,来自 130 个国家的 3 000 多家企业参加了这次博览会。我通过新闻报道看到了此次盛会的场面。此外,我还去过中国的昆明、威海、东北三省等地,一座座高楼拔地而起,一条条宽阔的道路四通八达,一个个新式的交通工具不断涌现,在哪儿都可以看到中国正在飞速发展的新面貌。

（三）我摸到的中国

这是我亲自触摸过的中国。来到中国一年多的我,在第四次产业革命的中心地感受到了真正的变化。中国已经在电子支付领域实现了巨大的发展,在电子商务、电子通信等方面也正在向最高水平迈进。

首先,网购给我们的生活带来了极大的便利。我在中国经常使用淘宝网,在这里只有想不到的东西,没有买不到的东西。从乡村的土特产到大城市的时尚服饰,从中国国内的特色商品到世界各国的品牌产品,应有尽有。作为一个巨大的电子商务平台,它将中国城乡、国内国际密切连接起来,不仅可以促进各地区的经济发展,还可以促进区域间的经济交流,同时也极大地方便了人们的生活,提高了人们的生活水平和生活质量。

其次,我触摸到的创新是电子支付平台——支付宝和微信支付。我来到中国后,带钱包出门的次数屈指可数。电子支付平台不仅便于结账,而且具有汇款、存款等多种功能,还有在纪念日送红包的功能。无论是大钱还是小钱,都不需要复杂的认证,可以用密码或指纹简单地进行结算。再加上消费明细单也可以确认,因此不用另写家庭账簿。我现在在中国交房租非常方便,所以我无比喜欢中国的电子结算方式。而且我认为中国的金融系统今后将会变得更加简便、安全。国际社会也应该尽快引入这种结算系统。

再次是中国的社交网络和即时通讯软件的发展。在中国,与普通电话相比,利用微信进行语音通话和视频通话的人更多。其费用相对便宜,也很方便。不仅如此,利用定位系统还可以共享自己和对方的实时位置,无论何时何地都可以确认对方的位置,并能准时到达约定地点。通过微信,我不仅可以与朋友们交流,还可以确认并提交课程所需的资料和课题等。另外,我目前参与的创业社团经常通过微信举行视频会议,大大减少了移动时间,方便快捷。21世纪中国的科技和信息通信系统正在飞速发展。随着科学技术的发展,人民的生活将变得更加舒适,动动手指,足不出户,就可以触摸中国乃至整个世界。

（四）我尝到的中国

"民以食为天","食"是我们生活中最重要的东西之一。接着我要介绍我尝到的中国。每天都在忙碌生活的现代人,几乎无暇顾及吃饭。中国人亦是如此。学生忙着学习,上班族忙着工作,在快节奏生活的现代社会,中国人都是怎么吃饭的呢? 中国人经常利用"外卖",他们使用"美团"外卖或"饿了么"外卖等专门的 APP 来订购食物,我在中国也经常使用。这些专门的 APP 包揽了从订购、结账、包装到配送的阶段，会在短时间内将热腾腾的食物送到我们身边。我们可以方便快捷地吃到热腾腾的食物，喝到甜甜的饮料，吃到可口的零食和水果等。这些"外卖"包装精美、食物卫生、营养健康、食用舒适。并且，这些 APP 还可以通过自动定位系统推荐你所在位置附近的美食店，节省寻找时间，方便快捷。另外，它们还能使商家通过获得消费者的好评在业界树立良好的口碑，也能使消费者寻找到更好的商家。另外，APP 里面还有各种优惠。这些 APP 最大的优点就是，既能节省时间，又能保证健康。中国人口数量庞大，无论何时何地，只要随手一按，就会有穿着黄色或蓝色夹克、骑着电动车飞驰而来的"外卖快递员"。这种外卖软件并不只是单纯停留在"饭"这个词上，它对整个中国的社会经济也产生了巨大的影响。商品质量、服务质量不断提高，就业机会也在增加。如此，现代中国社会在不断发展，符合现代社会的新型文化也在慢慢形成。我品尝到的不仅是中国的健康美食，也是中国飞速的经济发展带来的快捷与便利。

（五）我闻到的中国

现代中国由于快速的工业化和经济发展以及人口的增加，面临着一些环境污染问题。在日常出行中经常需要戴口罩。我来中国留学之前也有些担心。那么中国是如何应对这些问题的呢？下面我来介绍一下，我亲自闻到的中国。中国实行绿色公共交通政策，首先以大城市为中心提供电动汽车、电动自行车等环保交通工具，在街道上设置共享自行车，致力于环保。此外，还建设了许多生态公园，进行绿色城市建设。

中国的电动汽车以比亚迪（BYD）和蔚来（NIO）较为有名，在世界电动汽车市场上的占有率分别位居第一和第二。比亚迪是投资鬼才沃伦·巴菲特投资的公司，仅 2018 年 11 月份在中国国内的销量就达到了 3 万零 76 辆，2018 年一年在中国国内的销量约达 20 万辆。比亚迪的电动汽车由于价格低廉，性能卓越，得到了世界各国的认可，并出口到世界各地。另外，电动自行车、电动公交车等多种新型环保交通工具也越来越受到青睐。两家汽车品牌在与美国的特斯拉竞争的同时，也在进一步发展。电动汽车最大的优点是不使用燃料，有益于环保，而且经济上也有很多利益。电动汽车的行驶速度与普通燃料汽车相差无几，乘车感觉也非常舒适，还有政府提供的补贴、停车优先权、充电优惠等各种优惠,因此性价比较高,给消费者带来了很大的满足感。

另外,中国的自行车、摩托车道路都很畅通,而且每条马路上都配有共享自行车和共享电动车等共享设施,非常方便和环保。无论男女老少,只要扫一下二维码,就可以以低廉的费用长期使用,大大提高了出行效率,既环保,又可以锻炼身体。我在上学的时候就经常骑自行车,虽然只是个小小的行为,但可以减少燃料的使用,保护环境。

此外,在支付宝里我可以通过计算消费明细和行走的步数等参与树木培养活动,从而产生参与环保活动的自豪感,这让我对于环保有了更多的认识和思考。

因此,我来上海以后,虽然有些日子有雾霾,但并不是经常看到很严重的情况。蓝天白云、晴空万里的日子越来越多,我闻到的是清新的中国。中国不仅是政府在推行绿色产业政策,企业、人民也在共同参与绿色国家的建设,他们积极地参与改善环境,正在成为世界人民的榜样。与此同时,由于引入了共享经济等新的经济模式,国民、企业、国家都获得了新的发展。

中国像一列疾驰的火车一样,不仅是经济增长,而且文化、政治、社会等多个方面都不断地发展。十四亿中国人民的中国梦,对国际社会的经济、文化、政治等也产生了深远影响。我相信,21 世纪的中国将会在世界上创造新的历史,创造欧亚的新机遇。当今时代是全球化的时代。对我来说,中国是一个新的舞台。我在中国通过五感直接感受到了很多革新。如此获得的新的经验使我有创新的思考,推动我继续发展。我最喜欢的中国企业家马云经常说:"怀抱理想是最重要的。"新中国正怀抱着中国梦不断前进,我也将在中国这片充满无限机遇的大地上,追逐我的梦想,不断前进。我相信,只要我们大家共同努力,世界会更加和平,生活会更加幸福,未来会更加美好。中国正在向着美好的明天奔跑。亲爱的朋友们,我们齐心协力,一起向着美好的明天奔跑吧!

以梦为马，莫负韶华

阿依孜热·阿布力孜/孟宪承书院少数民族预科生

送走改革开放 40 周年使中华大地焕然一新的春风之后，我们又迎来了祖国气象万新的春天——中华人民共和国成立 70 周年。迎来 70 周年之际，我们心中似有千言万语，有对历史的铭记，对未来的憧憬，以及对伟大祖国的美好祝福……回顾历史，我们的祖国母亲曾备受欺凌与污辱，中华民族也曾饱经沧桑、备受磨难。我们怎能忘记圆明园熊熊的火光，怎能忘记扣在每个中国人头上的"东亚病夫"的帽子，怎能忘记公园门口"华人与狗不得入内"的牌子，怎能忘记南京三十万同胞血流成河的惨案，怎能忘记新中国刚成立之时资本主义国家在外交、军事、政治、经济上对她的孤立？这些历史，何以敢忘，何以能忘。大地在嗟叹，黄河在哭泣，几乎全世界都在准备看新中国无路可走时的"好戏"时，中国人民凭着自己的聪明才智，奋斗出了自己的幸福生活，向全世界证明了自己选择的道路是正确的，给世界政治史添上了浓墨重彩的一笔！从 1949 年到 2019 年，弹指之间，在党的正确领导和中国人民的共同努力下，中国从一个积贫积弱的国家，发展成了如今的世界第二大经济体。70 年前中国百废待兴，70 年后中国百业昌盛！综合国力的历史性跨越举世瞩目，这条在东方沉睡的巨龙早已苏醒。目睹国家政治、经济、科技、教育、文化蓬勃发展的我热血沸腾、百感交集。

我骄傲我是中国人。

70 年风雨兼程，中国共产党的执政理念不断发展，创造性地提出了走中国特色社会主义道路；在经济上开启了社会主义市场经济模式，经济发展势如破竹；文化上取其精华，去其糟粕，把中国传统文化和新时代的思想结合起来，丰富了中华文化的内涵，提高了自身的文化自信和文化自觉；在教育方面，新中国成立以来，义务教育得以普及，师范教育、职业教育、基础教育、高等教育都得到进一步发展。

今日的斐然成绩让人欣喜，然而在这成绩背后，是党与国家多少年的努力啊！我想与你分享我家的故事……

我出生在一个温暖的小家庭中，我的父亲是个商人，同时也是我们家的经济支柱。而我的母亲是个家庭主妇，她把自己的一生献给了她所热爱的家庭，她跟我说她唯一的梦想就是希望自己的孩子能过上好日子，身体健康，家庭幸福，在社会上有一席之地。作为父母，当然希望自己的子女能过得好一点，这点是不言而喻的。

我的父母生长在新疆喀什——新疆南部发展落后的城市。我听父亲说，在他那个年代别提吃好，连吃饱都不是件容易的事。谁家今日做饭加了点肉，好多人都会去蹭吃，就算吃不到肉，喝碗肉汤也算是很满足了。说到教育，在他们那个年代，教育不怎么被重视，去上学的人很少，大多数是因为家庭经济状况无法满足一颗求学的心，并且当时在人们的观念中，教育并非首位。大多数人认为比起上学，女子不如帮妈妈操持家务，男子不如多做一些农活，以便减轻家里的负担。可能那个时候的人们还没有正确认识到知识的力量与求学的重要性。这导致知识分子的数量远远不如文盲的数量。那时候，谁家的孩子考上了大学，所有邻居和亲戚都会来祝贺。这对他们的家庭乃至对整个喀什来说都是天大的荣誉。每当父亲回忆起自己的童年，眼神中总散发着一种渴望与遗憾，父亲说，他们那个年代的教学环境跟我们现在的完全不同，学的科目也很少，只有数学（加减乘除法）、语文，而且纪律也不像现在这么严格。最让我吃惊的是当时初中毕业就已经很了不起了，而且有体面的工作可做。父亲十分渴望上学，为了上学付出了很大的努力，每天天还蒙蒙亮的时候起身，用冰冷的水来唤醒自己，然后就去喂饱家里养的牛羊，随后带点干粮便去学校上学了。夏天还好，一到冬天这日子就更难熬了，早上起不来不说，外面的温度实在是让人冷到一直发颤，就算这样，父亲也没有漏过一次课。在冬日里的一天，外面下着皑皑白雪，为了不迟到，父亲没来得及换鞋，就穿着自己在放牧时穿的鞋子往学校跑，由于这双鞋的鞋底破了，父亲的双脚被冻得失去了知觉，他回家后不敢跟家里人说，因为他害怕家里人知道自己的孩子因为上学而受了这么多苦，会劝他放弃求学之路。当时，爷爷并没有完全支持父亲上学，只是因为父亲太顽固，太执着，爷爷知道自己说什么都没用，就让着他一段时间罢了。所以有时候铅笔用完了，父亲也不好意思向家人要钱买铅笔，就自己用一小块砖在地面上写字学习。当时他最爱的科目是数学，父亲很擅长计算，同学和老师都相信他未来一定会有所建树。

日子就这样一天天地过着，父亲每天因为学到知识而开心，爷爷为了怎么劝父亲退学而费心。当父亲上了五年级的时候，爷爷找他谈话了，爷爷说："儿子，你也长这么大了，我也没有了年轻时的体力，而且我们现在也没有经济实力供你上学了。对不起儿子，真的对不起，是你爸爸无能，是你爸爸无能啊！"父亲看着爷爷那瘦弱的身体，双鬓的白发，有了皱纹的脸庞，心里实在是难受。父亲紧紧地握着爷爷的双手，说："爸爸，不要说对不起这句话，该说对不起的人是我，这些年为了这个家您真的辛苦了，我答应您，我会退学的。"就这样，父亲退学了，但他从此下定决心将来一定要供自己的子女上学。后来父亲成了一名真正的农村孩子，他每天要么去放牧，要么在田地里干活。由于父亲自小就失去了母爱，衣服破了都是自己拿针线补补再穿。说真的，生活教不会你什么呢?！就这样，父亲慢慢地也能为爷爷补补衣服了，他日益熟练了针线活，村里人得知后开始夸父亲手巧。慢慢地，村里人也开始找父亲缝补衣服。日子久了，父亲成了他们村里唯一的男裁缝，还因此赚了点钱。他靠着自己赚的这笔钱，凭着自己的商业头脑走上了从商之路。因为他知道要想让自己的子女上学，必须得给他们创造环境，为了这一梦想，他不能每天在田地里干活或者继续当裁缝，他必须得走出去，去大城市。父亲知道，只有努力，才能改变命运；也只有教育，才能改变子女的命运。

父亲每天为了这一梦想努力着。他把喀什的特产带到阿图什卖，再从阿图什买来特产到喀什转卖，由于当时交通不便，大多数时候父亲都是坐着驴车经商，而且道路都不是水泥路！那个时候道路泥泞又崎岖，这道路啊，让父亲想起来小时候求学的道路，也是这样的困难……但是这次，父亲不会再放弃了，什么都不能阻止他努力的脚步。父亲甚至从喀什走着去阿图什做过生意，他用自己的双手开辟了一条属于自己的商路。就这么一路走来，他来到了乌鲁木齐市并让自己的妻子定居在了乌鲁木齐市。说真的，我真的无法想象父亲这一路走来受过的苦。父亲凭借自己的能力来到了乌鲁木齐市，他供我姐姐上学了，可以说他的梦想正在变成现实。可故事并没有以这么美好的结局收尾，可能这样才称为现实吧。

安逸的日子没能持续很久，父亲破产了！就在我出生的那一年。由于父亲识字不多，并且当时人们的法律意识淡薄，他用自己的双手建立的一切在一夜之间毁于一旦。看到自己的心血都没了，父亲心里很不舒服，他感到无比的无助与孤独，他不敢相信发生的这一切。这对他来说的确是个很大的打击。当时很多人都以为父亲会失去理性，熬不过那段日子，甚至有人认为父亲的一生就这样完了。母亲当时也不知所措，劝过父亲一起回喀什跟爷爷一起住，若还留在乌鲁木齐市，她担心父亲会一天比一天沮丧。看到以前充满活力的丈夫一下子变得抑郁，母亲真的害怕再这样下去她会失去自己的丈夫。那些日子，母亲常常在厕所里流眼泪，但在父亲面前总是装出一副坚强的样子。现在，每当父亲说起那些日子，都会沉默下来，又很快调整好心情，感叹道："那些日子也熬到头了，不容易啊不容易。"然后心有灵犀地看着彼此，含情脉脉地微笑。"但凡不能杀死我们的，都会使我们更强大"，不是么？父亲挺过来了，他在哪里摔倒就在哪里站起了身，重新建立了自己的事业。事实上，在我儿时的记忆中，我跟父亲在一起的画面很少，几乎可以说是没有的，早上我还在睡梦中时他已出门开始打拼，晚上我已入睡时他才回来。功夫不负有心人，父亲最终还是让我们家过上了幸福生活。每当我在追梦路上想要放弃时，都会想到父亲，比起无用的抱怨和自暴自弃，不如站起身来，迈开双脚，怀着希望，继续奋斗。

就像习近平总书记说过的那样，"幸福都是奋斗出来的"。如今的我们是幸运的！我们出生在祖国经济政治实力不断上升，科技发达，党的执政理念不断改善，全国的发展阶段进入新时代的年代。

可能是父母的原因，我从小就热爱学习。每当我刻苦学习时，看到父母脸上欣慰的笑容，我都感觉自己是世界上最幸福的人。我的父母从不要求我考试要进前多少几名，各个科目考试成绩要在多少分以上，从来不拿我跟别人家的孩子比，他们从不给我带来任何学习上的压力，而是鼓励我从学习中获得快乐。更重要的是，我从他们身上已经认识到了知识的重要性，所以即便他们的要求没有像其他孩子的父母那样严格，我的学习成绩也一如既往的好。因为我知道今日幸福生活的来之不易，我会好好珍惜我们的党、我们的祖国、我的父母为我创造的这么一个良好的教育环境和机会。我会在知识的海洋里畅游。

2018年，我考上了我梦寐以求的大学——华东师范大学，来到了我向往的城市——上海，跨出了自己梦想的第一步。

当我拿到录取通知书的那一刻，我无法按捺住内心的喜悦之情，感觉12年的努力终于有了回报。我转头看向父亲，发现他早已泪湿了眼眶（这是我第一次看到父亲的眼泪），但他眼神中又带有骄傲地告诉我："孩子，你做到了！"在一旁的母亲默默擦掉了幸福的泪水，父母给了我一个温暖的拥抱。随后我看到父亲看向母亲低声说："我们做到了。"对！我们做到了！这一张普通的录取通知书对于我来说是一个梦想的实现，也是对父母过去十几年甚至几十年努力的证明，更是对时代在进步的回应——教育，是一个国家进步不可忽视的力量。

2018 年 9 月 7 日，站在机场的我即将离开自己的家乡，自己的家人了。我感谢这 18 年来养育我的这片土地，我感谢这 18 年来不分昼夜辛苦忙碌的父母。如今他们都老了，岁月像一把刀，无情地在父母的额头上刻下了一道道沧桑，两鬓也有了白发，我望着他们微微弯曲的背影，心涩涩的——就像被一块重石头给压住了一样，让人喘不过气。随即我的眼泪喷涌而出，我放下行李箱使劲往他们的方向跑去，我紧紧地抱住了他们。此时，我不想离开他们温暖的怀抱。这一刻，我才真正体会到了什么是离家的不舍——连诗人所写的离别也无法表达我当时的心情。父亲抚摸着我的头发，擦掉我的眼泪，看着我的眼睛，不舍但又骄傲："我亲爱的女儿，我的心肝宝贝，如今的你已经长大了，做父母的不能陪伴你一辈子。我相信你，未来的路无论怎么坎坷，都不能阻止你追梦的脚步。永远记住你是我的女儿，家里人永远在你的身后。"

就这样，我开始了人生的新旅程，我来到了上海。不久便爱上了这个城市，陆家嘴的高楼大厦，耸天入云的东方明珠塔，外滩的夜景……这些都是让我感觉到不一样的存在。在华东师范大学上学的这些日子里，我真正懂得了"爱在华师大"的含义。对了，我最喜欢的就是我们学校的图书馆了，在这里我看到很多像我这样为梦想奋斗的青年，在追梦路上我们共同奋斗，永不孤独！早晨在校园里坐在椅子上享受着明媚的阳光背着英语短文，下午手里捧着一杯咖啡沉浸在高数的世界里，晚上戴着耳机在东操场慢跑。我感到无比的幸福！

在看望参加全国政协十三届二次会议的文化艺术界、社会科学界委员时，习近平总书记站在党和国家事业发展全局的高度，对做好新形势下文化文艺工作、哲学社会科学工作提出了"四个坚持"的明确要求：坚持与时代同步伐，坚持以人民为中心，坚持以精品奉献人民，坚持用明德引领风尚。

日前，中共中央、国务院印发《中国教育现代化 2035》，提出建设高素质专业化创新型教师队伍，坚持把教师队伍建设作为基础工作，为教育现代化提供人才支撑。

教育的话题之所以令老百姓这么关注，是因为它关乎千家万户的未来，关系无数家庭孩子的成长。如今在农村地区，家庭对孩子的教育也越来越重视，不惜一切代价要让孩子接受最好的教育，有的把孩子送进城镇学校，有的不惜重金让孩子上辅导班。

由此可见,教育的重要性已经深入到了每个人的心中。

全国政协十三届二次会议期间,就教育改革制度完善问题,相关代表提出了以下建议:第一,深化教师队伍管理体制改革;第二,提高教师待遇和社会地位;第三,建设国家级师范教育基地;第四,加强乡村教师队伍建设。

上述内容让我有了更多的信心,我坚信我们祖国的未来会越来越好。正住在我国最发达的城市,享受着高等教育的我,脑海里萦绕着习近平总书记说的一句话:"青年一代有理想、有本领、有担当,国家就有前途,民族就有希望。"紧接着我对自己悄悄地说了一句:"我是追梦人,我是新时代的青年,在以后的路上我还会不断努力,努力创造出属于自己的生活,为国家的未来作出贡献!"

朋友们,我们是祖国的未来,我们是新时代的追梦人。我们在追梦路上永不停止,在困难面前永不言弃,在时代面前永不退缩。

我们一起,朝着梦想,出发吧!

梦翔海外，情系中国

吴涵馨[①]/中国语言文学系 2016 级本科生

2014 年 1 月，我高二，坐标马来西亚诗巫公教中学。

我们的历史课有三本教材：《世界历史》、《东南亚历史》和《中国历史》。教材还是 20 世纪 90 年代出版的。根据老师的教学计划，那年的历史课我们上《中国历史》。课本的底色是翡翠绿的，后母戊鼎和兵马俑赫然出现在封面上，"中国历史"四个大字非常醒目，黄褐而又斑驳的书纸使这本教材显得格外有历史感。此时历史老师颤颤巍巍走了进来，咧着嘴说："我早前去中国看亲戚的时候，他们还在用粮票呢。"

那年《甄嬛传》依旧热播。华丽的古装和建筑，面容姣好、高贵大方的妃子们以及华美瑰丽的词藻，使我一头扎进了剧里的世界。片头曲那什么"懒起画蛾眉，弄妆梳洗迟"，还有华妃盛气凌人的"一丈红"，这些都带我领略中文既朦胧又优美的语言意境。后来偶然之下拿到了中国大学的宣传单子，《甄嬛传》的片段走马灯似地在我的脑中回放。中国，为什么不呢？我没有犹豫，高中毕业后马上申请中国的大学，准备留学中国。

2016 年，我来了。怀着激动又忐忑不安的心情，只身来到异国他乡。作为马来西亚华人，马来西亚就像是我的父母，而中国就像是我的祖父母。"啊，我是来看阿公阿嬷了。"——这么一想，突然轻松了许多。雄劲飘扬的五星红旗热情地招呼我，广播里字正腔圆的普通话——那和《甄嬛传》一样口音的普通话，让我瞬间像打了鸡血一样兴奋起来，拉着六十斤行李的手也没那么酸痛了。最让我感到新鲜的是，啊，周围都是华

---

① 作者为马来西亚留学生。

人！不对，是华夏人！是和我一样黄皮肤、黑头发的中华儿女！

"我早前去中国看亲戚的时候，他们还在用粮票呢。"历史老师教授《中国历史》时的口头禅突然在耳边响起。不，不是这样的。刚下机的我想买瓶水，一走进商店，就看到一群人在排队，眼角余光瞥到有个人将手机递向柜台。拿了一瓶水正准备付款，柜台前的"支付宝，扫一扫"映入眼帘，我丈二金刚摸不着头脑：我莫不是错过了中国的钞票时代？

走在外滩边上，看着五光十色的霓虹灯以及矗立在周围的建筑物，出身小镇的我，按捺不住内心的喜悦之情，用力地朝着黄浦江大喊了一声："我来啦！"同是留学生的友人朝我一笑，许是嘲笑我展现了似刘姥姥进大观园的姿态？江边的风、邮轮的低鸣、熙熙攘攘的人群，这繁华的都市——比我想象中的上海，似乎远超太多。《中国历史》里的上海已经被历史抛在过去，只留下一些影子。从闭关锁国走向对外开放，从农业走向工业，从内需走向外贸，这些都织成这座都市的经纬。岁月的洗礼使上海焕发出与众不同的魅力，熠熠生辉。

初来华东师范大学，无时不惊叹这里优美的景色。我钟爱秋天的华东师大，河水青青，绿草如茵，红叶连天，浓淡相宜。踩着共享单车，踩着诗一样的景色，踩向学术的殿堂。这里的老师来自中国各地，操着不同的口音，为来自不同地区的学生传道授业解惑。值得一提的是，我所处的华东师大中文系，是全中国中文系排名前五的一流专业，学术氛围浓厚。从古代文学到近现代文学，从"窈窕淑女，君子好逑"到"吃人的人"，中国上下五千年的文学积淀，都可以从我这个专业窥见一斑。越是学习，就越明白自己的不足。已有五千年历史的文学，岂是我这几年的工夫就能明白的？

中国人是什么样的？我无法给他们制定一个统一的标准，但是必然离不开大环境对中华传统美德的提倡和宣导。我所认识的中国人来自各个年龄段和社会阶层，但总体来说离不开以下几点。第一，他们自强不息，笃信"能胜强敌者，先自胜者也"。比如我的好朋友林同学，她在数学建模比赛中拿了冠军，这份荣誉是她用好多个不眠的夜换来的。第二，他们亲仁善邻，还乐于助人。犹记得在上海南站，我提着笨重的行李吃力地爬楼梯。一位和善青年突然停下，关切地问我需不需要帮忙，十分暖心。第三，他们敦亲。比如广南路那家理发店的小哥只身一人来到上海，希望通过在上海出人头地给家里人"长脸"，也能多给家里汇点钱，让家人过上好日子。第四，他们好学。好多中国同学都喜欢泡在图书馆学习，一学就是一整天，连大妈们都不畏冬夜的寒冷聚集在广场跳舞。第五，他们尚勇。这份勇气由义理所发，喜欢"路见不平，拔刀相助"。例如前几日在公交车上一位阿姨和大哥起争执，原因是阿姨的孩子踢了大哥的座位，大哥便多说了两句。两人你来我往，吵得不可开交。这时一位老爷爷站出来为他们主持公道，先说明事理，接着让他们相互道歉。一时间似乎全车的人都参与了进来，对两边又是劝导又是安抚，每个人都是热心群众，使作为"吃瓜群众"的我很是惭愧。第六，他们爱国，自古崇尚"富贵不能淫，贫贱不能移，威武不能屈，杀身以成仁"的民族节气。运动会唱国歌时，每一位同学都站得笔直，庄严肃穆地唱着国歌。通过和他们的日常相处，我知道他们是发自内心地热爱着党和祖国。他们深知今天的新中国，是用汗水和鲜血换来的。

随着中国经济的高速发展，习近平主席的"一带一路"倡议为中马民众带来更多工作机会和优质商品，在经济上的影响举足轻重。去年暑假，我回马来西亚一所中学实习，偶然得知留学中国已是一股热潮，留华学生数量如雨后春笋般增长。某天午休，一群高中生组团来办公室向我咨询留学中国事宜。他们神采飞扬，似乎迫不及待地飞往异国他乡。片刻，又毕恭毕敬地把成绩单摊在桌上，小心翼翼地问我："老师，您觉得我的成绩能申请到什么学校？"问及留华原因，他们均率真地答曰：有前途。前几日刚刚联系，得知有好几位同学已被录取，由衷为他们高兴。

眨眼又到了寒假，我留学中国已两年有余。所见所闻，都化为和亲戚朋友的谈资：从人类历史上最大的射电望远镜 FAST、全球最大的海上钻井平台"蓝鲸 2 号"的建设开发，到中国明星们的趣事、微博上的搞笑段子，话题新鲜热辣，引得众人赞叹连连。闲时翻阅家中的中文藏书，"挑灯闲看《红楼梦》"，沉浸于宝黛之间纯洁伟大的爱情，更痴迷于博大精深的古典文化。除夕当天，家人一边吃着我从中国带回来的"沈大成"糕点，一边守着电视机看春晚。那一曲《我们都是追梦人》，再次点燃了我心中的中国梦。是的，我们都是追梦人，在那片繁荣昌盛的土地上，包含着无限的可能性，而已经踏上梦想之地的我，又是何其幸运！

第六章
神州大地志愿梦

记录春天的故事

精准扶贫，从云贵高原山谷深处追梦

我，来自中国

桑弧蓬矢约，悉向神州寻

圪垛村的追梦人

记录春天的故事

王晨晨/中国语言文学系 2018 级博士生

中国是什么？作家李锐的回答是："中国是一个成熟得太久了的秋天。"作家接着写道："中国的历史有多久，就是金黄的麦子成熟了多少回。"

收获是记录时间的最好刻度，七十年春华秋实，七十年对于人来说早已步入迟暮，但对于幅员辽阔、人口众多的国家来说，却依旧酝酿着生机与变化。

（一）

我想中国最可能是你身边的模样，是你清晨醒来最先见到的城市。

我从深圳来，这是一座年轻的移民城市，人们从天南海北而来，操着不同的口音。商业街区的端庄与市井巷陌的嘈杂交相掩映，我一直认为这是中国大部分城市的模样。

这座城市没有鲜明的时节变化，道路两旁的行道树四季常青。只有偶尔某个城中村前遒劲的古榕树，宽阔的叶片密不透风，从十余米高的树干下生发出细碎的根须，像琴弦般的气根拨弄着城市的空气，诉说着数百年的悠悠光景。再有就是像红纸贴缀的勒杜鹃（三角梅）开得肆无忌惮，不带一片叶的侵扰。

北方人初来此地总是会惊异于这里空气的温润以及草木的恣意，多雨的季节总将柏油马路冲得格外洗练。再有就是北方少有的木棉，笔直的树干镶着铆钉般的尖刺，分量十足的花朵不会片片败落，只会齐头从高处栽下，它像极了它的另一个名字——

英雄树。所以，说这里四季如春是不为过的。

20世纪90年代，在此采风的词作家乔羽曾写了一首《青青世界》。1990年，14岁的郁秀以小说《花季雨季》风靡全国，她写的就是深圳校园生活，像这座城市的气质一样，充满年轻的朝气与困惑。

深圳也是最早感受到春天讯息的城市，改革开放的春雷乍响从这里激活了僵化的思维，市场经济的跃跃欲试在这里付诸现实。那篇著名的报道《东方风来满眼春》一开篇就写道："南国春早。一月的鹏城，花木葱茏，春意荡漾。跨进新年，深圳正以勃勃英姿，在改革开放的道路上阔步前进……"

深圳过去被称作宝安县，1979年1月13日，国务院正式批复改设为深圳市，从这一天起这座城市有了自己的身份。原本破败的渔村，有了热火朝天的景象，青纱帐里树立起水泥的森林，三天一层楼铸就了"深圳速度"。以宽阔的深南大道为中心，城市建筑不断冲破天际线，标记新的高度。肩头耸动的孺子牛雕塑显示出惊人的力道，也为这座城市的拼搏精神作注脚。

建设之余，劳动号子般的口号也随之传唱。"时间就是金钱，效率就是生命"，"空谈误国，实干兴邦"，最早挂着的这些标语已经从蛇口工业区进入了人头攒动的改革开放纪念馆，而激情创业年代的精神却依旧传唱，改革开放的观念早已深入人心。

四十年来，改革精神星火相传，城市发展日新月异。深圳中英街是一个特殊的存在，狭长的街道连接着深港两地。曾几何时，香港这边灯火通明，深圳这边一片漆黑。1979年诗人洛夫在余光中的陪同下，从香港那端用望远镜望大陆，看到的正是深圳。洛夫写下《边界望乡》一诗："我居然也听懂了广东的乡音/当雨水把莽莽大地/译成青色的语言/喏！你说，福田村再过去就是水围。"而今两边的繁华仿佛消弭了地理的界限，深港两地的交通日益便捷，使得两地青年的交流日益活跃。"来了就是深圳人"成了新的城市标语。

这座城市的命运还和一位老人密切相连，在仙湖植物园他亲手栽下的榕树早已枝繁叶茂，巨型画像《小平同志在深圳》静看南来北往的行人，上面印有醒目的标语"坚持党的基本路线一百年不动摇"。莲花山顶，小平同志的雕塑昂首迈步，向春天走来。

（二）

1979 年

那是一个春天

有一位老人在中国的南海边画了一个圈

神话般地崛起座座城

奇迹般聚起座座金山

春雷啊唤醒了长城内外

春晖啊暖透了大江两岸

啊　中国　啊　中国

你迈开了气壮山河的新步伐

……

如果春天也有自己的旋律，它必然像《春天的故事》这般悦耳。改革开放改变了城市的面貌，也改变了人的命运。

"1992 年 3 月，我偶然在《人民日报》上看到长篇通讯《东方风来满眼春》。我当晚便决定要去深圳看看。上一次是在 1979 年，我从黑龙江前往香港探亲，途经深圳，在我脑海中的印象是直入眼帘的一片水田。在深圳住了一晚，随后去了香港。1992 年 5 月初，带着借来的 2 000 块钱，我一路南下。13 年过去了，深圳究竟变成什么样了？"

我因为工作的缘故，曾参与整理《深圳口述史》的工作。这项工作旨在"铭记一段历史，感怀一段岁月，接续一种情怀，传播一种精神"，以口述史的形式记录下各界人士参与深圳建设的重要细节和精彩故事。在这次活动中，我们采访到了《春天的故事》的词作者蒋开儒老师。那个下午，这位精神矍铄的老人以词作家特有的生动语言，向我们讲起当年特区的火红年代以及时代命运与个人的选择。

下了火车的蒋开儒急于寻找关于深圳的回忆，下车却发现，一切与记忆有关的痕迹都消失了。有那么几秒钟，他甚至怀疑，自己是不是又到了香港——13 年前的水田不见了，取而代之的是摩天大楼。再仔细一看，车站上方分明写着"深圳"二字——邓小平题的字。这才确认，这里就是深圳。也就在那一刻，他推翻了出发前"过来看一眼就回去"的计划，决定留在深圳。

半个月后,蒋开儒收到了老伴寄来的第一封信。信中,她打听,特区人是什么样的?

回信时,蒋开儒写了个顺口溜:"特区的女人怕热,特区的男人怕冷……不讲谦虚讲自信,不排辈分排股份。不找市长找市场,不拜灶王拜财神。不求安稳求创新,不惜汗水惜光阴。光阴就是时间,时间就是金钱,效率就是生命。"

有了这段经历,才有了歌词里的那个圈。"深圳就是一个圈:圈外叫关外,圈内叫特区;圈外搞计划经济,圈内搞市场经济。过去我以为这个'圈'是用钢丝网做的,后来我理解了,这是用邓小平理论做的。"

在创作了《春天的故事》后,蒋开儒又接连创作了《走进新时代》《中国梦》,他常说时代是他创作的不竭灵感,歌唱时代是文艺工作者的使命。

梦想像接力,春天的故事在续写。

曾在华东师大丽娃河畔求学的汪滔早在少年时代就有过一个飞翔梦,从杭州、上海、香港,再到深圳,这个梦想始终不灭。当"大众创业、万众创新"成为时代的主旋律,青年人成了这场盛会的主角,他的飞翔梦最终落地生根,由他创立的大疆无人机凭借70%的国际市场份额具备了无可撼动的地位,成为"中国智造"的骄傲。来自柴火空间的潘昊不仅是创客一词的中文译者,同时他也致力于科技成果的转化和孵化,让创客之名传遍千家万户。

根据对这些时代追梦人的采访,我完成一篇题为《106个人与一座城市的历史——讲述〈深圳口述史〉背后的寻梦历程和筑梦故事》的报道,发表在了中央媒体的头版头条,其中写道:

> 深圳,一座有梦想的城市。在这里,你能找到"杀出一条血路"的改革勇气,也能找到"三天一层楼"的深圳速度,还能找到1万多项创新背后的发展智慧。这座城市的崛起,是世界城市发展史上的经典案例,是中国共产党人领导全国人民改革开放创造的奇迹,更是每一个与这座城市结缘的人实现梦想的地方。106个人与一座城市,他们之间有哪些故事?是谁记录了这些故事?让我们一起来探寻故事背后的寻梦历程,以及故事背后的故事。
>
> ……
>
> 106个被访者,都是平凡人、各行业的从业者。他们或是小学老师、医生护

士,或是专家学者、记者律师,或是公安城管,抑或的士司机。他们的故事,既是个人的故事,也是一批人、一代人的故事;既是深圳的故事,也是中国改革开放的早期人的故事。从这些故事的背后,不难看到鲜活而坚强的生灵、艰苦而执着的追寻、深厚且不渝的情怀和无声但伟大的精神。

人是城市的缩影,有梦,追梦,最终圆梦。40 年前,人们来到深圳,做着朦胧的梦,兴家,立业,开拓人生,共同唱响春天的故事,后来这个梦变成了复兴梦、中国梦。

(三)

广阔的疆域里,每一寸国土都是追梦的舞台。

大学毕业后,我曾经多次参与中央媒体援疆报道团、边疆采风团,深入西北边区,深入西藏、新疆、宁夏、贵州等多地。行者无疆,通过一次次的游走、寻访、记录,我对于中国博大的疆域以及经济发展的多元结构有了更深的体会。

有一年春节联欢晚会,主持人倪萍读了一封来自红其拉甫哨所写给全国人民的新春祝福,使得电视机前的亿万观众热血沸腾。

终于有机会一睹红其拉甫的伟岸,行驶在帕米尔高原,一路都是雪山、蓝天以及牦牛的景象,崎岖的山路、消融的冰川难以掩饰它壮阔的风景,雄奇的帕米尔高原孕育出万水之源的源远、万山之祖的博大,被誉为世界最惊险的边境走廊。光荣的红其拉甫哨所屹立雪山之巅。

初见它仍被它的巍峨所震撼,红其拉甫口岸海拔 4 733 米,是世界上海拔最高的口岸。随行的边防战士为我们一路介绍地理景观和路况。边检站旁矗立着刻有几代党和国家领导人为之题词的巨石,边检站官兵骄傲地向我们介绍着这座传奇边检站的光荣历史。高山生活是枯燥的,哨所房间内的窗台上,散落着绿植,排列着战士们从终年积雪的冰山上捡拾的奇石,为屋外的雪山装点出生机。

帕米尔高原上穿插着复杂的边界线,星罗棋布的边检站哨所坐落在这个平均海拔四千米的地方。这些边防哨所常年由边防战士驻守并定期巡逻,战士们来自全国各地,各个民族。随着国防事业的发展,边防哨所的硬件设施水平大为提高,但战士们仍要面对高海拔、高寒、高辐射的侵害。除了日常巡逻，远山和蓝天成了他们最常见的风景。有的武警官兵已经驻扎在此十年之久，他们大多早在少年时代就树立了从军的梦想。

卡拉苏口岸是"丝绸之路经济带"从中国通往塔吉克斯坦的便捷通道，是新疆喀什地区通关量增长最快的口岸之一。采访中我见到了边检站唯一的女兵，后来我在报道中这样描述她："刘静是卡拉苏边检站唯一的女兵，这位来自江苏连云港的80后女战士已经在卡拉苏工作了9年。全疆干部选调中，刘静毅然从全疆环境最好的边检站来到卡拉苏。除了日常工作，她还常常走访帮助周边的柯尔克孜族、塔吉克族居民。为周边居民服务已经成为卡拉苏官兵们生活中不可缺少的一部分。"战士们偶尔也会回家探亲，从雪山回到喧嚣的城市，他们反而觉得不适应，远山成了他们遥远的牵挂。

就在我们采访的那段时间，一位年轻的哈萨克族战士不幸病逝，在征得了他父母同意后，他的军装留在了哨所，完成了这位战士永远与雪山蓝天以及祖国边境线为伴的愿望。和平年代里，他们将青春挥洒在边疆，立志为祖国守好国门，正如人们说的那样："哪有什么岁月静好，不过是有人替你负重前行。"

小小的边检站，一县临三国，官兵们日常工作中接触最多的就是来自哈萨克斯坦、塔吉克斯坦或吉尔吉斯斯坦的普通居民，他们定期将农产品带到边境这边的集市销售。那段时间，我在采访手记中记录得最多的就是一个个温馨的故事：由于血糖过低而晕倒的哈萨克大妈得到了战士们的悉心关照，解放军战士们的亲民赢得了邻国居民的称赞；边检站官兵定期去贫困牧民家里干活挑水，解决他们实际需求……

边防的观念在边疆深入人心，许多重要情报可能就是放羊的老大爷提供的，有的边防哨所周边甚至还有牧民义务守边，游走在边境云端，他们被誉为移动的界碑，一代传一代，形成了一首传唱不息的军民合作的赞歌。

地区差异在边疆显得尤为明显，北疆和南疆无论气候还是地理面貌都截然不同。我们一行来到了被誉为"丝路明珠"的喀什，它是"丝绸之路经济带"的重要接点城市，是中国与"一带一路"沿线国家接壤最多、离欧洲最近的城市，也是东部地区与新疆建立对口援助关系的桥头堡，在这里有上海等多个城市对口援建的城市建筑群，宽阔的城市大道出乎我们的意料，全面对口援建让这座千年古城旧貌变新颜。

在喀什，我们切身感觉到国家发展带来的区域合作，在不同省市地区之间开出了合作之花。在喀什第十小学，我们见到了现代化的校园和先进的多媒体教学设备，不时有来自全国各地的爱心企业、爱心人士寄来学习物资。在这个可容纳数千人的小学，各民族的学生一同接受教育，在他们现代化的教室里，我听到了我所听过的最美妙的《五十六个民族》《喀什的孩子》，小学生们真挚的歌声也感染了在场的每一个人，那是民族团结的真挚歌谣。

在中央统一部署的援疆工作中，一批批干部、教师、大学毕业生肩负时代使命，科技援疆、教育援疆、人才援疆，为边疆发展注入全新的活力，将浓浓温情送到天山。

四月的昆仑山脉绵延，冰雪仍未消融，却让人感觉得到春意，跨越地理的界限，春天的故事在祖国传唱。

精准扶贫，从云贵高原山谷深处追梦

陈思丝/法学院 2017 级本科生（孟宪承书院）

追梦，这个词给我一种夸父追日般的壮烈感，以血肉之躯踏平艰难，奔向充满阳光的明天；追梦，这个词也给我一种无所畏惧的浪漫感，以心之信念化作行之根基，用脚步丈量和下一座大山的距离。在中华人民共和国成立七十周年的今天，国家和我们都在追梦这个语境下努力奋斗，我每一次说出这两个字，脑子翻涌的都是盎然的生机，掺杂着成长的艰难，融合着家国社会的情怀。

其实作为学生，我们的追梦饱含对未来的期待，看起来更简单也更纯粹：去想去的大学，游览绚丽的城市，见识广阔的世界……不外如是。但今天想写下的，不是青春里这段血泪交织的成长史，而是山谷的梦，村民的梦和国家的梦。这个梦盛开的地方，在祖国的西南端，那个天蓝云白、土地多彩的高原——云南；这个梦的名字，简单直接，却闪着光——"精准扶贫"。高中假期里，我有幸参与精准扶贫工作的一部分，踏上了这一段意义非凡的追梦旅途。

"扶贫的对象是建档立卡的农户，这是国家精准扶贫政策的一种，与粗放扶贫相对应。国家根据不同贫困区域环境、不同贫困农户状况，将贫困户的资料建立成贫困手册，因地制宜，因人扶贫，谁家有困难就扶持谁。"可能说起精准扶贫，大家很难有画面感，参与这项工作之前，我脑子里闪现出来的就是上述这些文字，字里行间看得到政策，却不一定能深刻体会这项工作的艰难和繁重，以及背后的深刻意义。很多事情，只有亲自走走，亲自看看，在泥土和草木相映的经历里，才更能明白政策背后到底蕴含着多大的决心，又指引了怎样充满光明和希望的未来。追梦，从来都应该是脚踏实地的。

云贵高原的夏天烈日炎炎，金沙江河谷里更是热气蒸腾，紫外线和灼灼的风交织着,像是要把人包裹起来,晒黑,热化,最终化作贫瘠的红壤。主导调查工作的小组长告诉我们,我们要走访村寨,入户调查,把大家的资料汇集起来,以支持扶贫工作的开展。调查第一天,去的是海拔 1 260 米,离镇子 12 公里的村子。村子属于坝区,年平均气温 22 摄氏度的自然环境里种植了玉米、水稻、大蒜等农作物,七百多户农家在此繁衍生息,续写上一代的故事,又期许下一辈的成长。走在蜿蜒的路上,我们一行人额头上汗水滴滴答答,但是脚步未曾停下。我提着一袋调查资料表,跟着组长按指定名单逐户调查,纸上几行字,脚下万步路,笔尖写下农户们的情况,也勾画了很多让人心疼的家庭。

先去的是一户姓李的人家,跟着小组长,我们来到了村子中部。她家在一棵大树旁,树荫洒在灰尘土路上,房子还可以看得出原先的光彩,是整齐的土基瓦房,门楣还雕了些许花,料想原来应该过得不差,家人辛勤劳作,日子也是相当和美。只是一进家门,颓败的气息就陡然散开。老人的老伴坐在旧椅子上,看见我们来了,急忙招呼我们坐下,搬来了几个竹制的老凳子,凳子颜色深浅不一,看得出有些年岁。我环顾四周,没有新置的家具家电,头顶几块破碎的瓦片缝隙透出些许光,形成灰尘攀爬的光柱,大小灰尘萦绕其间,与破旧的墙壁形成了让人心疼的变异似的和谐。"李大妈,把你家的户口册、身份证拿出来,来调查家庭状况呢,人要记一下你家的情况。"小组长一边对李大妈说着资料要求,一边找桌子给我垫着资料表填写信息。

刚吃过午饭,李大妈家桌上的饭菜还未收,青菜豆腐,少许油盐,在都市丽人们追逐着要吃低盐少油的减肥套餐时,同样的饭菜却是贫苦人家的唯一选择。拿起笔的我一阵感叹,在组长和李大妈的谈话间写下他们家的基本信息。

"大妈,你家现在是几口人?"

"哟,我家么原来是我,你大爹,还有家里的大儿子,三个嘛;但是年前么我家大儿子也是出事了,这会儿人也不在了,就我和你大爹两个,你大爹身体也不好,关节炎啊,随时都要吃药。"说着说着,大妈眼里又蓄起湿雾,虽然不忍心再问,但是调查工作还得继续。

"大妈,你家一年中苦多少钱啊?"

"哪点苦得着啊,有点吃呢就不错了。地里种着点苞谷,年底么算算就是卖两千多块。"

"房子是多时盖的?"

"前些年你大爹还得力，盖的这间房子，不过么年数也长了，十几二十年了，砖房又盖不起啊！"

……

小组长和李大妈的对话在我耳边一句句闪过，方言来往间，李大妈诉说着家中的不幸，我在资料调查表上记下她的家庭情况：儿子早亡，自己年迈，丈夫身体不好，难劳动，少许山地，土壤贫瘠，五十平方米的土基瓦房，已是多年未修葺。我一边写，一边心生同情，很难说这是一个充满希望的家庭，就现状来看，活着就已经是不易了，是生命的坚韧让她们走到如今，可是生命的下一站又将归于何处呢？当命运的风刀霜剑一次次插向本来就千疮百孔的家庭，她们又能怎样抗争？怎样重生？此次精准扶贫能不能成为黑暗里救赎生命的光？

我的心中充满了不忍，充满了疑问。在填好资料准备离开的时候，李大妈和她的老伴眼含希望地看着我们一组人，组长拉着李大妈的手，让她放心，日子会一天天好起来的。我整理资料，又随着名单去到下一个家庭。

这一家主人姓王，给我们开门的是个小伙子，院子里坐着他的父亲，一个黝黑的中年男子，正在吸水烟筒。他说目前小儿子刚上大学，学费成了大难题，房子也住不成了，这些年早想着换新房，但是钱从来没有攒够过。讲到这些，中年男子稍稍有些哽咽。所谓一文钱难倒英雄汉，大抵就是这样子，把家里的重担放在肩上，努力生活，但是现实还是好难，怎么努力都还是填补不上生活的大坑，想要为家人遮风避雨，想要为儿子的前程保驾护航，无奈力有不逮。中年男子一边说着，一边狠狠地吸了一口水烟筒。以前一直不明白，为什么会有人在酒精和香烟里放松自己，明明是那么呛人的味道，然而看到他以后，我突然明白，对一些人来说，那可能是命运留下的少有的喘息的空间了。吸着这口水烟，他是他自己；吸完了，站起来，要在地里艰难劳作，要去村外辛苦打工，他不再仅仅是他，而是一个丈夫，一个父亲，一家人生活的晴雨表。

资料调查工作持续了两个月，我们小组的足迹遍及四个乡村，每天的步数都是两万多，同行的姐姐一再告诫我们要做好防晒措施，但整整两个月下来，平时细心保养的她也晒得黑黢黢的，更别说粗枝大叶的我们了。随着对建档立卡农户的调查，我填的表也积攒成厚厚一沓，农户信息逐渐全面和清晰起来：不一样的家庭，有着不一样的贫困原因。有的因为家里人生了大病，一下子就拖垮整个家庭的经济；有的因为缺少初步发展资金，想要脱贫致富却没有资金；有的家里两个孩子都还在读书，大笔的教育支出成了让人欣喜但又心酸的负担;有的孤独一人,要么老了无劳动能力,要么身体残疾无法劳动,正常生活都很难……世间种种艰难,在一张张白纸上被勾勒得辛酸无奈。

资料调查的假期实践结束后,我继续学业,高考后告别一方热土,来到大学,在优雅的学府里学着做更好的自己。虽身在异乡,但是心里还时时牵挂着那个小村庄,后续的扶贫工作怎么样了?我们走访过的家庭情况有没有改善?当精准扶贫这束温暖的光将他们定格在中国历史舞台的关键点上,他们能否在时代的大潮中握住家庭的梦想?这一切的答案,我想知道,时光也想知道。身处信息时代,想要的答案不会像古时的车马书信一样遥远漫长,我加了当时小组长的微信,家乡的信息通过互联网翩然而至。

夏末秋初,校园里的落叶逐渐变黄,而处在北回归线附近的村庄依然绿意盎然。我看到小组长发了朋友圈,国家提高了困难群众的最低生活保障标准,将符合条件的建档立卡贫困户全部纳入农村低保范围。我猜想李大妈家肯定也被纳入保障范围了吧,有了国家政策做年老的依靠,生活也不会再苦涩如初了。

春日,师大樱桃河边,嫩绿的草芽冒出,校园里的梅花刚谢,樱花又续写芳华,朋友圈里又是一群晒花人,小组长的照片也发了出来,不过是更有意义的"扶贫成果之花"。他说国家的危房改造政策真是太好了,建档立卡贫困户、低保户、五保户、贫困残疾的家庭都可以享受中央财政补助,农村危房改造有好几万元的补助款,有了政府补助,农户建房的底气足了。他配的图是李大妈家正在修葺的房子和王大叔家即将开始修建的新砖房,图片里堆起来的建筑材料像是要在春日苗壮成长,透露着欣喜和活力。我不知道多少家庭会因此受益,但我很开心,房子是家的实际载体,有了安身立命的地方,才能呵护人生的梦想。

接下来的日子里,一条条信息回答了我当年对于政策的疑问。农村信用社根据精准扶贫政策准确服务三农,为农户提供了小额贷款,帮助大家开展农业生产,扶贫先扶志,将劳动的志气贯穿时光长河,才能让发展的路走得更远;教育局也更加关注学子成长,建档立卡户的孩子考上一本院校的、贫困家庭的孩子考上中央部属院校的,政府都给予学费奖励,小学、初高中阶段的也有不同程度的帮扶政策;医疗方面实施了健康扶贫工程,医疗报销比例增加,手续也简化了很多……我想,这束名为精准扶贫的光,确实是救赎生命的光。

今年是 2019 年,是中华人民共和国成立 70 周年的时间。自 1949 年天安门城楼那声宣告开始，七十年风云际会，七十年负重前行，高速发展的经济、日益强大的军事实力、深入实际的政策，无一不守护着我们挚爱的碧海蓝天，捍卫着整个民族整个国家的梦想！

今年是 2019 年，也是"精准扶贫"政策落地 5 年的时间。五年风雨兼程，五年同甘共苦，率先试点的大西南，脱贫致富的山村，笑颜越来越多的家庭，全部都记载在幸福的日记里。我不知道怎么从宏观的角度去记述国家这五年的变化，但我知道追梦旅程中一个个小家庭的艰难和如今的改变，知道每一个笑容里都藏着梦绽放的声音。

家是最小国，国是千万家。每一个小家庭的梦想就像星辰，一颗一颗，最终汇聚成耀眼的星河，成为整个民族的光，难怪这一场追梦之旅，艰难又浪漫！

我，来自中国

董思成/教育学部 2019 级硕士生

从上大学开始，自我介绍的问题就一直困扰着我。还记得大一第一次班会听到其他同学都自然地介绍"我叫某某某，来自某省某市"时，我突然意识到这个中小学时从来不会碰到的问题对我来说居然如此困难。

终于轮到我了。面对来自五湖四海的同学，我犹豫了一下，说出了脑中临时想好的"家乡"："我，来自中国。"同学们顿时笑成了一片。

"我的祖籍是山东，外公和爷爷小的时候也在山东长大，身上有二分之一的山东血统。"那个时代，是抗日战争和解放战争的年代。作为革命老区，这一辈的很多亲戚都有着革命工作的经验，有的打过游击，有的当过地下党。他们每天生活在死亡的边缘，为着遥远的理想而奋斗。

"我父亲这一辈的三个兄弟有随着奶奶出生在江苏的，也有出生在新疆的。"那个时代，是社会主义改造与建设的年代。新中国取得了不少世界瞩目的成就，但也留下了不少惨痛的教训。在艰辛的汗水中，在对未来的渴望中，新中国迈向了新时期。

"我自己是出生在湖北。"我长大的地方曾经有着"汽车城"的美誉，是计划经济下国有企业和工业的典型象征。在我出生时，社会主义市场经济的洪流已经开始涌动。这股洪流将奔向何方？当时并没有人知晓。

"但从上小学开始，我就一直在上海上学。身上也有四分之一的上海血统。"在将要上小学之际，我来到了已经开发开放十余年的浦东。现在住的小区在我来的时候还是一片农田，周边还什么都没有。那时，中国的经济已经开始腾飞，主要矛盾仍是人民日益增长的物质文化需要同落后的社会生产之间的矛盾。

"所以，我也不知道自己是哪里人。"终于，我讲完了其他同学用 4 到 6 个字就能介绍完的"家乡"。同学们依旧笑着，不过脸上更多浮现的是"确实只能说来自中国"的理解。对于内向的我来说，如此漫长的自我介绍已经是相当"羞耻"的经历了。

随着与大学里天南海北的人不断交往，"我，来自中国"也在我的自我介绍中逐渐销声匿迹，因为我"学会"了该如何自我介绍。遇到山东人，我就说："巧了，我也是山东的，你哪个地方的？"遇到湖北人，我就说："哎呦，我也出生在湖北，你哪个地方的？"遇到上海的同龄人，那就是："你哪个区的？什么高中？"虽然我也很想用方言写出上述话语，但是我……只会说普通话。

当有些特殊情况下不得不全部说一遍的时候，我还是会看到对方饱含复杂心情的微笑，或者是记录时愣在手中的笔，抑或是悬停在键盘上空的手指。

有的时候，他们会追问："那，你还是选一个吧……不然，'家乡'这一栏，我没法填。"我也只能笑着回应："那，你随意。我也不太清楚。"

一次偶然而又必然的机会让我认识到了，我的"家乡"，到底是什么。

在本科毕业时，我有幸踏上了前往云南的征程。我的任务是，支教一年。

在前往云南之前，支教团 19 年沉甸甸的历史以文集素材的形式展露在我眼前。这一刻，我感受到了就在身边的不忘初心。我看到了支教团的学长学姐们在教学上的不懈钻研，看到了学长学姐们在活动组织上的大放异彩，看到了无数的资源通过学长学姐们搭起的桥输入支教学校。更重要的是，当听到他们讲述自己后来回去看望自己学生的场景，看到那种只有教师才能体会到的喜悦时，我知道未来的一年将是毕业难忘的一年。

踏上云南的红土地，穿梭于城镇与乡村。我终于用自己的脚以年以上的时光丈量了祖国的东、中、西。这一刻，我亲眼见证了中国历史的印痕，感受了中国社会的变迁。来到这里，我想起了自己的出生地。我的出生地已有了我小时候上海的模样，而上海更是今非昔比。它们都不再是从前的模样，但相同的是，它们都在前进。

"我来自华东师范大学研究生支教团，来这边任教一年，很荣幸能够为你们的成长作出贡献。"第一节课向同学们介绍自己时，我回避了"家乡"问题。

"首先来谈一谈，什么是历史？"这一刻，我终于正式成为父辈、祖辈故事的讲述人。毕业后先成为一名高中历史教师是我在大学里树立的志向，也是我第一次树立明确可行并为之不懈拼搏的梦，我的中国梦的一部分。在支教学校教授近 300 名学生高中历史,着实不是一件轻松的任务。我还是那个内向的我,只不过站上讲台对于在大学里锻炼了四年的我已是轻车熟路。更重要的是,我所讲的历史给了我比世界上任何国家的历史老师都能更自信和骄傲地站在讲台上的机会,无论是古代史,还是近现代史。以前,还是学生的时候,国人可能还没有足够的自信,很多时候上课还不得不听着"外国的月亮比较圆"的论调。但是现在,我亲身见证了历史的转变,因为我知道现在的小学生听到国歌会自觉敬礼。

"能不能不要再抄作业了。就算要抄,也认认真真地边抄边记。你抄了下个专题卷子的答案,还根据错误答案圈圈画画是什么意思?"这一刻,我终于体会到了教师工作的艰辛。独立思考、科学思维是我想要教会他们的,但是几乎所有的学生都还远远没有足够的基础能够接受这些。我每天做得最多的就是教会阅读、填补常识、鼓励自主学习和提醒纪律。任何稍微难一些或者思辨一些的内容都不能被大多数学生所理解。但我还是会埋下种子,希望有一天能在他们身上或者他们下一代的身上开花结果。

心中梦想的丰满,现实生活的骨感。改完作业之余,我总是在想:我到底为什么来支教? 来之前,我很清楚,但来了之后反而不太清楚了。唉,头疼。

"解决问题的一般模型分三个过程,首先要知道现状如何。"这是我时常教导学生的人生理论。那样的话,"我,来自中国?"

我,好像知道自己的"家乡"在哪里了。

我的"家乡"孕育于空间之中,但并不存在某个空间当中。你的祖籍是你认同的家乡吗? 那里,你可能去都没去过。你的出生地是你认同的家乡吗? 那里,你可能已经举目无亲。你上学、工作的地方是你的家乡吗? 那中华文学中势必会少去文人骚客的"月是故乡明"。

我的"家乡"孕育于时间之中,但并不存在于某个时间之中。同样是那片土地,你童年记忆中的那片土地是否是你认同的家乡? 如今高楼林立、车水马龙的土地又是否是你认同的家乡? 物质的家乡不再是原来的家乡,但这又有何妨,那里凝聚着一代代人努力换来的改变。流泪是对这改变的亵渎,微笑是对前人最好的褒奖。

"家乡"是刻在骨子里的文化和思想,是所有认同"家乡"之人的公约数。生于其中,长于其中。生而为人,若做了历史的过客,就浪费了至少亿年积累才获得的主观能动性,浪费了人类好不容易探索出的改造世界的工具。

"家乡"已知，但在那里还有梦要实现，那每个"乡亲"不同而又相同的梦，那无限遥远却又不曾停歇的梦。

"不忘初心，方得始终。"

支教的初心，绝不是支教本身，而是为了不再有支教。支教的"始"早已扎根于历史之中，支教的"终"又将在哪里？那是每个人自由而全面发展的自由王国。

而我又要为之做什么？"1952—1956 年，北京钢铁学院共培养学生约 14 400 人，一大批学生的考试分数都超过了清华大学的录取分数线，但他们的第一志愿都是钢铁学院冶金系。材料反映了？""C——""不不不，如果选'青年学子建设国家的高涨热情'，选其他专业就不是建设国家了？正确答案应该是 A，重工业背景。"如今的社会分工越来越精细，隔行越来越如隔山，我只能做好自己所学的教育管理。我的中国梦是成为一名教师，可以的话，最好成为一名校长。当然，这种说法只是在职业话语体系下的表述，可以的话，我只想创造更好的教育。绝对公平的教育是不存在的，但使每个人都有机会为更好的未来奋斗的教育是可能的，提升人类整体素养的教育更是可能的。希望有一天，提到教育，人们首先联想到的再也不是外国的夸美纽斯或者杜威，也不再是中国古老的孔子，而是屹立于世的中国特色社会主义教育及其信息化技术和话语体系。

"我，来自中国"，这句话对我的意义已今非昔比，更多的是一种时代的责任。有幸生长在这个时代，亦有幸经历和了解过去，更有幸成为一名未来的建设者。在中国，我没有"家乡"，或者说哪里都是"家乡"。在海外，祝愿"我，来自中国"所蕴含的分量越来越重。

桑弧蓬矢约，悉向神州寻

倪千惠/心理与认知科学学院 2015 级本科生

你从哪里来？

我从中国来。

你志在何方？

桑弧蓬矢约，

悉向神州寻！

"5、4、3、2、1，点火！"

"现在我宣布：此次发射任务取得圆满成功！"

从"嫦娥四号"探测器发射现场传来的激动人心的声音，成为我在 2018 年 12 月 8 日醒来听到的最早的声音，雷鸣般的掌声唤醒了我的耳朵，如火如星般闪耀的火箭尾焰仿佛在我胸腔里燃起一股热血。当看到火箭和探测器顺利实现分离的瞬间，我意识到，在繁星闪耀的夜幕下，在百万米的高空中，在我们酣然入梦时，长征三号乙运载火箭托举着中国人的奔月梦想，开启了月球探测的全新旅程。这天，也是我的 22 岁生日，光阴荏苒，在不断地追梦与圆梦中，我从一个牙牙学语的婴童成长为有理想、有本领、有担当的新时代青年。而这片美丽富饶的神州大地不仅见证了无数和我一样的人的追梦与成长，更见证了 70 年间中华人民共和国走过的峥嵘岁月、谱写的奋斗华章。

"你从哪里来？"高铁乘务员帮我把沉重的行李箱一起抬上行李架上后问我。

"我从昆明来，要到上海上大学去。"我答道。

在沪昆高铁上向窗外看去，一望无垠的田野、郁郁葱葱的树林、炊烟袅袅的村镇等各色风光飞奔着跃入眼帘，时速300千米的高铁列车带着我从家乡昆明飞速穿越到上海。自2016年沪昆高速铁路全线正式通车以来，乘高铁上学变成了我来沪求学路上愉悦的一环，我总是在晨光中迈入昆明南站，在夜幕刚降临之时踏出上海虹桥站，沿途的绝美风光也使得这段舒适的时光愈发短暂。

从昆明开往贵阳的一段常要穿过长长短短的隧道，光影交错间我总能想起小时候坐火车到上海参加夏令营时的场景。那时，坐落在中国西南边"彩云之南"的春城昆明与地处长江入海口三角洲前缘的上海距离一个昼夜，现在它们仅相距朝夕；那时，我希望能去上海上大学，还希望能有一只飞船载着我在睡一觉的时间就到达祖国的另一端，现在我坐着高铁去往沪上的双一流高校学习，每每想到这里，心中总是充满了激动、感动与自豪。国家的发展拉近了城市间的距离，拉近了人与人之间的距离，也拉进了我与梦想的距离。作为"八纵八横"高速铁路主通道之一，沪昆高速铁路是东西向线路里程最长、速度等级最高、经过省份最多的高速铁路。从2009年正式开工到2016年全线通车，其建设过程备受关注，它跨过了赣江特大桥、湘江特大桥和小寨坡特大桥，穿过了雪峰山一号隧道、壁板坡隧道和大独山隧道，每一环都充满了来自大自然的艰难险阻，需要战胜险峻的地势、复杂的地质条件、断层岩爆等艰巨的挑战，以往山鹰都飞不过的高峰现在几个眨眼间就可以穿梭而过。可以说，沪昆高速铁路建设过程中战胜的每个困难都是中国制造、中国创造和中国建造的实力表现。

放眼开来，中国高铁运营里程已超过2.9万公里，甚至超过了世界其他国家的总和。在享受铁路高速化带来的便利的同时，我不禁开始思考，为什么中国高铁能一骑绝尘？我想这是因为我们在70年间无惧风雨，坚定不移地走在中国特色社会主义道路上。这是一条决定了我们能够高效调配物资、集中力量办大事的路，是一条实现社会主义现代化的必由之路，更是一条保证了中国人民幸福生活的根本道路。在正确的道路上奋进，梦想也装上了"中国引擎"。

"你从哪里来？"康复治疗师带我走进自闭症儿童康复病房后问我。

"我从华东师范大学来，来做社会实践服务项目的。"我答道。

坐在云南省残疾人康复中心"引导式训练"的教室里，我看着耐心友善的康复治疗师手把手教特殊儿童的家长们如何在家中帮助孩子进行康复训练。主攻儿童发展心理学的我一直希望能够做到知行合一，把自己学习到的儿童发展的知识运用到实践中去，帮助有需要的儿童和家庭。在了解到贫困地区自闭症儿童家长的需求信息后，2017年的夏天，我组织成立了心理与认知科学学院第一支面向自闭症家庭的社会实践队伍，在学校和学院的支持下，我们带着多本制作精美的自闭症知识科普手册，走进了在康复中心接受治疗的自闭症家庭。治疗师告诉我，当一个孩子被确诊为自闭症后，家里会发生翻天覆地的变化，自闭症的康复训练是一个长期的过程，更是一个需要父母投入大量资金、付出巨大心血的过程，没有完全康复的保证，只能尽力做到最好。有很多家庭因为无法承担检查费用和治疗费用，都无奈地在康复训练的路上半途而废。

但令人欣喜的是，国家从2011年开始就安排专项补助资金在全国各地展开了一个名叫"七彩梦行动计划"的残疾儿童康复救助项目，各地有康复需求的贫困残疾儿童都可以向地方残联提出申请。我在云南省残疾人康复中心遇到的脑瘫儿童和自闭症儿童几乎全部都参与了"七彩梦行动计划"。走廊里一边跑着一边咯咯笑着的男孩耳朵上闪着银色的微光，原来有先天听力障碍的他在国家的支持下进行了人工耳蜗手术和术后康复，现在已经是特殊学校的准一年级新生了；落地窗前静坐的女孩紧紧地注视着自己的脚尖，原来有肢体残疾的她在国家的帮扶下装配了矫形器，从卧床不起到独立稳坐，她在康复训练中取得了巨大进步；看见治疗师走近就跑过来拉着治疗师白大褂的衣角跳舞的女孩已经完整地参加了一期康复治疗，谁能想到一年前被诊断为有自闭症倾向的她甚至都不会和他人进行眼神接触呢？更令人感到欣慰的是，在国家的带动与鼓励下，特殊教育人才的缺口得到不断补足，专业的康复团队如雨后春笋般涌现，社会中出现了越来越多针对特殊儿童家庭的公益组织和志愿者队伍，有到社区中进行科普宣传的，有在网络上开发康复机构数据库的，一份大爱带动无数小爱汇聚成一股感动人心的暖流。

如果说航空航天、交通运输的发展是新中国成立以来看得见的成就，那么我国对于特殊教育事业的支持更像是润物细无声的春雨，在很多人看不见的地方将一份大爱输送到需要帮助的特殊家庭中去，实在春风雨露，真在层层落实，贵在源源不断。在新中国成立的70年里，"以人民为中心"的思想一直贯穿于党和国家的理论与实践中，"人民"不是少数人，不是享有特权的人，而是广大的人民群众，包括特别的孩子们、特别的家庭们,包括你和我。这群孩子们的梦,是挺直脊梁站起来,是脚踏实地走出去,是聆听这个世界,是发出自己的声音,我的梦是竭尽所能帮助他们,让更多的人加入进来,为孩子们的梦想保驾护航,这些多姿多彩的梦汇聚成了这片土地上一个更大的梦想,七彩的梦想。

"你从哪里来?"伦敦海格特公墓的售票员把那张小小的门票递给我后问道。

"我从中国来,来瞻仰卡尔·马克思墓。"我答道。

沿着海格特公墓弯曲的小路,我一路步行至马克思墓前。七月的伦敦天气宜人,阳光透过枝丫间隙洒落在这座摆满鲜花与蜡烛的墓前,石碑上方最醒目的是一座马克思的头部雕像,他铜色的双眸显得格外深邃,仿佛轻轻一眨眼,思想的流光便会从眼眶溢出。2017 年的夏天,我有幸参加了学校的海外暑期交流,去往英国伦敦大学学院学习,难得去伦敦一趟,不去看看伟大的革命导师马克思是怎么也说不过去的。马克思墓的周围寂静幽雅,游人不多,在微风拂过树叶的窸窸窣窣声和偶尔的鸟鸣声中,仿佛时间的流逝也慢了下来,如若不是有着雕像作为标志,谁又能想到这里埋葬的伟人有着跌宕起伏的传奇一生并为后世留下了极其宝贵的精神财富呢?

马克思的一生,是追梦的一生。他胸怀大志,希望能够为全人类的解放作出贡献。他看到了被剥削的无产阶级的苦难,看到了无情的资本家的丑恶嘴脸,看到了阶级间的根本冲突与矛盾,即使他饱受疾病和苦难的折磨,也义无反顾地将自己全部的生命投入到轰轰烈烈的革命斗争中去,为后世留下了马克思主义这一重要的精神财富,揭示了人类社会发展的一般规律,成为了实现全人类自由和解放的道路上最明亮的灯塔。每每想到他在昏暗的油灯下笔耕不辍的身影,那微光仿佛在我的精神深处中撒下火种,点燃了我的梦想,点燃了我的斗志!那微光提醒着我:向马克思学习,追梦路上不畏艰难险阻,始终坚持初心;向马克思学习,将个人的理想追求融入国家和民族的事业中,融入解放全人类的事业中去。

2018 年是马克思诞辰 200 周年,距离这位顶天立地的伟人初临人世已经过去了两百年,也许陵墓前的鲜花会枯萎,陵墓前的蜡烛会燃尽,但他留下的马克思主义却在不断地发展与实践中迸发出更夺目的光彩。恩格斯说过:"一个民族要想站在科学的最高峰,就一刻也不能没有理论思维。"习近平在纪念马克思诞辰 200 周年大会上的讲话中也提到:"中华民族要实现伟大复兴,也同样一刻不能没有理论思维。"马克思主义是我们认识世界、把握规律、追求真理、改造世界的强大思想武器，也是我们青年在追梦和圆梦路上最应该汲取的精华之一。从"十月革命一声炮响给中国送来了马列主义"开始，马克思主义的中国化就是对其所处时代不断进行反思、批判和超越的过程，70年里，国家和社会的发展得到了马克思主义的不断引导和塑造，而马克思哲学思想本身也在不断发展丰富。中国特色社会主义的建立与建设是马克思在当时不会想到的，是对马克思主义的本土化、实践与发展。在数十年的探索与实践过程中，曲折和困难是不可避免的，但我们在政治、经济、文化等各个领域已经取得的举世瞩目的成就是显而易见的，这在一定程度上说明了马克思主义思想内涵的正确性和中国特色社会主义制度的合理性。新中国用70年的时间走到了马克思对社会主义国家设想的前面，故在不断汲取马克思主义思想精华进行现代化建设的同时也要谨记，我们走的是一条探索的路，一条充满无限可能性的路，我们面对的是一个机遇与挑战并存的未来，一个充满希望与梦想的未来。

"你从哪里来？"一位游客看到我在广胜寺壁画前久久驻足后问道。

"我从中国来，这是我们中国元代的壁画。"我答道。

纽约大都会博物馆的特展"中国：镜花水月"的展厅里人头攒动，玻璃制的展柜里摆放着中国从古到今的流行服装，展现了千百年来中国服装的变迁。穿过这一层，我似乎还流连于历史感与现代感的美妙融合中，突然间一幅巨型彩墨壁画闯入眼帘。画面正中是眼睛微闭的药师佛，周围环绕着接引菩萨与神将，他们都神态逼真，庄严肃穆，连每个人物的衣服饰品也刻画得细致入微，我站在这幅近8米高的《药师经变》前，惊叹得久久说不出话来。当我走近它时，其上规则的切割痕迹变得明显起来，与壁画本身格格不入。原来，这幅壁画本在山西洪洞县广胜寺中，后来被切割成方块倒卖到国外，最后在大洋彼岸重新回到世人的眼中。我心中的震撼好像在某个瞬间笼罩上了一层失落，我震撼，是因为中华大地上曾孕育出如此精美绝伦的佳作；我失落，是因为现在的人们只能在万里之外的纽约为它惊叹。仅有一百多年历史的大都会博物馆似乎无法承受有着千年历史的《药师经变》的厚重，更无法承受它多年来背井离乡颠沛流离的苦痛。

在电影《博物馆奇妙夜》中，夜幕降临后，白天一动也不动的展品们突然间都有了生命，在博物馆里活蹦乱跳，热闹非凡。我常想，如果流落海外的中国文物们在某个夜晚也神秘地活了过来，当它们睁开眼睛时，却发现自己身在异国他乡，窗外的月不再是"长安一片月"的月，而是"月是故乡明"的月，它们该有多想家呀！我梦想着有一天这些离家千万里的文物能够回到故乡，在其诞生的土地上为后世讲述中国人的故事、中国优秀文化的故事。

怀揣着这份念想，我修读了学校开设的"世界博物馆巡礼"课程，在课上我了解到了新中国成立以来文物保护工作者们为了带中国文物回家所作出的不懈努力，越来越多的文物回到了故乡。2013 年，法国皮诺家族归还圆明园鼠首、兔首；2018 年，流失海外百余年的圆明园西汉青铜"虎鎣"入藏国家博物馆；2019 年 3 月，时间跨度长达五千年之久的 796 件文物从遥远的意大利踏上回家的旅途……数以千计的文物在近些年重新回到了祖国的怀抱，就像一颗颗星星回到夜空重新亮起，讲述着中华民族的历史。此外，我看到越来越多设计优秀、展品丰富的博物馆出现在了公众视野里，人们对博物馆的热情也日益高涨，这一切都离不开中国综合国力的不断提升，离不开物质文明与精神文明建设的稳步进行。文物的回归、博物馆的兴起不仅体现了传统优秀文化得到了保护、继承与发展，也体现了人民不断增加的历史自豪感、文化自信。当中华文明顺应时代发展焕发出更蓬勃的生命力时，追梦路上，我们身后宛如有灿烂星河相伴。

你从哪里来？

我从中华人民共和国来，这是一个稳步前进的国家，一个以人民为中心的国家，一个目标明确的国家。70 年披荆斩棘，她锋从磨砺出；70 年风雨兼程，她让世界瞩目。

你志在何方？

我立志成为有理想、有本领、有担当的奋进者、开拓者与奉献者，为实现中华民族伟大复兴的中国梦不懈奋斗，桑弧蓬矢约，悉向神州寻！

圪垛村的追梦人

程　诚/历史学系 2016 级本科生

圪垛村是一座宁静简朴的村庄。圪垛村坐落于山西省吕梁市，一条笔直的公路从村头伸向村尾，全村的村民就住在公路两侧的一排排房屋里。这里的村民大多以种植核桃为生，也有的在附近的汾酒厂工作。

我来到圪垛村时正值盛夏。烈阳下的黄土厚重而深沉，碧空里绽放的朵朵白云波澜壮阔。夏花绚烂，宛如暮春还没溜走，绿树却早已茂密成荫。我去过农村，但我从没有来过如此简单的村庄，仿佛一条公路、两侧人家、几亩田地就构成了村庄的一切。暖风徐徐吹拂，随风飘来孩子们叽叽喳喳的嬉戏声。

我是大一的暑假来圪垛村的。大学生涯刚刚迷迷糊糊地过去第一年，这一年里我的生活宛如随波逐流。我通过学校的公益社团报名了暑期支教，想在迷糊的大一岁月里留下些有意义的痕迹。

圪垛小学全校只有五十五名学生，六名教师，因此我原以为这里是一所校舍简陋、课程贫乏的学校。可是，当圪垛小学的叶校长打开校门时，一幢红白相间的教学楼朝气蓬勃地扑面而来。楼前有一块精致的草坪，上面放着各式各样的健身器材。草坪被两条粗绳子仔细地围了一圈。

"为了安全，没有我们老师允许，孩子们不能进草坪玩器材。你们也千万看好他们，别让他们溜进来啊！"叶校长一边严肃地向我们交代，一边弯下腰，拔了一株野草，"我怕他们摔下来嘛。我种这个草坪，本来想起个保护作用，但是现在看来效果还不够。我想，我可能要换一种草试试……"

叶校长约莫四五十岁，两鬓微霜。他身材不高，和村里田地上的庄稼汉一样黝黑壮实。

教学楼楼高两层，在叶校长的带领下，我们走进楼内参观。一楼共有五间教室：两间平时上课用，其中一间带有投影仪；一间作音乐教室，放着一台陈旧的脚踏琴；一间作幼儿园教室；一间作游戏房兼舞蹈房。走上二楼，除去图书馆共有两间教室：一间是信息教室，室内有九台款式较旧的计算机；另一间是美术教室，堆放着十三副画架，画架上还有一张没完成的学生习作。

楼梯转角处有一块学生画作的展示板，上面不仅贴着天马行空的儿童画，还有几张颇为专业的静物素描，画作中各种水果栩栩如生。小学时我也曾经学过一个暑假的素描，但画出来的可谓"歪瓜裂枣"，如今看着孩子们优秀的素描作品，我不禁"徒有羡鱼情"。

"孩子们画得真好，请问这都是学校的老师教的吗?"

"没有没有。我们只能教一些简单的画，像这种专业的素描，我们会请城里的老师定期来上课。除了美术老师，我们还会请音乐老师来。"

"真没想到，圪垛小学虽然不大，但是美术教室、音乐教室都有，而且竟然还有计算机房，可谓'麻雀虽小，五脏俱全'呀。"我不由得感叹。

"素质教育嘛。我觉得孩子们不能只学习语数外，像电脑、唱歌、画画，都要学一学。所以我们搞了这些教室，还专门去请老师来上课。城里搞素质教育，这里也要搞。"叶校长说，"多方面培养。多学一点，总是好的嘛。"

我连连点头。"素质教育"这四个字，在上海长大的我早已司空见惯，可是在圪垛村，难以想象叶校长为了践行这四个字，付出过多少努力。

叶校长带我们走出教学楼，又步入楼边的一座凉亭。我原以为这座凉亭平淡无奇，走近一看，才发现亭子里竖着一座功德碑。

"现在的圪垛小学，是由村民前几年集资新建的。虽然说硬件条件肯定比不上大城市的学校，但是我们也在尽力满足学生的需要。"叶校长说。

我仔细端详着这块长约两米、宽约一米的大理石碑。碑上写满了捐赠者姓名和捐款数额。除了圪垛村村民，捐款者还有附近的企业和单位。

"不能'穷教育'嘛。当然了，现在村里经济条件越来越好。"叶校长顿了顿，"建这座亭子，也是对学生的一个关于感恩的教育，'吃水不忘挖井人'。"

学校的大门外传来一阵喧闹，五彩缤纷的孩子们得知支教队到来，已经从村庄的各个角落飞到校门前了。叶校长赶紧朝校门走去。当他路过那块草坪的时候，他又俯下身子，揪出几根杂草——在接下来的日子里我慢慢发现，在学校弯腰拔杂草已经成为叶校长的习惯，这个动作就像庄稼汉在农田里那样自然。

当校门打开，孩子们迎着骄阳蹦蹦跳跳地跑进圪垛小学时，我的支教生活就正式开始了。我主要负责教他们历史课。

在支教前，我不仅认真地备了课，还特地在上海买了两大包水果糖，随行李一路拖到圪垛村。上课前我把糖果分给同学们。一位穿黑衣服的男生突然对我嚷道："老师还当我们小孩子呢！"刹那间我尴尬极了。

我定睛一看，原来是早已在其他支教队员口中"声名鹊起"的刘同学。他读四年级，还没有长个子，所以其他队员叫他小刘。

我的历史课以先秦的山西文化为主题，主要讲述晋、韩、赵、魏四国的历史。我准备了许多青铜器、陶器、古钱币等文物的图片，边向同学们展示，边讲文物背后的故事。班里的女生大多坐在前排，认真地听我讲课。可是坐在后排的男生却顽皮得超出我的想象，他们自顾自地玩耍，时不时弄出些噪音。男生们的领头羊正是小刘同学。于是，我在安排学生演"叔虞封唐"的课堂小品时，半哄半骗地拉小刘上台饰演叔虞，过一把"君王瘾"，这才使他安分了些。

一堂课很快就结束了，这是我第一次给小学生上课。我悄悄地问坐在前排的女生们："我的课上得怎么样，你们听得懂吗？"

"嗯，听得懂，老师上得挺好的。"坐在第一排正中间的一位四年级女生回答我。她姓冯，留着齐耳短发，细细的刘海下闪烁着像黑色宝石一样的眼睛。我看着她的眼睛，我知道她没有对我说客套话。

"我的课有什么需要改进的地方吗？"我赶紧追问。

"其他都很好，就是老师语速有点快。"冯同学认真地对我说。听到这样切实的意见，我如获至宝。后来每次下课，我都特地去问她上完课的想法。

走廊上突然传来叶校长的喊声："大家出来劳动了！"话音刚落，孩子们就拿着扫把和簸箕，冲到教学楼前的空地上开始劳动。冯同学也不紧不慢地跑出去了。孩子们有的清扫树枝树叶,有的跟着叶校长一起拔草坪里的杂草。我和支教的同伴们见状,也赶忙上前一起帮忙。

叶校长见我们来了,得意地说:"我们每天都搞一次课间劳动。课间劳动好! 它既能锻炼身体,又能培养学生的品格。"热辣辣的太阳把光芒倾泻在褐黄的土地上,倾泻在黝黑的皮肤上。不一会儿就有学生拿着满满的垃圾桶,用清脆的嗓音向叶校长炫耀劳动成果。我抬头一看,正是小刘同学。他的裤子上也粘着杂草和树叶,宛如翠鸟的羽毛。小刘同学报告完毕,又一溜烟跑开了。

叶校长问我:"课上得怎么样? 男生是不是有点调皮?"

我苦笑着指了指小刘同学的背影。

"他呀,他就是'孩子王'嘛。虽然调皮但是很聪明,成绩也好。而且特别有号召力,班上男同学都听他的。"说到这里,叶校长也笑了,"平时他们怕我,只有和你们在一起,他们才显现出天性。他们能和你们做朋友。这也是我特别赞成你们来支教的原因。"

我听了这番话,突然觉得肩上的责任更重了。

并不是每个课间都需要劳动。我在这里最不习惯的就是糟糕的网络信号。一到下雨天,网络就崩了。为了打发时间,我去音乐教室弹琴。

我弹脚踏琴的时候,有几个孩子循着琴声围了过来。冯同学也来了,她站在琴后,乖巧地盯着起伏的琴键。小刘同学不知何时悄悄溜了进来,在一旁偷偷按琴键扰乱我。

"哎,别乱按呀。"我苦笑着说。

"老师,你还有水果糖吗?"小刘同学嬉皮笑脸地问我。

我哭笑不得。不一会儿,他就拿着水果糖欢快地溜走了。这时,冯同学凑了过来,站在我身旁,用右手小心翼翼地按了几个琴键。我一听,是《小星星》。

"你也会弹琴呀?"

"我不会,是昨天音乐课刚学的。"

原来是其他支教队员的音乐课。

我正默默赞叹冯同学的聪慧,她突然问我:"老师,请问五线谱怎么看?"

于是我在黑板上用粉笔画了五线谱,跟她讲音名和唱名,跟她讲高低音谱号,跟她讲不同时值的音符,跟她讲每个音的升和降。我讲得兴致高昂,恨不得把自己知道的都一股脑儿告诉她。可是,冯同学在我身旁却歪着脑袋,一言不发。我看了看冯同学的眼睛,她的眸子忽明忽暗,闪烁不定。

我意识到自己讲得不好,但还是心存侥幸地问她听懂了没有。

"对不起,我有点……"冯同学愣了愣,低下了头。

虽然支教队里有专门负责音乐课的队员,但我还是感到遗憾极了。

周末停课,小刘同学溜进了学校,执意要带我们支教队去后山"探险"。在小学后门外的小巷里,一条黑狗突然窜出来向我们这些外乡人吠叫。小刘"嘿"地回了一声,黑狗就悻悻地走开了。脚下的水泥小路变成了黄土路,又变成了田埂,变成了崎岖的山路。小刘同学带我们穿过片片农田,开始爬村后的小山丘。丘陵上,坡前坡后到处种着绿油油的核桃树。不远处叶校长也在劳作,他带着白色头巾,正弓着腰在浇水。

"叶校长!"我跑过去打招呼,却发现原来自己认错人了。

山顶很快就出现在眼前。山顶是一片稀稀落落的树林。小刘同学走进树林深处,突然踩着一块石头向前一跃。我赶紧跟上,一瞧,一排排废弃的窑洞竟然藏在树林的阴影里。

"这里怎么会有窑洞呢? 窑洞里住的人呢?"

"好多年前村民都住这里,现在早搬下山住啦!"小刘同学喊我们一起跳进窑洞,"听说是怕山体滑坡,所以这里不住人了。"

小刘同学在窑洞里熟练地钻来钻去,而我却走一步停一步,生怕洞里窜出条蛇什么的。窑洞里十分凉爽,从窑洞往外看,烈阳下的碧树蓝天真是太美了。

"小刘,你长大以后想做什么?"我问他。

小刘同学显然被我冷不丁的问题吓了一跳,他想了一会,说:"以后嘛……以后去城里念书呗,考高中,考大学……"

"你经常去城里吗?"

"我每周都去城里学架子鼓呢。"

我爬出窑洞,在山顶上向远处眺望。一座座山披着黄土,亲切而庄严,它们连绵不绝,伸向远方的大地的尽头,直到沉入这片广阔的大地里。

我们支教队有家访的任务,我被安排去家访冯同学。整个村庄以一条笔直的公路作中轴线,从小学往前数第四幢房子就是冯同学的家了。冯同学热情地在门口招待我进屋。屋内宽敞明亮,实在比窑洞舒适得多。

　　冯同学的妈妈请我吃自家种的青核桃。青核桃是没熟的核桃,核桃仁还是奶白色的。剥下一块放进嘴里,一股苦涩的味道缠绕在舌头上。

　　我按照家访提纲问冯同学的妈妈:"请问您和您丈夫从事什么职业呢?"

　　"孩子她爸在汾酒厂上班,我就务农,种核桃。"

　　"原来如此,那么家里经济状况大概怎么样?"

　　"还不错,一般一个月有大概七千块呢。"

　　这个数字让我有些吃惊。

　　"村里收入大概都这样,要么去汾酒厂上班,要么去外面打工,要么就务农种核桃。"冯同学的妈妈补充道,"所以呀,小孩的一些需求,特别是学习上的需求,我们家长能支持的就支持。"

　　这时,冯同学起身拉开客厅里一扇橱门,橱柜里摆着几十本书。她挑了几本,捧出来放在我们面前的茶几上。我看了看,其中有儿童文学,也有少儿百科全书,大概是《恐龙奥秘》《宇宙的故事》之类。冯同学的妈妈说:"孩子特别爱看书,书都是我陪她去城里书店买的。"

　　"爱看书好,好习惯呀。"

　　"对,所以我也很喜欢给她买书。她最喜欢看的,就是'皮皮鲁'系列。"

　　"你们平时习惯用什么方式教育孩子,有时候会不会打孩子……"

　　"我们从来不打孩子,她可乖了,我们怎么舍得打呢?"冯同学的妈妈还没等我说完,就笑着否定了我的疑问,"我们家孩子特别孝顺,你知道她的梦想吗?"

　　"冯同学,你的梦想是什么呢?"我转头问冯同学。

　　冯同学没有回答我,只是用她那双炯炯有神的眼睛看着她的妈妈和我。她的眼睛好像吸进了满天的繁星,流出充满希望的光彩。

　　"我的身体一直不好,有哮喘,孩子一直很关心我。"见女儿不好意思回答,冯同学的妈妈继续说道,"所以呀,她想考北大医学院,以后为我治病呢!"

　　冯同学涨红了脸,边笑边低下头去。她的妈妈脸上堆满了笑容,眼角的鱼尾纹和额头上的皱纹仿佛镌刻出一道道幸福。

"我们家孩子还会吹葫芦丝呢。快,快给老师吹一首。"

冯同学马上起身,跑进她的房间。房间门打开的一刹那,我瞅见墙壁上贴满了奖状。冯同学很快就捧着葫芦丝走出来了。她正襟危坐,闭上眼睛,先试吹了几个音,接着就开始了她的演奏。

音符宛如流水,从小小的葫芦丝里倾泻出来。我也闭目倾听。我回忆起了自己的童年,那时我也常常缠着父母买书。我的父母怕我看书太多伤眼睛,我看书还得在家里"打游击战"。那时,我对知识的渴望像水一样纯粹……

这天晚上,圪垛村上方的夜空繁星稠密,漫天星光,极其壮美。生长在城市里的我有生以来第一次看见银河。我躺在圪垛小学的国旗杆下仰望星空。银河在夜空里缓缓流淌,夜风"哗啦啦"地吹过,宇宙深处恍若暗潮涌动。星空使人沉思,支教的经历让我郑重地思考起自己的追求、自己的梦想。我豁然开朗了。潺潺的天水从天上流泻到我的心上,把我的内心也洗刷干净了。

我又想起了冯同学的眼睛。我想起白日里可爱的孩子们,他们就像夜幕中一颗颗沉睡的宝石。我想起小小村庄里的一个个梦想:叶校长的梦,小刘同学的梦,冯同学的梦……这些梦想或朦胧,或明晰;这些追梦人有的还在远远地追逐,有的已经在坚定地守护。更重要的是,圪垛村的经济不断发展,村民们将昔日的收获种在名为"教育"的土壤里,耕耘下新的梦想。因此,圪垛村的梦将清晰而长远地延伸下去。

明月从东边升起,星空朝山的那一边移动着。黑漆漆的吕梁山脉一点一点地将银河吞噬了。突然,一颗星从黑色的山间迸出来,夜光跳跃在起伏不平的吕梁山脉上。整个圪垛村在夏夜里静静地沉睡着。